C'est Là Que Tu Te Sens Chez Toi

Fern Cristo

1

Chapitre 1

Épilée, parfumée et vêtue d'une minuscule nuisette en satin rouge, Édith attendait que son mari rentre du restaurant. Sa posture ne laissait aucun doute quant à ses intentions. Allongée sur le côté pour accentuer la courbe de ses hanches, le bras replié sous ses boucles brunes, la tête tournée vers le couloir, elle était prête à rencontrer le regard de Raphaël quand il entrerait dans la chambre.

Les phares d'une voiture balayèrent la pièce, projetant une série d'ombres sur les murs. Édith se redressa à l'affût du bruit de la porte de garage qui s'ouvre. Silence.

Elle se força à calmer sa respiration qui s'emballait à l'idée de faire l'amour avec Raphaël. Comment allait-il réagir quand il la trouverait dans son lit au lieu de la chambre d'amis où elle avait déménagé depuis plusieurs mois ? Il serait forcément sûrement surpris. Elle n'avait encore jamais pris l'initiative d'une réconciliation et ça faisait des semaines qu'ils ne s'étaient pas adressé la parole et encore moins touchés. Elle consulta l'heure sur son téléphone, il était presque minuit. Ça faisait tard quand même. Le restaurant fermait à vingt-deux heures, il était rentré depuis longtemps d'habitude à cette heure-là. Elle essaya de réprimer la colère et la frustration qui commençaient à bouillonner au creux de son ventre. C'était une sensation familière, mais cette fois-ci, elle allait garder le contrôle de ses émotions.

Calme-toi. Envoie-lui un texto.

Elle plissa les yeux le temps de s'habituer à la lumière blanche de l'écran qui lui agressait les pupilles. Elle hésita, s'y reprit à plusieurs fois. Trop mordant. Trop pleurnichard.

Il est tard. J'espère que tout va bien au resto.

Elle reposa son téléphone sur la table de nuit et se rallongea. Maintenant, il fallait attendre. Édith avait horreur de ça. Elle ne faisait que ça depuis trois ans, attendre. Attendre qu'il appelle, attendre qu'il rentre, attendre qu'il lui dise « je t'aime ». Son portable vibra, elle se précipita dessus et son cœur flancha à la vue du message de sa banque qui l'informait que son compte était à découvert. Ce n'était franchement pas des heures pour annoncer des nouvelles pareilles.

Elle se recoucha et observa les murs et les meubles de la chambre qui émergeaient de la pénombre au fur et à mesure que ses yeux s'habituaient à l'obscurité. Elle ferma les paupières pour chasser le souvenir de longues nuits passées à fixer le plafond dans le noir, à prier que Raphaël dise quelque chose, à écouter le bruit de sa respiration qui s'accélérait toujours un peu juste avant qu'il ne sombre dans le sommeil, à espérer que la nuit suivante soit différente.

Édith frissonna et remonta la couette sur ses pieds glacés. Et si elle s'endormait au lieu de l'attendre ? Elle n'aurait pas à s'expliquer. Il la trouverait là, alanguie dans ses draps, il la réveillerait en l'embrassant — ou pas.

Elle consulta de nouveau l'heure. Il était une heure et demie du matin. Et s'il avait eu un accident ? Prise de panique, elle lança l'appel et attendit qu'il réponde, le corps secoué de tremblements. Il décrocha à la troisième sonnerie.

— Qu'est-ce qu'il y a ?

Son ton exaspéré la mit immédiatement sur la défensive.

— Tu as vu l'heure ?

— Oui et alors ? Tu sais bien qu'on a eu le consultant au restaurant toute la journée ! On a des choses à discuter et je ne peux pas faire ça quand j'ai cinquante clients à m'occuper.

C'est vrai qu'il lui avait vaguement parlé de ce consultant en restauration qu'il avait rencontré à un congrès le mois dernier.

— Oui, effectivement. Je voulais m'assurer que tu n'avais pas eu un accident. C'est tout.

— Non, je n'ai pas eu d'accident, s'adoucit Raphaël. On a presque fini.

— Ok, à tout à l'heure alors. Je t'…

Trop tard. Il avait déjà raccroché. Édith se rallongea, mais elle avait changé d'humeur. La suspicion s'était substituée à l'optimisme et ses bonnes résolutions s'effilochaient. Un consultant qui travaillait jusqu'à deux heures du matin ? Et si… et s'il n'était pas vraiment au restaurant ? Et s'il avait inventé toute cette histoire ? Ça ne serait pas la première fois qu'il lui mentait… Elle pourrait vérifier assez facilement, mais est-ce qu'elle avait vraiment envie de savoir ?

Elle se força à attendre encore vingt minutes puis elle alluma la lampe de chevet, enfila ses chaussons, et effaça toute trace de sa présence dans la chambre conjugale. Elle secoua même son oreiller par la fenêtre pour dissiper l'odeur de son parfum. Elle jeta un œil à Julie qui dormait paisiblement, la bouche ouverte. Elle caressa du doigt son pied rose et dodu qui dépassait des barreaux de son lit. Elle passa rapidement à la salle de bain pour retirer ce rouge à lèvres criard qui ne lui allait pas du tout et regagna sa chambre où elle troqua sa nuisette contre son plus chaud pyjama d'hiver. Blottie sous sa couette, les genoux repliés sous son menton, elle fixa l'écran de son téléphone dans le noir. L'appli était juste là, à portée de main. Elle l'avait téléchargée la semaine précédente après avoir installé des caméras au restaurant. C'est parce que les bouteilles de gin et de whisky avaient tendance à disparaître ces derniers temps. Elle n'avait pas trop fait attention au début, elle avait attribué ça à une erreur d'inventaire, mais le mois suivant, elle avait fait le même constat. Elle avait posé la question à ses employés, mais personne n'avait rien remarqué. Raphaël avait choisi de ne pas s'en mêler. Il avait autre chose à faire que de surveiller la consommation d'alcool de ses clients – plus ils picolent, plus on gagne de sous, mais Édith avait fait ses calculs et les chiffres ne s'alignaient pas correctement.

Elle hésita encore une minute. Elle n'avait certainement pas fait installer des caméras de sécurité pour espionner son mari. Le cœur au bord des lèvres, elle lança l'appli. Quelques secondes plus tard, la salle du restaurant apparaissait. Les lumières étaient tamisées et la qualité de l'image granuleuse, mais Raphaël était bien là, près du bar, un verre à la main. Elle repoussa la couette et se réprimanda pour sa paranoïa.

Elle le regarda poser sa veste de costume sur le dos d'une chaise et remonter les manches de sa chemise blanche sur ses avant-bras. Il parlait

6

à quelqu'un qu'elle ne voyait pas. Elle l'observa quelques instants, gênée de s'être mise dans cette situation, mais incapable de fermer l'appli. Elle agrandit l'image pour mieux discerner l'expression de son visage. Sa respiration s'accéléra de nouveau. Est-ce qu'elle se faisait encore des films ? Elle le connaissait, ce regard, cette façon qu'il avait de s'étirer et de sourire en baissant légèrement la tête sans lâcher sa proie des yeux. Édith changea de caméra pour obtenir une vue d'ensemble et son cœur se serra dans sa poitrine en reconnaissant la silhouette d'une femme dans le coin de l'écran. On ne distinguait que son dos et ses longs cheveux bruns déployés comme des tentacules sur ses épaules nues. Édith posa son téléphone, reprit son souffle et ouvrit son ordinateur portable. Elle tapa de ses doigts tremblants le nom du cabinet de conseil en restauration dans la barre de recherche.

Quelques instants plus tard, elle parcourait du regard la liste des employés et s'arrêtait sur la candidate la plus probable. Sophia Bianchi, la Monica Bellucci de la restauration. Ses grands yeux noirs faisaient face à l'objectif et ses lèvres étaient fendues d'un léger sourire arrogant. Édith tourna de nouveau son attention sur son téléphone. Elle envisagea quelques secondes d'aller confronter Raphaël puis s'imagina débarquer à la pizzeria en pyjama et en pantoufles, Julie dans les bras et abandonna l'idée. Ça changerait quoi, de toute façon ?

— Ton mariage est fini. Mets-toi ça dans la tête Édith, murmura-t-elle tout bas.

Elle se força à les observer se tourner autour comme des animaux en chaleur, à souhaiter pouvoir regarder la scène en accéléré. Ils se

7

rapprochèrent et elle composa de nouveau le numéro de Raphaël avant qu'il n'ait le temps de toucher Sophia qui se tenait maintenant à quelques centimètres de son visage. Il glissa discrètement la main dans sa poche et refusa l'appel, sans la quitter des yeux. L'écran se brouilla, Édith pressa violemment son poing fermé contre ses lèvres, un flot de larmes coula le long de ses joues et se mêla au goût du sang qui avait envahi sa bouche. Elle continua de les regarder jouer au chat et à la souris, puis Raphaël enlaça Sophia d'un mouvement ferme du bras. Elle se cabra brièvement, mais il campa la main derrière sa nuque avant de poser sa bouche sur la sienne.

***

Édith ferma l'appli. Elle s'essuya les yeux à l'aide d'une poignée de Kleenex et se moucha bruyamment. Elle avait toujours eu des doutes, mais elle ne l'avait encore jamais pris en flagrant délit. Comme ça, elle savait. Elle vérifia l'heure avant de sauter de son lit. Il fallait qu'elle se dépêche. Elle extirpa une valise vide de son placard et y jeta au hasard des vêtements et ses affaires de toilette. Julie dormait à poings fermés. Elle l'emmitoufla tant bien que mal dans sa combinaison en duvet et appela un Uber. Elle verrouilla la porte derrière elle et attendit la voiture assise sur la balançoire du porche, le visage offert aux rafales polaires dans l'espoir que le froid la sorte de cet état second où elle était entrée en regardant Raphaël la tromper en direct. Quelques instants plus tard, son chauffeur se garait devant la maison. Une jeune femme d'origine indienne l'aida à mettre sa valise dans le coffre pendant qu'elle installait Julie dans son siège auto. La fine pellicule de glace qui couvrait le bord de la route céda sous son poids et la neige fondue s'infiltra dans ses baskets. Le contact de l'eau glaciale contre ses pieds lui fit l'effet d'un coup de fouet. Elle aperçut les phares d'un véhicule qui arrivait en sens inverse et s'engouffra sur la banquette arrière.

— Dépêchez-vous, je vous en prie.

La conductrice ne posa pas de questions et démarra au quart de tour. Édith regarda Raphaël se garer dans l'allée du garage puis la voiture tourna au coin de la rue et son mari disparut de son champ de vision. Elle fixa son attention sur les arabesques en hennés qui couvraient les mains de la jeune femme.

— Votre avion décolle à quelle heure ?

— Euh… je… j'ai pas encore les billets.

— Ah…

— C'est un départ un peu précipité…

La jeune femme lui jetait des coups d'œil intermittents dans son rétroviseur.

— Il y a un problème ? demanda enfin Édith.

Elle dodelina légèrement de la tête puis lui tendit un rouleau de papier toilette.

— C'est pour votre maquillage. Il a un peu coulé.

Édith sortit son téléphone qui lui renvoya l'image d'un raton laveur hagard.

— Vous devriez essayer le mascara waterproof, ça marche bien.

— Oui, je vais y penser, merci.

Julie se mit à gigoter dans son siège auto et Édith déboutonna sa combinaison qui lui tenait trop chaud. Elle battit des paupières et se rendormit. Édith observa les lumières de la ville défiler par la fenêtre. Est-ce que Raphaël s'était rendu compte qu'elles étaient parties ? Probablement pas, sinon il l'aurait déjà appelée. Elle vérifia que la sonnerie de son portable était allumée puis le replaça dans son sac.

La voiture se glissa dans la file du dépose-minute et la conductrice l'aida à déplier la poussette. Édith poussa tant bien que mal sa valise et Julie jusqu'au guichet de l'aéroport et sortit son permis de conduire et sa carte de crédit.

— Je voudrais aller à Denver, deux billets. Un pour moi et un pour ma fille, dit-elle en pointant Julie du doigt.

L'hôtesse tapota sur son clavier et se mordit la lèvre.

— J'ai un Albany-Denver par Détroit qui décolle dans deux heures.

— Il n'y a pas de vol direct ?

— Si, il y a un vol qui part dans une heure, mais il est plein. Je peux vous mettre sur la liste d'attente si vous voulez.

— Non, merci. Je vais prendre le vol qui passe par Détroit.

Son cœur sauta un battement à l'annonce du prix des billets, mais elle lui tendit la carte de crédit du restaurant sans broncher. Elle retira son manteau et le fourra dans la valise. Elle transpirait à grosses gouttes sous son pull en laine. Elle aurait dû s'habiller plus légèrement, elle savait bien que les commerces américains abusaient du chauffage en hiver comme de la climatisation en été.

Elle rangea ses cartes d'embarquement dans son sac puis se dirigea vers la sécurité. C'était toujours une partie de plaisir avec un enfant, ou même sans, en fait. Il fallait retirer ses chaussures, sa ceinture, plier puis redéplier la poussette, tout en portant Julie qui pesait une tonne, affalée sur son épaule.

Elle traversa le terminal en direction de sa porte d'embarquement. Il était presque cinq heures du matin et l'aéroport sortait tout juste de sa torpeur nocturne. Les commerçants ouvraient leurs volets roulants et installaient leurs porte-journaux, leurs étalages de tee-shirt et leurs collections de lunettes de soleil. Édith attendit patiemment qu'un jeune homme encore à moitié endormi mette en route la machine à expresso et lui prépare un café. Une fois arrivée à sa porte d'embarquement, elle envoya finalement un message à Raphaël. Son téléphone sonna quelques secondes plus tard. Elle compta jusqu'à cinq avant de décrocher et ferma les yeux pour endiguer l'assaut verbal auquel il allait la soumettre.

***

Raphaël bâilla et chercha son téléphone à tâtons sur sa table de chevet. Il se frotta les yeux pour dissiper les effets d'une nuit fragmentée, peuplée de rêves étranges où se mêlaient le visage de Sophia et le parfum d'Édith. Fraîchement rasé et débarrassé de l'odeur de la trahison, il descendit à la cuisine et mit la cafetière en route. La maison était vide. Édith était sûrement allée déposer Julie à la crèche avant d'aller au restaurant. La mélodie réservée aux messages d'Édith retentit dans la pièce. Il porta la tasse à ses lèvres et sortit son téléphone de sa poche. Il recracha immédiatement son café à la vue des mots qui s'affichaient.

Je vais à Denver avec Julie pour quelques jours. Je t'appelle bientôt pour négocier les termes de notre divorce.

Il composa fébrilement son numéro.

— Qu'est-ce qui te prend ? T'es cinglée de partir comme ça sans prévenir ? hurla-t-il dans l'appareil.

— Ben, je viens de te prévenir, là, non ? répondit calmement Édith.

— C'est quoi, cette histoire de divorce ?

— Quoi ? Ça t'étonne ? Ça fait des mois qu'on tourne autour du pot.

— Écoute, je sais que notre mariage n'est pas parfait, mais ce n'est pas en partant qu'on va résoudre nos problèmes.

— Non, mais ce n'est pas en couchant avec une pute non plus !

Raphaël réfléchit à toute vitesse. Est-ce qu'elle savait ou est-ce qu'elle se doutait ?

— …

— Ça y est, tu as choisi ta parade ?

— Ma parade pour quoi ? Mais qu'est-ce que tu racontes ?

— Tu sais très bien de qui je parle.

— Édith s'il te plaît revient. Il faut qu'on parle ! Je te jure que je n'ai rien fait de mal !

***

12

Édith avait raccroché. En dépit de son mensonge grossier, elle ne pouvait pas s'empêcher de souhaiter qu'il se lance à sa poursuite. Elle consulta l'heure sur son téléphone. S'il partait maintenant, il arriverait juste à temps pour les intercepter. « Mais quelle conne ! », jura-t-elle tout bas. Et ça changerait quoi s'il venait de toute façon ? Elle se força à passer en revue les dernières photos sauvegardées sur son téléphone, cinq photos des orteils de Julie – il fallait vraiment qu'elle arrête de laisser sa fille jouer avec son portable, une magnifique paire de bottes en cuir caramel qu'elle avait vue chez Macy's, le numéro de modèle d'un spot à remplacer au restaurant, et puis cette capture d'écran qu'elle avait prise il y a quelques heures à peine. Elle détailla le cliché pour s'imprégner du goût de la trahison, agrandit l'écran pour mieux distinguer le détail des mains de Raphaël posées sur la nuque et sur les fesses de Sophia, ces mains qui s'étaient si souvent posées sur son corps à elle. Combien d'autres femmes avaient-elles touchées depuis qu'ils s'étaient rencontrés ? Édith inspira profondément puis envoya le cliché à Raphaël.

Julie s'agita dans sa poussette. Elle avait envie de se dégourdir les jambes. Édith la détacha et Julie se mit à courir en direction du tapis roulant qu'elles prirent ensemble une dizaine de fois sous les regards attendris des passagers. L'hôtesse annonça finalement le début de l'embarquement pour les passagers handicapés ou les parents accompagnés de jeunes enfants. Édith refusa l'offre d'un sourire poli, les doigts crispés sur son téléphone au creux de sa poche. Un steward lui demanda poliment de le laisser mettre la poussette de Julie en soute. Édith prit sa fille par la main, jeta un dernier regard en direction du terminal puis s'engagea sur la passerelle. Elle s'apprêtait à monter dans l'avion quand elle entendit le steward l'appeler.

— Attendez, attendez, madame !

Elle se retourna brusquement.

— Vous avez laissé cette couverture dans le terminal.

Édith se mordit la lèvre inférieure pour s'empêcher de pleurer, fourra le doudou de Julie dans son sac et bredouilla un vague « merci » avant de monter dans l'avion.

***

Complètement paniqué à l'idée de la perdre, Raphaël se précipita sur ses clefs de voiture et prit la direction de l'aéroport. Une course poursuite dans le terminal sous le regard attendri des passagers devrait faire l'affaire pour Édith qui s'enfilait des comédies romantiques comme des cacahuètes.

Sur l'autoroute, il songea à Julie, à ses trois années de mariage, à ses beaux-parents si fiers de leur petite-fille qu'ils avaient déjà fait le déplacement deux fois. Ils n'avaient jamais pris l'avion avant cela. Il se mit à sangloter, il voulait qu'Édith rentre, il pouvait encore sauver son couple, avoir un autre enfant, ils partiraient ailleurs…

Arrêté à un feu rouge, il consulta ses messages. La photo qu'Édith lui avait envoyée était de mauvaise qualité, mais on le reconnaissait sans

14

peine, sa langue plantée dans la bouche de Sophia et ses mains fermement plaquées sur ses fesses rondes. Le cliché lui fit l'effet d'un électrochoc. Il dévora du regard ses hanches pressées contre les siennes, sa robe remontée sur ses cuisses et ses seins qui débordaient de son décolleté. Le feu passa au vert et le bruit des klaxons le sortit de sa transe. Il fit demi-tour à la première intersection et prit l'autoroute pour Cold Spring où Sophia tenait un restaurant.

***

À dix mille pieds d'altitude, dans son avion qui traversait la nuit au-dessus du Nebraska, Édith essayait de se concentrer sur le roman qu'elle avait acheté à l'aéroport de Détroit.

Les passagers dormaient, tapaient sur le clavier de leur ordinateur ou lisaient, enveloppés du halo jaune des veilleuses. De temps en temps, un rire, un objet qui tombe ou les pleurs d'un bébé couvraient les ronflements des moteurs qui étouffaient les conversations le reste du temps. Elle se demanda ce que faisait Raphaël. Elle s'était forcée à lui envoyer cette photo qui mettait un point final à ses proclamations d'innocence. Elle avait envisagé de la poster sur Facebook et de l'envoyer à ses beaux-parents, mais qui est-ce que ça aurait surpris ?

Ça faisait vingt-quatre heures qu'elle n'avait pas dormi. Une tempête de neige avait transformé son escale à Détroit en un calvaire de six heures. Six heures à errer dans l'aéroport, à feuilleter des magazines et à boire du café en espérant que Raphaël appelle ou lui envoie un message. Il n'avait pas donné signe de vie. Édith colla son front contre le hublot recouvert d'une fine pellicule de glace pour scruter l'obscurité. Au travers des nuages, elle discerna un chapelet de lumières, un village peut-être ? Enfant, allongée dans l'herbe, ou penchée à la fenêtre de sa chambre, elle aimait observer les avions traverser le ciel et imaginer les passagers à bord. Est-ce qu'ils mangeaient ? Dormaient ? Regardaient un film ? Elle remonta la couverture de Julie qui s'était endormi la tête posée sur sa cuisse, resserra les pans de son gilet en laine et se blottit contre son siège. Elle se demanda si, tout en bas, une petite fille suivait la course de son avion dans le ciel.

***

Raphaël observait le va-et-vient des serveurs qui passaient en coup de vent au travers des portes battantes qui séparaient la cuisine du restaurant, laissant dans leur sillage des effluves de sauces tomates, d'ail et de pain frais. L'agitation qui régnait en cuisine était inversement proportionnelle à l'atmosphère posée de la salle où une clientèle élégante conversait autour de tables nappées de blanc et à la vaisselle scintillante.

Il croisa le regard gourmand de Sophia qui valsait d'un client à l'autre, à distribuer les compliments et remplir les verres de vin. Il était arrivé en début de soirée, échevelé, la chemise tachée de café. Le

16

restaurant n'était pas encore ouvert. Elle n'avait pas eu l'air surprise de le voir débarquer à l'improviste. Elle l'avait légèrement embrassé sur la joue, lui avait tendu une chemise blanche amidonnée et lui avait suggéré de tenir le bar. Elle manquait justement de personnel aujourd'hui.

Raphaël passa en revue les rangées de bouteilles multicolores alignées devant un grand miroir art déco qui lui rappelait un peu celui qu'ils avaient acheté avec Édith la dernière fois qu'ils étaient allés en France ensemble. Ils l'avaient trouvé chez un brocanteur niçois. Ils l'avaient payé une fortune, mais ils avaient eu le coup de foudre. Il ferait tellement beau derrière le bar de la pizzeria. Édith était enceinte. Une grossesse imprévue, mais cet été-là, elle rayonnait de bonheur dans sa robe en lin bleu ciel. Elle semblait différente, sûre d'elle. Les couchers de soleil grandioses, le clapotis de la Méditerranée et le chant des cigales aidant, il s'était pris au jeu du mari comblé. Oui, c'était pour le dix-huit octobre. Une fille ! Julie était née le douze et leur mariage, qui prenait déjà l'eau depuis un moment, avait complètement sombré.

Raphaël sentit le souffle de Sophia sur sa nuque, le frottement léger de ses seins dans son dos alors qu'elle passait derrière lui pour remplir un verre de vin blanc. Il avala une gorgée de whisky. Encore deux heures, et les derniers clients quitteraient le restaurant. Encore deux heures, et le brouhaha des conversations ferait place au silence. Il verrouillerait la porte et tamiserait les lumières. Il attendrait que Sophia fasse la caisse, puis il se faufilerait derrière elle, remonterait les pans de sa robe en soie noire et se glisserait en elle, pressant ses hanches contre le comptoir.

***

Une légère secousse réveilla les passagers qui dormaient à peine. L'avion entamait sa descente. Édith redressa le dossier de son siège et entassa méthodiquement les papiers qui traînaient dans sa tasse de café vide. La voix brouillée du commandant de bord annonça leur arrivée imminente à Denver, l'heure et la température locale, un rituel rendu inutile par l'omniprésence des téléphones portables. Une hôtesse de l'air munie d'un sac poubelle passa dans l'allée pour ramasser les derniers déchets et s'assurer que tout le monde était correctement attaché. Julie dormait si profondément, songea Édith. Elle la souleva délicatement d'une main, abaissa l'accoudoir sur lequel elle aplatit sa couverture avant de la repositionner sur cet oreiller de fortune.

— Vous avez l'habitude, constata sa voisine qui essayait de lui faire la conversation depuis le départ.

Édith haussa modestement les épaules et souffla sur le front moite de Julie qui froissa les paupières.

— Oui, plus ou moins. Et puis, elle est vraiment facile. Elle a déjà pas mal voyagé.

— Vous habitez à Denver ?

— Non, je rends visite à un ami. Et vous ?

— Je vais voir ma fille. Elle habite à Colorado Springs avec son mari et ses trois enfants.

— Super, bon séjour alors. Édith se tourna vers le hublot avant que sa voisine n'ait le temps de sortir son téléphone pour lui montrer des photos ou lui demander d'où elle venait.

Son accent trahissait inévitablement son identité d'étrangère, et déclenchait à chaque fois un interrogatoire curieux, souvent bienveillant, mais qu'elle n'avait pas le courage d'endurer ce soir.

Une ligne inégale de lumières orangées apparut à l'horizon. Comparée à New York ou Chicago, la ville de Denver ressemblait à une minuscule oasis de civilisation perdue au milieu de milliers de kilomètres de plaines sauvages. Ce n'était pas son premier voyage à Denver. Édith avait déjà rendu visite à Quentin plusieurs fois, sa maison et sa vie impeccablement ordonnées lui offrant un bref refuge avant de regagner le champ de bataille de son couple en guerre permanente depuis la naissance de Julie.

L'appareil traversa une nappe de nuages effilés puis pointa une aile vers le ciel avant d'entamer sa descente finale. La cabine était maintenant complètement silencieuse et les lumières tamisées. Les hôtesses de l'air, attachées dans leur harnais, souriaient du bout des lèvres pour rassurer les passagers nerveux.

Quelques minutes plus tard, l'Airbus se posait sur le tarmac puis sans s'arrêter, se mit hâtivement en route vers le terminal. Au loin, d'immenses toiles blanches tendues le long de grands câbles métalliques brillaient dans la nuit. Julie, son doudou serré contre elle, pointa un doigt mouillé vers la fenêtre.

— C'est quoi ça, maman ?

— Tu es réveillée, mon lapin ? Alors ça, c'est l'aéroport de Denver, expliqua Édith en lissant les cheveux de sa fille. On dirait un tipi, tu ne trouves pas ?

Satisfaite, Julie remit ses doigts dans sa bouche et observa le ballet des véhicules de service sur le tarmac.

L'avion s'immobilisa et un flot de lumière envahit la cabine. Le cliquetis des ceintures et des téléphones qui sonnent brisa le silence et les passagers encombrés de bagages s'empilèrent dans l'allée centrale. Quelques minutes plus tard, un léger frémissement à l'avant de l'appareil signala que le débarquement avait commencé.

— Tu es prête ma chérie ? Allez, on y va !

Elle attrapa son sac et guida Julie vers la sortie.

Chignon refait, rouge à lèvres retouché, les hôtesses de l'air les saluèrent à la porte de l'avion.

— Merci d'avoir choisi United !

Un employé de l'aéroport déplia la poussette-canne qu'Édith avait enregistrée à New York.

— C'est à vous, madame ?

— Oui, c'est la mienne, merci ! répondit-elle en y installant Julie.

Son téléphone vibrait depuis cinq bonnes minutes au fond de son sac. C'était probablement Raphaël qui allait la supplier de rentrer. Il ne l'aimait jamais plus que quand elle essayait de le quitter. Elle attendit d'être sortie du couloir de débarquement pour plonger dans son cabas en cuir à la recherche de son portable, et la voix de Raphaël résonna dans sa tête.

« T'as besoin d'une valise pour aller faire tes courses ? Tu peux pas acheter un sac de taille normale ? »

« Mais bien sûr que si, mon chéri. Et sinon, les couches et les lingettes, tu vas les mettre dans ton portefeuille ? »

Elle manqua l'appel. Il rappellerait. Il rappelait toujours quand c'était elle qui partait.

Elle traversa le terminal qui bourdonnait d'activité, contournant les piles de bagages et les enfants rieurs qui couraient à contresens sur les tapis roulants.

Elle ralentit légèrement à l'approche de Starbucks d'où s'échappait un arôme tentant, mais aussi la garantie d'une nuit sans sommeil. Elle avait déjà assez de mal à s'endormir comme ça. La longue file de clients finit de la décourager et elle se remit en route vers la sortie. La moquette du terminal absorbait le brouhaha des conversations et offrait un modeste confort aux voyageurs qui, pour une raison ou une autre – un vol manqué ou annulé, avaient dû s'improviser un lit de fortune en attendant d'être rebookés. Au seul bar encore ouvert, des grappes de passagers se réconfortaient à la chaleur de lampes tamisées et de boissons ambrées.

Un soir d'avril, quatre ans plus tôt, Édith aussi était allée chercher un peu de réconfort dans le bar de l'aéroport de New York. Elle venait de passer un séjour magique à Manhattan avec Quentin qui y vivait déjà depuis deux ans. Un voyage qu'elle avait entrepris sur un coup de tête après avoir défendu son mémoire de maîtrise d'anglais. Ils avaient passé les deux premiers jours à visiter les sites classiques, l'Empire State Building, Time Square et la Statue de la Liberté, et le reste du temps à se promener sans destination particulière, de quartier en quartier, Chelsea, Soho, Greenwich village, à respirer les odeurs de la rue, s'imprégner de l'atmosphère exaltante de cette ville qui la fascinait depuis son enfance.

C'est au retour qu'elle était tombée sur Raphaël. Ou plutôt, que Raphaël lui était tombé dessus, trébuchant sur la lanière de son sac qui traînait entre deux tables. Une coïncidence qui s'était avérée orchestrée, comme il le lui avait confié un peu plus tard. Ils n'étaient pas censés prendre le même vol, mais il était allé discrètement changer son billet entre deux verres. Il était sûr de lui, à l'aise en toute situation et parfaitement bilingue. Édith, encore sous le charme de son voyage, s'était laissé complètement hypnotiser par ses grands yeux noirs, son élégance féline et son sens de la dérision. Ils avaient commencé une relation à distance ponctuée d'allers-retours entre Paris et New York, passé des heures à s'embrasser, siroter des cocktails, grignoter des bruschettas et s'enfiler des huîtres dans les bars des aéroports. Neuf mois plus tard, alors qu'ils dînaient à la terrasse du restaurant des parents de Raphaël dans Little Italy, il l'avait demandée en mariage, et Édith avait accepté sous les applaudissements de la clientèle. Un moment féerique, mais motivé par des raisons très terre-à-terre. La seule façon pour Édith de rester à New York, c'était de se marier avec un Américain. Elle n'avait pas hésité une seconde. Ils s'aimaient si fort. Si seulement elle avait su la vitesse à laquelle Raphaël allait se lasser d'elle. Quentin, lui, s'en était rendu compte tout de suite. Il avait essayé de la prévenir, mais elle n'avait rien voulu savoir.

Son portable se mit de nouveau à vibrer. Elle cala la poussette contre le mur et décrocha.

— Édith, vous me manquez toi et Juju. Tu n'aurais pas dû partir, pleurnicha Raphaël au bout du fil.

— Tu veux que je rentre ?

Silence.

— Raphaël, est-ce que tu veux que je rentre ? répéta-t-elle sèchement.

— Mais… Tu vas revenir à un moment ou un autre de toute façon, non ? Je ne sais pas ce que je veux, je suis perdu là…

— Si tu ne sais pas ce que tu veux, pourquoi tu m'appelles alors ?

— Je… il faut que je réfléchisse…

— À quoi ?

— À nous, toi, moi… à Julie.

— Mais attends là, je rêve ? Tu crois quand même qu'on va s'en remettre ? Je t'ai regardé empaler une nana sur une table de restaurant en direct pendant que je t'attendais comme une conne à la maison, tu…

— OK, OK, arrête de crier !

— …

— Et sinon, Julie, ça va ? Tu vas rester combien de temps à Denver ?

— Je ne sais pas.

— OK, bon ben va retrouver Quentin, et on discute de tout ça demain.

— Oui, c'est ça, on en reparle demain. Je suis certaine que c'est un malentendu.

Elle raccrocha et jeta rageusement son téléphone au fond de son sac avant de s'engouffrer dans les toilettes. Elle se lava longuement les mains puis observa son reflet dans le miroir. Qu'allait dire Quentin quand il verrait son visage épuisé et ses vêtements qui semblaient avoir été empruntés tellement elle avait maigri ? Ça faisait un mois qu'ils ne s'étaient pas adressé la parole avec Raphaël. Elle n'arrivait plus à manger, une boule logée au creux de sa gorge l'empêchait d'avaler, et puis la nourriture avait un goût de ciment, et les couverts pesaient une tonne. Raphaël avait plusieurs fois essayé de briser le silence, mais Édith était prise dans l'engrenage d'un entêtement destructeur.

Elle passa un peu d'eau dans ses cheveux pour réveiller ses boucles brunes, puis, sous le regard curieux de Julie, allongea ses cils d'une couche de mascara et couvrit ses lèvres gercées de brillant à lèvres. Elle se remit en route vers la sortie en se demandant où était Raphaël quand il lui avait téléphoné. Il n'avait pas appelé de son portable qui n'était jamais chargé de toute façon. Le numéro ne venait pas de la pizzeria, mais de Cold Spring, la ville où le cabinet de conseil en restauration de cette Italienne Instagragrammable était situé. Raphaël ne la lui avait pas présentée parce qu'il savait très bien qu'elle se serait méfiée. Elle n'avait pas eu envie d'entendre sa réaction offusquée, que : « Non, non, non ! Ça n'était pas du tout ça ! », que c'était une relation d'affaires, et que : « Franchement Édith, tu pourrais me faire confiance ! » Mieux encore, cette confidence imbibée d'alcool qu'il lui avait fait un soir de dispute : « Tu sais Édith, un homme, ce n'est pas fait pour être monogame. » Bien sûr. Parce que chez les femmes, c'est génétique la fidélité…

Édith se remit en route vers la sortie du terminal. Assise dans sa poussette, Julie caressait sa couverture en laine polaire. La poussette s'arrêta devant un long comptoir surmonté d'une vitrine. — À boire, maman, à boire ! s'exclama Julie en pointant du doigt une brique de lait décorée d'une vache au sourire jovial.

Julie regarda sa mère rajuster son sac sur son épaule, attraper sa boisson et chercher sa carte de crédit dans son portefeuille. Quelques instants plus tard, elle disparaissait de nouveau et la poussette se remit en branle. La sonnerie familière du téléphone d'Édith retentit et Julie écouta en silence la voix de sa mère qui, pour une fois, ne criait pas dans son portable. Elle avait l'air contente. Elle apparut brusquement dans son champ de vision et l'embrassa sur le nez et sur les joues.

— On va voir Quentin, tu te souviens ? Quentin !

Julie sourit bravement, en dépit de ses gencives en feu et de sa couche pleine. Édith lui mit la brique de lait entre les mains et la poussette se remit en route.

Une fois sortie du terminal, Édith envoya un texto à Quentin pour lui dire où elle se trouvait et chercha une carte de Denver sur son téléphone portable. Elle allait habiter avec Quentin en attendant de trouver un travail. Une fois le divorce prononcé, elle louerait un appartement. L'agence immobilière que tenait Quentin pourrait sûrement l'aider. Et puis, il lui faudrait une voiture. Elle s'assit en tailleur sur la moquette en face du tapis à bagage et ouvrit son MacBook. Elle était plongée dans un site de petites annonces quand Quentin arriva, muni d'un bouquet de roses blanches.

— Chef, votre voiture est arrivée. Et je te préviens, si tu as déjà pris un agent immobilier, je te colle dans le prochain avion pour New York !

Édith se jeta dans ses bras et posa son visage sur son épaule. Il sentait bon l'eau de toilette et le linge propre.

— Ça dépend de la commission que tu prends !

Quentin la dévisagea quelques secondes, mais ne dit rien. Rien au sujet des grands cercles gris qui bordait ses yeux noisette, rien au sujet de son teint si pâle que même ses taches de rousseur étaient décolorées.

— Et la puce, elle dort ? demanda-t-il d'un ton un peu trop enjoué.

Il se pencha pour embrasser Julie et se releva, offusqué.

— Dis donc, elle ne sent pas très bon ta fille…

Après un second passage aux toilettes, ils se mirent en route vers le parking. Édith aspira une bouffée d'air froid chargée de kérosène. Elle se sentit soudain légère. Même trop légère d'ailleurs.

— Tu n'as pas enregistré de bagages ? demanda Quentin d'un ton innocent.

Julie regarda sa mère courir pour aller récupérer l'énorme valise qui avait déjà fait dix fois le tour du tapis. Elle reconnaissait l'expression de catastrophe que sa maman affichait souvent. Cela se finissait la plupart du temps par une dispute avec papa, mais papa n'était pas là et Quentin rigolait.

— Oh là là ! Il ne manquerait plus que ça, que j'oublie nos bagages, hein Juju ? Édith planta deux gros baisers sur ses joues rebondies.

Quelques heures et une bouteille de Saint-Émilion plus tard, Édith et Quentin observaient en silence le feu de cheminée.

— Bon alors, c'est quoi le problème ? demanda enfin Quentin sans quitter les flammes des yeux.

Édith s'enveloppa dans la couverture que Quentin avait posée sur ses épaules et attendit que ses lèvres arrêtent de trembler.

— Ben… il me trompe.

— Excuse-moi, mais c'est pas la première fois…

— Oui, mais cette fois-ci j'en suis sûre.

Elle sortit son téléphone de sa poche et lui montra la photo. Quentin grimaça et détourna la tête.

— Comment est-ce que tu as obtenu cette photo ? Tu as embauché un détective privé ?

— Non, mais j'ai fait installer un système de sécurité au restaurant.

— Pour le prendre en flagrant délit ?

— Non, bien sûr que non, je ne me serais jamais imaginé qu'il ferait ça là, comme ça. C'est une coïncidence. Hier soir, je l'ai attendu à la maison jusqu'à minuit, et... je ne sais pas, j'ai eu un doute...

— Alors qu'est-ce que tu vas faire ?

— Je ne veux pas rentrer. J'ai pas acheté de billet retour.

— Ah oui, c'est vrai que ça, ça marche à tous les coups... En cas d'urgence, fuyons les problèmes ! On ne sait jamais, à rester, on pourrait prendre le risque de les résoudre...

— Qu'est-ce que tu veux que je fasse ? Lui pardonner ?

— Ça ne serait pas la première fois non plus.

— Ce n'est pas comme s'il m'avait couru après pour me retenir.

— Et Julie ?

— Je ne sais pas... ça m'étonnerait qu'il se batte pour avoir sa garde.

Quentin la dévisagea quelques secondes.

— Bon, eh bien tu vas rester ici en attendant de décider de ce que tu veux faire.

— Merci.

Quentin se leva et s'étira comme un chat. Lui, en revanche, était en pleine forme, songea Édith avec envie. Sans mari, sans enfant, il passait son temps libre entre la salle de gym et les UV.

— Je vais me coucher, je suis fatigué, et puis demain j'ai rendez-vous avec l'homme de ma vie. Il faut que je sois en forme ! Tu restes là ?

— Oui, je vais rester encore un peu.

— J'arrive.

Il fit sauter un bouchon de champagne et déposa une bouteille de Clicquot et une coupe sur la table du salon.

— Il y en a une autre au frais pour le petit-déj ! Ta chambre est prête, je t'ai mis des serviettes propres dans la salle de bain. Bonne nuit ! Il l'embrassa légèrement sur le front. Ça me fait tellement plaisir que tu sois là, t'as pas idée. Il disparut dans le couloir.

Édith croisa les bras et observa les flammes danser dans la cheminée. Elle ne se souvenait même pas de ce qu'elle avait mis dans ses bagages. Elle avait juste voulu partir, partir le plus loin possible, comme si la distance l'aiderait à diminuer l'intensité de ses sentiments pour lui. Et aussi parce qu'à chaque fois qu'elle était partie, Raphaël s'était lancé à sa poursuite.

Mais cette fois-ci, c'était fini, elle ne rentrerait pas. Elle se versa une dernière coupe de champagne, trinqua à la santé de sa nouvelle vie en ignorant l'insidieuse voix intérieure qui pointait du doigt les failles de son plan et s'endormit la tête sur le canapé.

Chapitre 2

Julie babillait avec animation dans son faux téléphone portable. Édith la cala sur sa hanche et se versa une deuxième tasse de café. Il faisait un soleil magnifique, c'était la journée parfaite pour aller écumer les brocantes. Elle commença une liste sur un morceau de papier qui traînait sur la table : une chaise haute, un lit d'enfant, et avec un peu de chance, un parc si elle en trouvait un. Les Américains n'aimaient pas les parcs. On ne met pas les enfants en prison. La mère d'Édith avait levé les bras au ciel. « Alors quoi, on les laisse livrés à eux-mêmes, pour qu'ils dévalent les escaliers sur la tête ? » avait répliqué mamie Paule.

Julie avait dirigé son attention sur le crayon d'Édith et essayait de l'attraper. Il faudrait aussi acheter une voiture d'occasion… Édith retira son crayon de la bouche de Julie qui éclata en sanglots. Son portable se mit à vibrer. C'était Raphaël. Elle regarda l'appareil glisser le long de la table et tomber sur le carrelage de la cuisine.

Quentin entra dans la cuisine, fraîchement rasé, vêtu d'un costume gris clair et d'une chemise jaune pâle.

— Bien dormi, chef ?

— Oui. Et toi ?

— Très bien ! Est-ce que Raphaël a déjà appelé pour te dire qu'il t'aime et qu'il ne peut pas vivre sans toi ?

— Non, enfin oui, mais je n'ai pas décroché. Elle ramassa son téléphone et le posa sur la table. Je ne rentre pas, Quentin. Vraiment, cette fois-ci c'est fini.

— Et Julie ? Et s'il réclame sa garde ?

— Il ne s'en est jamais occupé, il ne voulait même pas que je la garde quand il a appris ma grossesse.

— Chuuut… dit-il en couvrant les oreilles de Julie. Fais attention, elle écoute tout ta coccinelle.

Édith se tut. Elle n'avait encore jamais admis que Raphaël ne voulait pas d'enfants.

— Ça ne veut pas dire qu'il ne l'aime pas. Tu ne peux partir comme ça sans lui laisser le choix. C'est son père.

Édith posa son menton sur la tête brune de Julie.

— Honnêtement Quentin, je crois qu'il sera soulagé de ne plus nous avoir dans sa vie.

Quentin lui colla son portable dans la main.

— Il faut que tu règles le problème avant de faire des plans sur la comète.

— D'accord, mais pas maintenant.

— OK. On change de sujet… tu as une idée de ce que tu vas faire si tu restes ici ?

Le téléphone d'Édith se remit à vibrer. C'était de nouveau Raphaël. Quentin lui prit Julie des bras et quitta la cuisine en pointant l'appareil du doigt avec autorité. Julie jeta un regard triomphant à sa mère en brandissant le crayon dont elle s'était emparée.

Édith décrocha et déplia une feuille de papier couverte de notes qu'elle avait prises dans l'avion. Ses mains tremblaient.

— Édith, vous me manquez Juju et toi ! Quand est-ce que vous rentrez ?

Ces larmes, cette voix chevrotante…

— Tu nous manques aussi, Raphaël. On arrive aujourd'hui !

— Aujourd'hui ? cria Raphaël d'une voix où le chagrin avait fait place à la panique. Mais tu viens d'arriver ! Et, à quelle heure ?

Édith s'assit à la table de la cuisine et fit une pause avant de répondre.

— On a fait escale à Pittsburgh, on embarque dans cinq minutes pour Albany. Tu viens nous chercher d'ici deux heures ?

— Deux heures ? Pourquoi tu ne m'as pas prévenu que… je ne peux pas quitter le resto là… j'attends des fournisseurs !

— Tu es au resto ? Envoie Brian alors, contra Édith.

— Ben non, justement, Brian… il n'est pas là…

C'était si facile, il ne restait plus qu'à lui assener le coup de grâce.

— Ah bon ? Il est où ?

— …

— Raphaël ?

— Oui ?

— T'es pas au restaurant.

— Non.

— …

— Édith, je vais rentrer, je serai là ce soir, si je pars maintenant, je peux arriver vers sept heures.

Édith hésita. Elle avait si souvent craqué, dit oui alors que son instinct lui hurlait de dire non.

— Non, répondit-elle enfin. Tu ne rentres pas. Et moi non plus. Enfin pas tout de suite.

— Comment ça, tu ne rentres pas ? Tu ne peux pas nous faire ça !

— Pourquoi pas ?

— Parce qu'on est mariés, on a un enfant, et parce que je t'aime !

— Tu m'aimes ? Je me demande comment tu me traiterais si tu me détestais, ricana Édith.

— Tu ne peux pas partir comme ça avec Julie !

— Non ? Tu veux que je te la ramène ? Elle fera quoi pendant que tu sautes ta consultante en restauration ? Colorier le menu enfant ?

— Édith, ça fait des mois que tu ne m'adresses pas la parole et que tu dors dans la chambre d'amis. Je ne suis pas un saint.

— Moi non plus, je ne suis pas une sainte. Je veux divorcer.

— D'accord, rétorqua-t-il immédiatement.

Édith encaissa le coup.

— On peut faire ça à l'amiable, ajouta-t-elle enfin.

— Oui, bien sûr.

— Je veux la garde de Julie.

— Ça veut dire quoi, que je la verrai plus ?

— Non, on peut décider d'un accord de garde.

— Comme quoi ? Tu es à trois mille kilomètres de la maison.

— Oui, et c'est pas encore assez loin ! Trouve-toi un avocat, et n'oublie pas de lui donner une copie de tes exploits sur la table cinq.

Elle raccrocha et croisa les bras pour essayer d'arrêter de trembler.

— Quentin, tu peux revenir ! J'ai fini !

— Alors ?

— Alors quoi ? T'avais l'oreille collée à la porte, non ?

— Ben oui, mais on n'entend pas très bien. Il sourit de toutes ses dents. Tu lui as dit que tu restais ici pour de bon ?

— Pas directement, non. J'ai peur de sa réaction. Édith ferma les yeux et se massa les tempes. Je déteste Albany. Je préfère mourir que d'y retourner.

— Il va falloir te trouver un avocat.

— Oui. Tu connais quelqu'un ?

— Je peux me renseigner. Tiens, reprends ta fille, dit-il en transférant Julie de sa hanche à la sienne, il faut que je change de chemise. Elle m'a refait Guernica sur l'épaule. C'est une artiste, celle-ci !

Édith frotta distraitement du plat de la main la chemise de Quentin tachée de feutre.

— Oui, en effet, je suis désolée…

— C'est rien, ça va partir au lavage. Je te retrouve à 14 heures au coin de la trente-huitième rue et de Tennyson. Tu vas voir, ça a beaucoup changé. C'est plein de boutiques et de petits restos sympas. Tu prends un Uber ? Ou tu peux y aller à pied.

— Oui, je verrais. Vas-y, ne le fais pas attendre, ton amoureux. J'ai regardé les photos sur ton téléphone, il est super beau en plus.

— Non, mais, faut pas te gêner non plus ? Puis il est verrouillé mon portable, comment t'as fait ?

— J'ai mes techniques de femme trompée.

Elle le chassa d'un geste de la main.

— Allez, va-t'en !

Quentin referma la porte derrière lui puis réapparut quelques secondes plus tard.

— J'ai oublié de te dire un truc. Ma voisine Pénélope doit passer m'apporter quelque chose. Si on sonne, n'ouvre pas. Elle le laissera sur le perron.

— Tu ne veux pas qu'on sache que je suis chez toi ?

— Non, c'est pas ça. Je t'expliquerai, c'est compliqué.

Édith le dévisagea quelques secondes.

— Tu veux me faire mourir de curiosité ? C'est ça ?

— Mais, c'est rien de bien excitant. Je t'explique ce midi.

****

Raphaël remit pensivement son portable dans la poche arrière de son jean. Il avait besoin de quelques instants pour reprendre ses esprits. Ils avaient si souvent effleuré le sujet du divorce sans jamais l'adresser de plein front. Ça faisait des mois qu'ils tournaient autour du pot, mais ni l'un ni l'autre n'avait osé franchir le pas. Ils savaient qu'une fois le mot fatidique prononcé, ils ne pourraient plus faire marche arrière. C'est Édith qui avait finalement craqué, sûrement enhardie par Quentin, qui n'avait jamais approuvé leur relation et encore moins leur mariage.

Il avait surpris une de leurs conversations quatre ans plus tôt :

— Couche avec lui tant que tu veux, disait Quentin, mais je t'en supplie, ne te marie pas avec lui. Tu ne seras pas heureuse.

— Je n'ai pas le choix Quentin, on s'aime. On n'en peut plus des allers-retours Paris - New York. Ça nous coûte une fortune. Maintenant, toi tu as ta carte verte, non ? Tu veux m'épouser ?

— Chiche !

Ils avaient tous les deux éclaté de rire. Raphaël avait bruyamment refermé la porte de l'appartement pour signaler son arrivée. Édith et Quentin rigolaient encore quand il était entré dans la cuisine. Plus que le commentaire de Quentin sur leur projet de mariage, c'est leur complicité qui l'exaspérait. À chaque fois qu'ils se disputaient avec Édith, elle courait se réfugier chez Quentin. Puis Quentin avait quitté New York et Raphaël et Édith avaient déménagé à Albany pour reprendre une pizzeria qui appartenait à ses parents. Ça non plus, ça n'avait pas aidé leur relation. Albany, ce n'était pas New York. Mais ses parents ne lui faisaient pas assez confiance pour lui laisser la direction d'un de leurs deux restaurants de Manhattan. Il fallait qu'il fasse ses preuves avant. Ils n'avaient pas non plus approuvé son union avec Édith.

« Vous vous connaissez à peine, vous n'avez jamais vécu ensemble. Tu n'es pas fait pour le mariage de Raphaël. Tu te lasses vite de tout. », lui avait fait remarquer sa mère avec son calme habituel.

L'annonce de son divorce ne les étonnerait pas. C'est vrai qu'il s'était vite lassé d'Édith après leur mariage. Les trois premiers mois étaient passés à une vitesse folle. Ils avaient emménagé dans un appartement de l'Upper West Side qui avait appartenu à la grand-mère de Raphaël. Raphaël avait fait découvrir New York à Édith. Ils écumaient les bouquinistes et les antiquaires le jour et les bars branchés la nuit. Personne ne refusait l'entrée à Raphaël et sa clique d'amis aussi riches que superficiels. Puis ses parents l'avaient mis au pied du mur. Ou il trouvait un travail, ou ils supprimaient sa rente. Il avait suggéré de prendre la direction du Florencia, le restaurant italien que ses parents avaient ouvert dans Greenwich village dans les années 80, mais ils lui avaient ri au nez.

« Tu plaisantes ? C'est hors de question. Marco gère le Florencia depuis dix ans. Tu veux qu'on le mette dehors ? Et puis tu n'as aucune expérience. Le métier de restaurateur, ça s'apprend sur le terrain, mon fils, pas par osmose. », lui avait asséné son père.

À force de plaidoyer, ils lui avaient finalement offert la pizzeria d'Albany. En gérance depuis dix ans, elle oscillait au bord de la faillite et le gérant voulait prendre sa retraite.

Ils étaient arrivés à Albany un soir du mois de février. Raphaël avait monté leurs valises dans l'appartement situé au-dessus du restaurant. Le deux-pièces sentait la cigarette et la graisse froide.

Ils s'étaient couchés tout habillés sur le lit sans draps. Édith avait passé une semaine à nettoyer la cuisine et à repeindre les murs, pendant que Raphaël se préparait à prendre le contrôle de la pizzeria. Ce changement brutal leur avait fait l'impression d'une douche froide. Chaque matin, au petit déjeuner, Édith et Raphaël sirotaient leur café en évitant de se regarder, comme deux inconnus qui se seraient réveillés dans le même lit après une soirée trop arrosée.

Sans spectateurs, sans amis à épater, son mariage avec Édith avait perdu tout son éclat. Il l'avait observée frotter le sol de la pizzeria au balai-brosse, dans un jean et un tee-shirt trop grands, sans maquillage et les cheveux retenus par un foulard. Il s'était soudain demandé ce qu'il avait bien pu lui trouver. Il s'était senti pris au piège. Au cours des semaines qui avaient suivi, Édith s'était refermée sur elle-même. Elle lui tournait le dos le soir et ne mangeait pratiquement plus rien.

— Mais qu'est-ce qui t'arrive Édith, tu te laisses aller. Arrange-toi un peu, avait-il enfin lâché.

— Je suis enceinte, avait-elle rétorqué.

— Enceinte ? Mais qu'est-ce que tu vas faire ?

Édith avait fondu en larmes et Raphaël avait attrapé ses clefs de voiture et quitté l'appartement sans dire un mot. Il était revenu trois jours plus tard. Une fois le choc passé, il s'était convaincu que c'était une bonne chose. Après tout, il allait avoir trente-cinq ans. Il était temps de s'y mettre. Ils avaient réussi à redémarrer leur relation, après une brève parenthèse avec une serveuse de la pizzeria qui aimait s'agenouiller sous son bureau et une semaine de vacances à Nice. Ils avaient acheté une maison avec un porche et une cheminée dans une rue en cul-de-sac avec l'aide des parents de Raphaël qui, face à la grossesse d'Édith, n'avaient eu d'autre choix que de prendre leur mariage au sérieux. À leur grande surprise, le restaurant marchait bien. Édith s'était découvert une affinité pour la comptabilité et la gestion. Ils avaient obtenu un peu d'argent du renouvellement urbain pour rénover la devanture et réussi à convaincre le cuisinier de mettre son menu au goût du jour. Avec l'arrivée du printemps, les arbres s'étaient couverts de fleurs, les journées s'étaient allongées et les températures adoucies. Ils avaient entrepris de découvrir les montagnes Adirondack, fait du canoë sur les lacs et passé des nuits dans des chambres d'hôtes. Mais le ventre d'Édith s'arrondissait au même rythme que la boule qui s'était logée au creux de la gorge de Raphaël le jour où elle lui avait annoncé sa grossesse. Il s'était habitué à ce sentiment d'étouffement qui s'atténuait de temps en temps, sans jamais complètement disparaître. Jusqu'à ce qu'Édith lui demande le divorce et qu'il accepte sans même réfléchir. Pour la première fois depuis trois ans, il s'était senti léger, comme libéré d'un poids. Ses parents avaient raison, il n'était pas fait pour le mariage et il n'avait jamais voulu d'enfants.

— C'était qui au téléphone ? demanda Sophia qui frottait vigoureusement le comptoir.

Le regard de Raphaël se posa sur sa poitrine qui bougeait au rythme de ses mouvements sous son pull en laine fine. Elle ne portait pas de soutien-gorge.

— Mmh, comment ?

— C'était qui au téléphone ?

— Mon comptable.

— Bonnes nouvelles ? Tu as l'air content.

— Oui, tu veux voir mes livres de comptes ? Viens avec moi dans mon cabinet, c'est là que je garde tous mes papiers, murmura-t-il en l'enlaçant.

— Et si quelqu'un arrive ?

Raphaël ignora sa remarque et la dirigea dans le couloir. Il s'était pris à fantasmer qu'il ne la connaissait pas, et qu'ils venaient juste de se rencontrer. Il referma la porte du pied et la poussa sur le bureau. Elle se laissa faire, avec cet air de biche affolée qui l'excitait tant.

***

Édith retira son jean trop grand et attrapa la robe rouge vif que Quentin avait lancée dans la cabine d'essayage.

— Bon alors, tu vas faire quoi ? demanda-t-il.

— Je ne sais pas, répondit Édith. Je n'ai pas beaucoup d'expérience en dehors de la restauration. Et une maîtrise d'anglais d'une fac française, ça ne vaut pas grand-chose aux États-Unis.

— Tu pourrais faire une formation d'agent immobilier ?

— Oui, pourquoi pas ? On bosserait ensemble, commenta Édith sans trop d'enthousiasme.

— Une mère célibataire et un homo. Quelle équipe !

— Sinon, j'aime beaucoup la comptabilité, mais je n'ai pas de diplômes.

— Pareil, tu peux faire une formation en ligne. Ça va la robe ?

— Trop grande. Édith ouvrit le rideau d'un coup sec. Il me faut la taille en dessous.

— Non. Il faut te remplumer. Tu ressembles à un moineau anorexique.

— Je te remercie.

— Allez, on la prend, et essaye ces deux jeans. Ils sont en solde, et ils devraient t'aller. Comme ça tu auras quelque chose à te mettre en attendant de reprendre du poids.

Édith rentra dans la cabine d'essayage et Quentin lui lança une pile de tee-shirts par-dessus le rideau. Édith sourit en entendant Julie rigoler.

— Encore ! Encore !

— Non, Julie, on va se faire disputer si on continue à déranger la boutique, chuchota Quentin qui apaisa la vendeuse d'un sourire ravageur.

— Allez, on va manger, j'ai faim. Édith sortit de la cabine les bras chargés de vêtements. Je garde le jean et le tee-shirt sur moi. Ça fait du bien de me sortir de mes vieilles fringues.

La vendeuse les regardait babiller en français avec fascination.

— C'est trop génial de parler une deuxième langue, s'exclama-t-elle avec envie. Moi j'ai fait deux ans de français au lycée, mais je n'ai rien appris. Ma prof était nulle…

— Vous êtes sûre qu'elle parlait français ? demanda Quentin d'un air faussement affligé.

La vendeuse pouffa de rire et tendit un joli sac rose en papier à Édith. Elle le prit avec plaisir. Elle ne se souvenait plus de la dernière fois qu'elle s'était acheté des vêtements. Elle eut envie de prendre rendez-vous chez le coiffeur et la manucure, et de se faire une après-midi shopping à la Julia Robert sur Rodeo Drive, sauf qu'elle n'en avait vraiment pas les moyens.

— Bon alors, ta soirée d'hier ?

Quentin fit la grimace.

— Pas top du tout. C'est un truc que je ne comprendrais jamais, ces types qui mettent de fausses photos sur leur profil Tinder. Ils croient qu'on ne va pas s'en rendre compte quand on les rencontre ?

— Bah, il n'y a pas que le physique dans la vie ?

— Non, il y a l'honnêteté aussi. Mais bon, si je ne trouve pas, je pourrais toujours me rabattre sur la vendeuse. Quentin brandit une carte de visite dont s'échappa une pluie de paillettes. Elle m'a filé son numéro.

— Quelle connasse ! Tu ne lui as pas dit qu'on était mariés ?

— Certainement pas ! Elle m'aurait fait replier la pile de tee-shirts que tu as essayés. Non merci. On va là ? Il pointait du doigt la terrasse ombragée d'un pub irlandais.

Une fois installés et Julie occupée à manger les crayons de couleur que la serveuse lui avait apportés, Quentin commanda deux verres de vin blanc.

— Tu as parlé à tes parents ?

— Oui, j'y pense. Je ne sais pas comment aborder le sujet. Ils vont être tellement déçus. Édith fit une pause. Remarque, ils ne seront pas trop étonnés. Au cours de leur dernière visite, il avait trouvé le moyen de dire à ma mère qu'il n'était pas fait pour le mariage. Tu imagines ? C'est mal passé. C'était soi-disant une blague, mais ça n'a fait rire personne.

— Raphaël n'a jamais accroché avec tes parents, remarqua Quentin.

— Avec toi non plus d'ailleurs.

Quentin haussa les épaules.

— J'aurais préféré me tromper.

La serveuse prit leur commande. Édith avala une gorgée de vin et allongea ses jambes sous la table. Elle ferma les yeux quelques instants. Il faisait doux, une vigne qui se réveillait juste de sa torpeur hivernale les protégeait du soleil. Quentin n'eut pas le cœur d'insister. Son regard tomba sur Julie qui finissait consciencieusement une assiette de pâtes, le visage et les avant-bras couverts de sauce tomate. On aurait Édith en miniature. Les mêmes grands yeux noisette et les mêmes boucles brunes sauvages qui poussaient dans tous les sens. Il ne comprenait pas comment Raphaël avait réussi à ne pas tomber complètement amoureux de cette enfant.

— À quoi tu penses, tu as l'air sérieux, demanda Édith. Je vais m'en sortir, tu sais.

Quentin lui sourit gentiment.

— Je sais. Je n'en doute pas.

— Je le savais que ça ne marcherait pas avec Raphaël. Avant Julie, avant même qu'on se marie. C'est drôle, tu vois, mais je ne me suis jamais imaginée vieillir avec lui.

— Pourquoi tu l'as épousé, alors ?

Édith remua ses spaghettis dans son assiette et esquissa un sourire gêné.

— Je sais que c'est con, mais j'étais vraiment amoureuse de lui. J'étais mordue, je n'arrivais pas à me raisonner. Pourtant on m'a mise en garde. Mes parents, toi, même sa mère alors tu vois…

— Et tu l'aimes encore ?

— Je ne sais pas. Je ne crois pas, mais s'il débarquait là, la bouche en cœur et qu'il me demandait de rentrer, je ne suis pas certaine que je refuserais… Je suis vraiment trop conne.

— Non, moi aussi j'ai fait des conneries pour des mecs que j'adorais. Tu le sais bien d'ailleurs.

Ils regardèrent passer un couple d'une soixantaine d'années, main dans la main, et Édith poussa un long soupir.

— Si ça se trouve, ils viennent de se rencontrer sur Tinder, remarqua Quentin en les suivant du regard.

— Tu as sûrement raison. Et ils sont sûrement tous les deux mariés à quelqu'un d'autre.

Quentin acquiesça en silence.

— On va prendre un café ?

Édith plongea dans son sac à la recherche de sa carte de crédit.

— Ah oui ! Ta voisine est effectivement passée, dit-elle en lui tendant un paquet cadeau visiblement recyclé.

— Pénélope ? Tu lui as ouvert la porte ?

— Non, j'ai suivi tes consignes. Tu m'expliques ?

Quentin déchira le papier et déplia une longue écharpe bleu azur ornée de petits cœurs rouges.

— Pénélope, c'est ma voisine. Elle est un peu spéciale.

— Oui, elle a sonné au moins dix fois avant de laisser tomber.

— C'est elle qui l'a tricotée, cette écharpe.

— C'est, euh… assez moche, mais c'est vraiment très bien fait. Elle te court après ?

— Oui, ça fait un moment que ça dure. Elle est un peu dérangée, mais elle est vraiment gentille. Je ne sais pas exactement ce qu'elle a. Elle habite une rue au-dessus de la mienne, avec son mari.

— Et il en pense quoi, son mari ? demanda Édith en repliant l'écharpe.

— Jimmy s'occupe d'elle, il gère de son mieux.

— Et tu m'as demandé de ne pas ouvrir la porte parce que tu as eu peur de sa réaction ? Qu'elle soit jalouse ?

— Voilà.

— Bon, ben faudra bien que tu me la présentes tôt ou tard. Tu n'as qu'à lui dire qu'on est mariés !

— Elle aussi, elle est mariée ! Elle s'en fout, c'est ça le problème. Allez, on va prendre un café ?

Quentin avait pris le contrôle de la poussette et comme beaucoup d'hommes sans enfants (ou avec d'ailleurs), il ne pouvait pas s'empêcher de faire l'andouille, à slalomer entre les passants et faire des demi-tours sur deux roues. Ça ne plut pas du tout à Julie qui exigea immédiatement qu'Édith reprenne le contrôle du véhicule.

— On va là ? Édith se tenait face à la devanture à la peinture écaillée d'un commerce sans enseigne.

— C'est un café ?

Elle pointa du doigt les lettres qui se décollaient de la porte vitrée : *Coffee, pastries and sandwiches.*

— Le café va être dégeu ! Et ce n'est même pas ouvert en plus !

— Ben si, regarde. Elle poussa la porte et le tintement d'une clochette annonça leur arrivée.

Quentin la suivit en secouant la tête. C'était un passe-temps qu'ils avaient inventé quand ils étaient à la fac : dénicher des commerces vieillots, un peu pour se moquer, mais surtout par fascination pour ces

46

endroits figés dans le temps. Ils avaient visité des studios de danse poussiéreux, des merceries qui empestaient les boules à mites, et des quincailleries qui débordaient d'outils obsolètes. Et au fil de ces expéditions, ils avaient aussi rencontré des gens captivants et forgé des amitiés improbables.

Quentin ne put s'empêcher de se prendre au jeu. Le café était vide et silencieux, à l'exception de Frankie Valli qui chantait Sherry en sourdine dans la radio. Un rideau en voilage décoloré par le soleil impitoyable du Colorado isolait le commerce du monde extérieur.

L'air stagnant était imprégné d'une légère odeur d'expresso et de vieux linoléum que les allées et venues des clients avaient éculé au point d'y laisser de grandes taches brunâtres le long du comptoir et sous les tables.

Édith longea une vitrine à gâteaux complètement vide à l'exception d'une dizaine de cookies rachitiques et s'arrêta devant une ancienne caisse enregistreuse qui dissimulait en partie une femme fluette aux cheveux gris impeccablement permanentés et vêtue d'un tablier aux couleurs passées.

— Qu'est-ce que je peux faire pour vous ?

Édith détailla la machine avec admiration. Une véritable pièce de musée. Elle remarqua les trois cafetières qui attendaient sagement les clients sur des plaques chauffantes derrière elle. Café, déca et eau chaude probablement.

— Un café, commanda Édith, et un cookie, ajouta-t-elle sans aucune intention de le manger.

La femme sourit puis elle attrapa un gobelet en carton qu'elle remplit d'un liquide fumant dont la couleur de thé dilué n'augurait rien de bon. Elle posa le gobelet consciencieusement sur le comptoir et tourna son attention vers Quentin.

— Et pour vous ?

— Pour moi, un café latté avec du lait zéro pour cent, s'il vous plaît.

La vieille dame rajusta ses lunettes et rougit.

— Tu vois bien que madame n'est pas équipée pour faire des expressos ! lui fit remarquer Édith.

— Mais si, regarde ! Quentin lui montra une machine en partie cachée sous une bâche.

— Je suis vraiment désolée, elle ne marche pas. J'ai du déca, du café noir, ou du café au lait. Sinon, il y a deux autres endroits dans la rue qui servent des cafés compliqués si vous préférez.

— Elle a l'air toute neuve, pourquoi elle ne marche pas ? demanda Édith en soulevant la bâche. On dirait une Rancilio, c'est une bonne marque pourtant.

— Oui, c'est effectivement ce qu'on m'a dit. J'ai essayé plusieurs fois, rien à faire. C'est vraiment dommage…

— Vous voulez que je regarde ? proposa Édith. J'ai la même dans ma pizzeria.

— Allez-y, si ça ne vous dérange pas.

Elle découvrit la machine et la brancha. Elle vérifia que le réservoir d'eau était rempli et testa la vapeur qui sortit sans problème.

— Vous avez du café en grain ? demanda-t-elle.

Quelques instants plus tard, Édith tendait une tasse d'expresso à Quentin et Julie applaudit.

— Elle fonctionne parfaitement votre machine, s'exclama Édith. La personne qui vous l'a vendue ne vous a pas expliqué comment elle marche ?

— Ce n'est pas moi qui l'ai achetée. Enfin si, je l'ai payée. C'est la petite jeune que j'ai embauchée quand j'ai pris ma retraite. Elle avait plein d'idées, mais elle est partie juste après me l'avoir fait acheter.

— Venez, je vais vous montrer, proposa Édith.

— Ho, non, non, non ! Ça va comme ça. La dame posa un regard terrifié sur la buse à vapeur. Je vais me brûler, j'en suis sûre. J'ai mis une annonce dans le journal. Quand j'aurai trouvé quelqu'un pour me remplacer, elle se débrouillera avec la machine.

— Le bâtiment vous appartient ? demanda Quentin. Il fit un tour sur lui-même pour mieux détailler les lieux.

— Oui, ça fait vingt ans qu'on est là avec mon mari. Enfin, ça fait longtemps qu'on ne travaille plus. Mais c'est pas facile de trouver des employés qui restent ces jours-ci. Ça vous fait des promesses et puis ça rend son tablier au bout d'un mois. Donc, en attendant, on se relaie, avec Henry. Lui, le matin et moi, l'après-midi.

— Vous pourriez vendre, suggéra Quentin qui ne perdait pas le sens des affaires.

Il sortit une carte de visite et la lui tendit.

— Je suis agent immobilier.

— Ah ! Encore un agent immobilier ! Enfin, excusez-moi, mais j'en ai toute une tripotée d'agents immobiliers. Il y en a en même qui m'amènent des fleurs quelquefois. Mais je vais attendre encore un an ou deux. Le marché continue de grimper et on n'est pas pressés.

Quentin rangea sa carte de visite.

— Pas bête, concéda-t-il. Je repasserai l'année prochaine alors. Avec des roses ?

— Des glaïeuls plutôt. Si je vends, ça sera sûrement à ma voisine. Elle souhaiterait agrandir sa boutique de fleurs. Enfin, on verra plus tard…

***

Édith vérifia de nouveau l'heure sur son téléphone. Il était presque midi et quart et Raphaël n'avait pas encore appelé. Julie se tortillait pour essayer de taper sur le clavier de l'ordinateur. Édith lança l'appel une dernière fois, mais personne ne répondit.

— Papa, demanda Julie ?

— Ben non, papa, il n'est pas là. Tu veux une glace ? enchaîna-t-elle à la vue de son air déçu.

— Je ne suis pas sûr que ce soit bon pour elle de faire ce genre d'association, observa Quentin qui préparait une sauce tomate.

— Qu'est-ce que tu veux que je fasse ?

— Tu ne pourras pas toujours la protéger de l'indifférence de son père.

— Certes… je vais appeler mes parents à la place, tiens.

Sa mère décrocha presque tout de suite.

— Bonjour, maman !

— On n'avait pas prévu de se parler, la gronda sa mère un peu gênée d'être en pyjama.

— Il est quelle heure chez vous ? demanda Édith automatiquement.

— Il est huit heures et quart. Ton père regarde les informations et il ronchonne comme d'habitude. Dis donc, tu es où ? Ce n'est pas ta cuisine ça !

Édith souleva l'ordinateur pour montrer Quentin aux fourneaux.

— Bonjour, Madame Lançon !

— Mais je ne comprends pas, tu es chez Quentin ?

— Oui, j'ai décidé de lui rendre visite.

Sa mère pencha légèrement la tête en arrière et plissa les yeux.

— Et pour combien de temps ?

— Une semaine, mentit Édith avec aplomb. Elle ignora le regard de Quentin qui lui brûlait la nuque.

— Papa est pas là ! interrompit Julie.

— Bonjour, ma chérie, comment tu vas ? demanda la mère d'Édith d'une voix complètement différente. Jean-Pierre, viens dire bonjour à ta petite-fille !

Le visage de son père apparut à l'écran.

— Bonjour, mon lapin en chocolat ! Mais dis-donc, Édith, ce n'est pas ta cuisine ça ! Tu es où ?

Édith étouffa un soupir exaspéré. Mais qu'est-ce qui lui avait pris de les appeler ! Elle avait toujours eu un peu plus de mal à mentir à son père, même si c'était sa mère et sa maudite intuition qui finissaient souvent par découvrir le pot aux roses. Elle n'avait pas envie de leur faire part de sa décision de divorcer, en partie parce que Julie était juste à côté d'elle, mais aussi parce qu'elle ne voulait pas leur faire de la peine et encore moins leur donner le faux espoir qu'elle rentrerait vivre en France. Elle craignait un peu la colère de son père qui en remettrait sûrement une couche parce qu'il n'avait jamais aimé Raphaël. À sa première visite, il en avait fait beaucoup trop. Le bouquet de fleurs un peu trop gros, les cigares de luxe alors qu'elle lui avait répété dix fois qu'il ne fumait plus depuis vingt ans. Avec le recul, Édith s'était rendu compte que Raphaël avait probablement été intimidé par cet homme aux valeurs simples, mais solides qui était marié à la même personne depuis plus de trente ans alors que lui changeait de voiture tous les six mois. Son père avait tout de suite vu dans son jeu.

— Alors papa, t'en penses quoi de Raphaël ? avait demandé Édith après la première visite de Raphaël, un peu agacée d'avoir à poser la question.

— Ben, ma fille, si tu l'aimes c'est ce qui compte, avait répondu son père avec un rire gêné avant de se replonger dans son sudoku. Elle n'avait pas eu le courage de poser la question à sa mère.

Édith abrégea la conversation avec ses parents, referma son ordinateur portable et se retourna pour faire face à Quentin.

— Oui, je sais, je mens à tout le monde. Mais j'ai besoin d'un peu de temps, parce que dès que ça se saura qu'on divorce et que je reste à Denver, je vais me taper un déluge de conversations, de textos, d'emails, de paperasse, de négociations. Entre mes parents, ses parents, mes amis, ses amis, là je n'ai pas le courage d'affronter tout ça. Je veux juste quelques jours pour me préparer mentalement à me prendre une tonne de « Je m'en doutais », et « je te l'avais bien dit » dans la tronche.

Édith reprit sa respiration. Quentin goûtait sa sauce tomate, impassible. Son téléphone vibra dans sa poche.

— Et merde, c'est Raphaël. Je ne réponds pas. Il devait appeler il y a une heure.

— Il a peut-être une bonne excuse ?

— Oui, il en a toujours de bonnes excuses, rétorqua-t-elle en décrochant.

— Édith, j'ai eu tes douze textos, je suis coincé avec un client, débita Raphaël d'une traite. Je peux essayer vers quatre heures.

— Essayer ? Alors quoi, je reste ici comme une conne à ta disposition, au cas où tu trouverais le temps de l'appeler ?

— Je n'ai pas que ça à foutre moi, j'ai un restaurant à tenir, tu te souviens ?

— C'est toi qui voulais qu'on s'appelle à midi, il me semble ?

— Oui, ben là tu vois, je n'ai pas le temps.

— Et je lui dis quoi à Julie, du coup ?

— Ben tu lui dis que papa va essayer de l'appeler dans deux heures.

— Ah ben oui, elle a deux ans et demi elle va comprendre.

— Bon, écoute, lâche-moi la grappe deux minutes. Elle a deux ans et demi, elle s'en fout.

— Oh c'est bien ! T'inquiète, je vais gérer comme d'habitude.

— Dis, c'est toi qui as voulu un gosse, non ? Alors maintenant t'assumes ! Jouer au papa, ça va deux minutes, mais tu savais dès le départ que ce n'était pas mon truc.

— Ah bon, et on l'a eue quand cette conversation ? Je ne me souviens pas.

— Non, t'as raison, en fait on ne l'a pas eue cette conversation parce que tu ne m'as jamais posé la question. Tu as décidé toute seule !

— C'était un accident !

— Oui, c'est ça. Prends-moi pour un con.

— Ça se fait à un deux un enfant, je te signale.

— Oui, et le resto aussi on devait le tenir à deux. Alors, joue à la maman, profite de tes vacances pendant que moi je fais tourner la boutique.

— En fait tu vois, ce n'est pas des vacances, c'est un déménagement. J'ai changé d'avis. On ne va pas rentrer avec Julie.

— Tu vas rester à Denver, avec ton pédé ? C'est dommage qu'il soit homo, hein !

— Et toi, tu vas rester à New York avec ta pute italienne ?

— …

— Quoi ? Trop direct ? Tu me prends pour une conne depuis des années. T'es devenu tellement prévisible, c'est pathétique.

— Écoute Édith. Fais ce que tu veux, je n'en ai plus rien à foutre.

Et il raccrocha. Édith claqua son téléphone sur la table. Quentin, qui avait quitté la pièce avec Julie, entra dans la cuisine.

— Voilà, tu vois comme ça, c'est fait, je lui ai dit.

— Oui, en effet. Mais je n'avais pas du tout vu la conversation comme ça dans ma tête…

Édith troqua son jean contre un pantalon de yoga et enfila ses baskets. Elle attacha Julie dans la poussette de jogging et mit en route la playlist que Quentin lui avait préparée. La voix enfantine de Lilly Allen résonna dans ses écouteurs.

Chapitre 3

Tim consulta son GPS. Encore deux sorties et il serait arrivé. Il avait quitté Chicago la veille et avait juste dormi quelques heures sur une aire d'autoroute. Le soleil s'était levé, dévoilant les montagnes rocheuses aux pics enneigés qui avaient surgi de nulle part. Il rabattit son pickup sur la voix de droite avant de prendre la bretelle de sortie en direction de la rue Tennyson. Il ouvrit les fenêtres pour rafraichir l'air de la cabine qui sentait le café et les restes de son petit déjeuner. — On est presque arrivé, Hugo, murmura-t-il en passant la main dans sa fourrure épaisse.

Hugo aboya avec excitation puis passa la tête par la fenêtre pour laisser l'air frais fouetter son museau doré.

Tim s'engagea sur Dover Street et roula au pas jusqu'au numéro 354. Il arrêta son pickup devant une maison de plain-pied en brique jaune décolorée. L'agent immobilier avait effectivement parlé de travaux de peinture. Une Volkswagen en pièces détachées était garée dans l'allée en gravier. Il descendit de son pickup, Hugo sur les talons, et s'approcha de la porte d'entrée grande ouverte.

La pièce était plongée dans la pénombre. Les rideaux en grosse dentelle filtraient les rayons du soleil qui se posaient au hasard dans la pièce, mettant tour à tour en exergue un service à thé habillé de tricot multicolore, un bouquet de fleurs artificielles, un combiné de téléphone avec son fil, mais sans la base.

Tim rangea sa clef et sortit l'adresse de sa poche pour vérifier qu'il avait la bonne maison. La moustiquaire s'ouvrit sur une jeune femme ronde aux longs cheveux roux. Son débardeur délavé qui avait du mal à contenir sa poitrine généreuse était rentré dans un short de football étriqué. De grandes chaussettes rouges et blanches lui montaient jusqu'aux genoux.

Elle campa fermement ses mains sur ses hanches.

— Je ne veux rien acheter. Je n'ai pas d'argent ! déclara-t-elle.

— Excusez-moi, est-ce que c'est bien le 354 Dover Street ?

— Ouais ! Attendez ! Non !

Elle se frotta le nez et lâcha un rire enfantin.

— Non ?

— Non, ici c'est Dover *Court*. Dover *Street*, c'est une rue au-dessus. Les gens se trompent souvent entre les deux…

— Ah…

— Ben oui, c'est le même nom, vous voyez, Dover Street et Dover court…

— Ah, oui ! Je vois… je me suis trompé !

— Elle fit un pas en arrière pour détailler Tim de la tête aux pieds puis hocha la tête avec approbation et pointa son pouce vers la maison derrière elle.

— Dites, vous voulez entrer cinq minutes ?

— Non merci, je dois y aller !

Tim fit demi-tour et se dirigea vers son pickup.

— Et pourquoi vous ne voulez pas entrer ? cria-t-elle d'une voix suraiguë.

Deux grosses larmes creusèrent des rigoles sur ses joues trop fardées.

— Pourquoi vous ne voulez pas entrer ? répéta-t-elle en hoquetant.

— Euh, je…

— Pénélope, qu'est-ce que tu fais ?

Un petit homme rond aux longs cheveux noirs attachés en queue de cheval émergea du garage. Il essuya ses mains couvertes d'huile sur son jean.

— C'est rien, Jimmy, c'est encore quelqu'un qui s'est trompé d'adresse.

— Ah, oui, ça arrive souvent. Pénélope, rentre dans la maison. Excusez-nous… Jimmy poussa Pénélope à l'intérieur.

— Lâche-moi, laisse-moi tranquille, hurla Pénélope. Je te déteste ! Je te déteste !

— Excusez ma femme, elle n'est pas très bien en ce moment. Je peux vous aider ?

— Non, ça va aller. Excusez-moi.

Jimmy hocha la tête et disparut derrière elle dans la maison. Des pleurs hystériques suivis d'un rire qui ne s'arrêtait plus s'échappèrent de la fenêtre ouverte. Tim regarda Hugo qui avait suivi la scène avec consternation, la queue entre les jambes.

« J'espère qu'on n'est pas voisins ! », songea Tim en remettant le moteur en marche. Quelques minutes plus tard, il s'arrêtait devant le 354 Dover Street. Il engagea sa clef dans la serrure qui s'ouvrit sans difficulté.

***

Édith gara sa voiture au coin de la trente-huitième rue. Elle mit dans son sac l'enveloppe qui contenait une copie de son CV imprimé sur du beau papier épais qu'elle avait trouvé dans le bureau de Quentin. Elle verrouilla la voiture et remonta la rue vers le nord en s'arrêtant de temps à autre devant une vitrine. Elle avait le temps, elle était en avance. Il était presque seize heures et le quartier commençait à s'animer. La majorité des commerces étaient situés sur Tennyson même et étaient distribués sur une dizaine de rues, entre la trente-sixième et la quarante-sixième. Comme tous les quartiers en cours d'embourgeoisement, la rue avait du mal à trouver son identité. De vitrine en vitrine, on trouvait de tout : un studio de danse au bord de la faillite, un restaurant italien, un bar à vin, une boutique d'antiquités, un salon de manucure, une clinique vétérinaire… Les maisons des rues adjacentes étaient tout aussi inégales. Les devantures impeccables et les maisons fraîchement rénovées voisinaient avec les taudis aux porches encombrés de fauteuils et de poussettes.

Elle s'assit sur un banc pour s'imprégner de l'atmosphère de cette fin d'après-midi. Il faisait doux. Un mélange de musiques s'échappait des bars et restaurants aux portes et fenêtres grandes ouvertes comme pour mieux accueillir le printemps. Dans le parc adjacent, une grappe d'enfants poussait des cris de guerre stridents en se poursuivant sur une aire de jeu. Elle regarda passer avec envie un couple enlacé qui se promenait en partageant une glace au chocolat, un gros labrador noir sur les talons. Ici et là, des bribes de conversations lui parvenaient aux oreilles.

Elle s'arrêta devant la terrasse en brique rouge d'un restaurant italien. Une rangée de tables longeait une barrière en fer forgé dotée de bacs à fleurs d'où débordait un élégant assortiment de fougères et d'hortensias. Les grandes tentures blanches qui encadraient les portes-fenêtres béantes frissonnaient au gré de la brise estivale. Elle observa une serveuse aux bras couverts de tatouages allumer les bougies qui, la nuit venue, projetteraient des ombres dansantes sur les nappes immaculées.

Édith poussa le portillon et longea l'allée étroite qui menait vers l'entrée du restaurant. Elle prit quelques instants pour consulter le menu affiché au mur, puis se dirigea vers le bar où la serveuse tatouée servait une bière pression.

— Je peux vous aider ?

— Je suis ici pour un entretien. C'est pour le poste de manager.

— Ah oui, entrez, je vais voir si Tom est dans son bureau.

Édith en profita pour inspecter les lieux. La salle de service était propre et décorée simplement, mais avec goût. Le restaurant servait le petit déjeuner jusqu'à onze heures, et des salades et des pizzas jusqu'à la fermeture à vingt-deux heures.

Un homme athlétique d'une soixantaine d'années émergea d'un bureau situé à l'arrière du restaurant.

— Bonjour, dit-il en lui serrant vigoureusement la main.

— Bonjour, merci de me recevoir. J'ai apporté une copie de mon CV. Elle lui tendit l'enveloppe qu'il posa sur le comptoir sans l'ouvrir.

— Parlez-moi un peu de vous et de votre expérience dans la restauration. Il parlait vite et la dévisageait avec intensité.

— J'ai trois ans d'expérience dans la restauration en tant que manager d'une pizzeria à New York.

— Combien d'employés ?

— Sept. Un barman, deux serveurs, et quatre personnes en cuisine.

Il plissa les yeux comme pour mieux l'observer.

— Parlez-moi un peu de la rétention des employés, vos serveurs et votre personnel de cuisine, ça fait combien de temps qu'ils travaillent avec vous ?

— Pour le personnel de cuisine, on a eu deux changements en trois ans. Pour les serveurs, ça change un peu plus souvent…

— Oui, bon, ça, c'est normal. Vous avez des références ?

Édith réfléchit à toute vitesse. Sa seule référence professionnelle, c'était Raphaël et il était hors de question qu'elle s'humilie à lui demander d'attester de ses compétences. Mais les serveurs et le personnel de cuisine l'adoraient.

— Oui, répondit-elle enfin. J'ai d'excellentes références.

— Et vous êtes de New York, vous avez dit ? Vous avez un accent, non ? Vous venez d'où ?

— Je suis française.

— Française ! Et comment est-ce que vous êtes arrivée dans le Colorado ?

Édith soupira. La question était inévitable. À chaque fois, il fallait déballer les quatre dernières années de sa vie. Elle la maîtrisait parfaitement cette histoire. Elle avait une version longue, mais elle pouvait aussi la ficeler en quarante-cinq secondes chrono. Elle aurait pu écrire le dialogue qui s'en suivait systématiquement : et vos parents, votre famille, ils habitent en France ? Oui, toute ma famille est dans le nord de la France. Ah ! La Normandie ! Non, le Nord, près de la Belgique. L'Alsace ? Non, le Nord. On ne connaissait pas le Nord aux États-Unis. Remarquez, en France non plus. Pour les Américains, La France commence à Omaha Beach. Par contre, elle va jusqu'à la mer Méditerranée.

Édith conclut sa biographie puis redirigea la conversation.

— Donc, au sujet de ce poste de manager.

— Oui, oui, alors on cherche quelqu'un à 45 à 50 heures, du mardi au dimanche pour prendre la direction de l'établissement…

La voix de Tom s'atténua. Elle avait décroché de la conversation quand il lui avait annoncé les horaires. Qu'est-ce qu'elle ferait avec Julie ? Elle se rendit soudain compte qu'elle avait complètement sous-estimé l'ampleur de sa décision. Elle avait fait ses valises, plaqué son mari et embarqué sa fille. Elle s'était dit qu'elle trouverait un travail, Julie irait à la crèche, et elles passeraient les week-ends à la montagne ou avec Quentin. Une fois le divorce réglé, elle achèterait une maison puis elle rencontrerait l'homme de sa vie avec qui elle se marierait et fonderait une nouvelle famille. Elle s'était fait un joli petit film tout en laissant de côté les aspects de la société américaine qui rendait le scénario complètement improbable. Elle ne trouverait jamais de travail dans la restauration à moins de 45 heures par semaine, surtout si elle souhaitait obtenir une assurance maladie, et sans assurance maladie, une simple visite aux urgences pouvait l'endetter pour des années. Elle envisagea brièvement un poste à mi-temps, mais le salaire ne couvrirait pas les frais de crèche ou le loyer.

— Mademoiselle, vous avez l'air perdue dans vos pensées. Je suis si ennuyeux que ça ?

Tom souriait. Il n'avait pas l'air particulièrement offusqué.

— Je suis désolée. J'ai la tête ailleurs. Je viens juste d'arriver à Denver et je prends encore mes marques. C'est mon premier entretien, ajouta-t-elle avec un sourire d'excuse.

— Et justement, qu'est-ce qui vous amène à Denver ?

Pour cette question, Édith s'était bien préparée.

— J'avais envie de changer d'air. Il y a trop de gens à New York. Et puis mon meilleur ami habite dans la région alors je me suis dit pourquoi pas ?

Tom hocha la tête en signe d'approbation.

— Ma femme et moi, on a fait pareil. On est originaire du Connecticut, mais on avait envie de changer de vie. On a entassé tout ce qu'on avait dans notre vieille Volkswagen, on n'avait pas grand-chose, et on a fait le tour du pays. On s'est marié à Las Vegas et puis quand on est arrivé ici, ça nous a plu et on est resté. On n'a jamais regretté. Venez, je vais vous faire visiter les lieux.

Une demi-heure plus tard, Édith remerciait Tom. Ils savaient tous les deux qu'il allait lui faire une offre, une offre qu'elle n'aurait d'autre choix que de refuser.

Elle traversa la route perdue dans ses pensées. Elle avait besoin d'un endroit calme pour faire le point. Elle décida de retourner au café où elle s'était rendue avec Quentin la semaine précédente. Elle y était retournée plusieurs fois entre temps. La décoration était franchement ringarde, mais elle savait qu'elle y serait tranquille. Harriet était assise sur son tabouret près de la caisse enregistreuse, la permanente, le maquillage et les ongles impeccables. Au fond de la pièce, deux clients jouaient silencieusement aux échecs. Dans un gros fauteuil en velours, une étudiante se mordillait le pouce en épluchant un volume d'anatomie. Les trois clients la dévisagèrent longuement comme si sa présence était incongrue.

La vieille dame sauta de son tabouret et lissa son tablier amidonné.

— Ça me fait plaisir de vous voir. Je vous prépare un latté ! s'exclama-t-elle joyeusement.

— Oui, s'il vous plaît.

Elle chaussa ses lunettes puis consulta les notes qu'Édith lui avait laissées. Quelques instants plus tard, elle lui tendait fièrement une tasse en papier d'où s'échappait un arôme délicieusement réconfortant.

— Merci ! Vous vous êtes entraînée !

— Oui ! J'en ai même vendu plusieurs. Je vous remercie pour vos excellentes instructions.

— Pas de problème, ça serait dommage de laisser la machine prendre la poussière.

— Par contre, vous savez ce que c'est un Frapp-ucc-ino, demanda-t-elle en déchiffrant des notes sur un ticket de caisse.

— Laissez tomber, c'est une boisson pleine de glaçons, de sucre et de colorant alimentaire.

— Bon, je vais me contenter de faire des cafés lattés alors.

Édith alla s'asseoir à une table près de la vitrine en prenant soin de ne pas toucher les voilages poussiéreux. Si seulement elle pouvait gagner un gros Lotto, ou même un petit, songea-t-elle. Une fois le divorce prononcé, elle recevrait sûrement une somme d'argent. Au moins la moitié de la maison qu'ils avaient achetée ensemble avec Raphaël, et une partie du restaurant. Mais ça prendrait plusieurs mois.

Harriet déposa un cookie aux pépites de chocolat et une serviette en papier devant Édith.

— Et votre mari et votre fille, ils ne sont pas là aujourd'hui ?

— Quentin ? Ce n'est pas mon mari. C'est un ami. Il garde Julie aujourd'hui, expliqua Édith en examinant le cookie avec suspicion.

— Ah bon ! répondit la dame d'un air entendu qui l'agaça un peu.

— Enfin, c'est mon meilleur ami en fait. On se connaît depuis le lycée.

— Oui, il paraît que ça se fait les amitiés comme ça. Mais de mon temps, ça aurait été très mal vu. Mon mari n'aurait jamais accepté ça. Il est beaucoup trop jaloux. Même encore maintenant, gloussa-t-elle.

Édith sourit poliment.

— Bon alors, qu'est-ce qui vous tracasse ?

— Ça se voit tant que ça ?

— Vous savez, quand on tient un commerce, on apprend à lire les gens. Elle s'assit en face d'Édith.

Édith hésita quelques instants. Harriet posa les coudes sur la table et son menton sur ses mains entrelacées et la dévisagea en silence. Édith craqua et déballa l'histoire de sa vie, comme ça, d'une traite, en face de cette parfaite inconnue. Harriet l'écouta patiemment puis lui tendit un mouchoir en papier. Édith se moucha puis émietta le biscuit dans son assiette.

— Alors voilà, je ne sais pas trop quoi faire.

Harriet réfléchit quelques instants.

— Vous savez, je cherche quelqu'un pour me remplacer ici.

Édith sourit.

— C'est gentil, mais c'est la même chose. Le loyer, la crèche, avec un salaire de barista, c'est pas possible, tout est si cher ici.

— Je n'arrive plus à trouver du personnel qui reste plus de trois mois. Et si je vous embauchais comme manager, du mardi au samedi, huit heures seize heures ? Ça vous dépannerait en attendant que vous divorciez, et moi aussi ça me dépannerait.

Édith balaya du regard la décoration fanée du café, accentuée par la lumière blafarde des néons. Elle secoua la tête malgré elle.

— Oui, je sais, ce n'est pas la même ambiance que dans tous ces nouveaux commerces branchés de la rue, mais venez avec moi. Je vais vous montrer quelque chose.

Édith suivit Harriet dans un couloir situé près des toilettes. Elle ouvrit avec difficulté une porte qui menait à l'étage et Édith la suivit dans la montée d'escalier étroite aux marches couvertes de moquette orange.

— On a habité ici pendant cinq ans avec Henry. On venait de se marier. Ce n'est pas très grand, mais on était tellement heureux d'être rien qu'à deux.

Édith observa le studio encombré de meubles rustiques et de cartons d'où dépassaient des objets hétéroclites. Une dizaine d'horloges éclectiques écoulait les secondes dans une assourdissante cacophonie de tic-tac. Une table basse au plateau en miroir était poussée contre un canapé avachi. Il n'y avait qu'une seule chambre, sobrement meublée d'un lit double et de deux tables de nuit dépareillées. Un rideau séparait la chambre de la salle de bain où la moquette rose était assortie aux toilettes et à la baignoire.

Édith se tourna vers Harriet.

— Vous me proposez d'emménager ici ? demanda-t-elle, incrédule.

— Et pourquoi pas ?

— Euh, par où commencer ? balbutia Édith en balayant la pièce du bras.

— Il va falloir qu'on trie tout ça avec Henry, mais franchement, on n'en a ni l'envie ni le courage. Si vous m'aidez à organiser l'appartement, je vous fais un prix sur le loyer pour les six prochains mois.

— Et il y a quoi dans ces boîtes ? demanda Édith pour gagner du temps.

— Un peu de tout, au fil des années, on s'est servi de l'appartement comme débarras. Il y a des livres, des vêtements, de la vaisselle, du linge de maison, des disques... Vous allez sûrement trouver des choses utiles pour vous installer. Réfléchissez avant de dire non. Vous serez sur place pour travailler. Ça vous faciliterait la vie, surtout avec un enfant, ajouta-t-elle.

Elle quitta l'appartement sur la pointe des pieds, comme pour laisser Édith réfléchir. Ce n'était pas du tout l'idée qu'elle s'était faite de l'appartement où elle emménagerait avec Julie. Elle avait imaginé un loft sympa dans le centre-ville avec des briques apparentes, une kitchenette moderne et un balcon où elle mettrait des jardinières de

68

fleurs et des guirlandes lumineuses. Certainement pas un nid d'amour sorti tout droit des années soixante-dix. Mais vu les moyens dont elle disposait, elle n'était pas sûre de pouvoir faire mieux.

Elle remercia Harriet et lui promit de réfléchir à sa proposition. Elle avait hâte de discuter de cette idée insolite avec Quentin. Elle chercha son portable dans son sac.

— Quentin ? Tout se passe bien avec Juju ?

— Oui, ça va à peu près…

— À peu près ?

— Ben, pas de point de suture ou d'os cassé… Un léger bleu sur le front, ajouta Quentin en regardant l'œuf de pigeon qui grossissait à vue d'œil sous la frange de Julie.

— J'arrive dans une demi-heure. J'ai encore un truc à faire.

— T'as trouvé un boulot ?

— Oui, je vais tenir le café d'Harriet.

— Le quoi ? Tu rigoles ?

— Non, je te raconterai.

**

Tim sortit son portable de sa poche et soupira en reconnaissant le numéro de sa mère.

— Alors cette maison ? Elle est comment ?

— Je viens d'arriver, mais à première vue, ce n'est pas mal, pas mal du tout ! C'est spacieux, il y a de la lumière. Et beaucoup de fenêtres.

69

Il ouvrit un rideau déchiré qui se balançait au gré d'une brise légère.

— C'est parfait pour Hugo et moi.

— Tant mieux, soupira sa mère. Moi, je me faisais du souci. Quand même, acheter une maison comme ça, sans la visiter auparavant. Et le quartier ?

— Les voisins sont sympas, la rue est agréable. C'est un quartier en transition donc on trouve un peu de tout. Mais, je suis à deux pas d'une rue commerçante, ça te plairait.

— Tu as de la place pour me loger ?

— Oui, enfin pas tout de suite. Il faut faire quelques travaux de peinture. Il posa un regard consterné sur le mur violet du salon. Et puis, je n'ai pas encore reçu mes meubles. Mais tu sais, je ne vais pas rester longtemps ici. Une fois retapée, je vais la vendre, cette maison.

— Oui, oui, je sais. Tu vas te poser quelque part un jour ?

— Oui, peut-être, quand j'aurais trouvé un endroit qui me plaît.

— Oui, c'est ça. Bon, je te laisse t'installer. Je te rappelle demain. Je t'embrasse ! Et puis envoie-moi des photos de ton nouveau chez toi, pigeon voyageur ! Je t'aime.

Tim remit son téléphone dans sa poche et fit un tour complet sur lui-même. Il enjamba la caisse en carton qui barrait l'accès à la cuisine, poussa avec précaution la porte qui ne tenait plus que par un gond. Il posa la main sur la poignée du réfrigérateur puis changea d'avis. Il s'en débarrasserait sans l'ouvrir. L'accès au sous-sol se faisait par la cuisine. Il chercha l'interrupteur et suivit Hugo qui l'avait précédé dans les escaliers. Le sol était couvert d'une moquette miteuse et l'air sentait le moisi. Il traversa la pièce et entra dans une salle de bain carrelée du sol au plafond.

— Bon, ben, ça va nous occuper un mois ou deux Hugo, tu crois pas ?

Hugo fit demi-tour et disparut dans la cage d'escalier. Tim le suivit et alla s'asseoir à l'arrière de son pickup pour appeler son agent immobilier.

— Bonjour Rob, les trente mille dollars que vous m'avez suggéré de mettre de côté, c'est pour retaper la poubelle que vous m'avez fait acheter ?

— Tim, c'est vous ? Vous m'avez demandé de vous trouver une maison à retaper, j'ai fait de mon mieux. C'est un investissement solide. La chaudière et la toiture sont neuves, et ils ont changé les fenêtres l'année dernière.

— Oui, mais il faut refaire toutes les boiseries. Si j'avais su, j'aurais offert un peu moins.

— Et vous ne l'auriez pas eu. Il y avait trois autres personnes sur la maison. Et puis si ça ne vous convient vraiment pas, vous pouvez la revendre en deux jours. Ces maisons se vendent comme des petits pains dans ce quartier.

— Ça vous arrangerait bien ! Non, j'y suis, j'y reste…

Tim se retourna brusquement pour faire face à la maison opposée à la sienne. Il avait l'impression d'être épié. Il haussa les épaules, fit de nouveau le tour de la propriété et commença une liste sur un calepin. Il sortit pour faire l'état des lieux du jardin. La pelouse était brûlée par le soleil et aurait besoin d'un système d'arrosage automatique pour survivre au climat aride du Colorado. La clôture ne tenait plus que par un fil à plusieurs endroits. Hugo se mit à aboyer sur un chat qui les observait du haut d'un matelas miteux appuyé contre le mur du patio.

— Hugo, tais-toi !

— Youhou ! cria une voix familière, on est voisin !

Tim se retourna. De l'autre côté de la barrière, allongée sur une chaise longue à l'ombre d'un grand parapluie rose, Pénélope tricotait une écharpe géante.

***

Édith se gara dans l'allée de garage et aperçut Julie et Quentin, le visage collé à la fenêtre de la cuisine. Elle posa ses clefs sur le plan de travail et les rejoignit.

— C'est moi que vous espionnez ? demanda-t-elle.

— Mais non, pas du tout ! Viens voir, on a un nouveau voisin.

Édith prit Julie dans ses bras, embrassa son front et souleva discrètement le voilage de la cuisine. Un pickup rouge était garé dans l'allée de la maison d'en face.

— Mince, c'est dommage, j'avais envisagé de faire une offre sur la maison. On aurait été voisin, murmura Édith.

— Je préfère te garder sous mon toit et l'avoir lui comme voisin, gloussa Quentin.

Édith se colla de nouveau à la fenêtre de la cuisine. Le nouveau venu faisait des allers-retours sur le trottoir, son portable collé à l'oreille, un golden retriever sur les talons.

— C'est sûrement un agent immobilier.

— Non, je connais l'agent qui a vendu la maison, quelqu'un l'a achetée sans même la voir, quelqu'un de Chicago.

Édith vérifia la plaque d'immatriculation de la voiture. C'était effectivement une plaque de l'Illinois.

— C'est pas du tout mon genre, dit enfin Édith surprise de l'intensité avec laquelle elle avait envie de lui arracher son tee-shirt.

— C'est pas grave, moi c'est tout à fait mon genre !

— Ce n'est pas pour te décourager, mais ça m'étonnerait qu'il soit homo…

— Et pourquoi ?

— Le pickup, le chien, le vieux jean et le tee-shirt délavé…

— Il pourrait faire la couverture de GQ.

— Oui, pour l'édition spéciale Néandertal…

— Sérieusement ?

— Oui, bon d'accord, il est super sexy dans le genre trapu et plein de poils.

Ils se rapprochèrent un peu plus de la vitre et le voisin se retourna brusquement. Édith et Quentin plongèrent sous l'appui de fenêtre en pouffant de rire.

— C'est peut-être l'homme de ma vie, là, juste en face de chez moi, gloussa Quentin.

Édith chercha à tâtons les jumelles dans le tiroir de la cuisine.

— Ou le mien, renchérit-elle

— Tu pourrais au moins attendre d'avoir divorcé, non ?

— Aïe !

— Désolé, chef. C'est un peu trop tôt pour en rigoler ?

— Oui, enfin non pas vraiment.

Quentin s'assit par terre à côté d'elle.

— Tu l'aimes encore ?

Édith haussa les épaules.

— Tu ne l'aimeras pas toujours, tu sais.

— J'espère bien.

Édith soupira bruyamment.

— Je sais que ça fait mal, mais tu vas voir, un jour tu vas te réveiller, et tu ne ressentiras plus rien pour lui.

— Il y a des gens qui ne s'en remettent jamais, tu sais. Qui divorcent et qui restent amers. Ils sont cassés de l'intérieur. J'ai peur que ça soit moi.

— Il faut vouloir s'en remettre aussi, Édith. Pas s'enfoncer dans la rancœur.

— J'essaye, c'est pas facile. Et puis tu sais, ça ne va pas marcher son histoire avec son Italienne. Il va se lasser. Il finit toujours par se lasser.

— Oui, mais ça, c'est plus ton problème.

Chapitre 4

Le ciel était couvert de lourds nuages gris prêts à déverser six pouces de neige en deux heures sur l'autoroute. Comme pour confirmer les prévisions météo, un gros flocon s'écrasa sur le pare-brise de sa voiture. Ses essuie-glaces se mirent en route automatiquement et s'empressèrent de se débarrasser de cet intrus et des suivants. Sophia avala une gorgée de thé et alluma la radio. Elle écouta l'annonceur expliquer que le blizzard était arrivé avec deux heures d'avance et son GPS lui confirma qu'elle arriverait à Albany vers 18 heures et non pas 17 h 30 comme elle l'avait prévu. Autant prendre son mal en patience.

— Siri ! *Chiama Valentina.*

Elle avala une autre gorgée de thé en attendant que sa sœur se décide à décrocher. Elle n'avait probablement pas son téléphone avec elle. C'était ça ou les braillements de ses gosses couvraient le bruit de la sonnerie.

— Sophia ! *Che sorpresa* ! Il y a quelqu'un qui est mort ?

— Arrête tes simagrées, on s'est parlé jeudi.

— OK, OK, alors, quoi de neuf depuis jeudi ?

— Pas grand-chose, j'appelle pour dire bonjour et pour confirmer notre soirée, mardi prochain.

— J'ai hâte, j'en peux plus là.

— T'en peux plus de quoi ? Tes enfants ? Ton mari ? Ton boulot ?

76

— Tout ! Je te raconterai. Tu es en voiture ?

— Oui.

— Ah, c'est pour ça que tu appelles !

— Voilà, ça me fait passer le temps.

— Taisez-vous deux minutes, je suis au téléphone avec votre tante, hurla Valentina sans prendre la peine de couvrir le combiné.

— Je peux te rappeler si tu préfères.

— Non, ça va. Tu vas où ?

— À Albany.

— Et il y a quoi à Albany ?

— …

— Ohhh, je vois. Alors, il y a qui à Albany ?

— Il y a Raphaël à Albany. C'est un Français qui tient une pizzeria.

— Ah oui, tu m'en avais parlé. C'est un client, non ?

— Oui, c'est ça.

— Attends, tu ne m'avais pas dit qu'il était marié ?

— Oui, mais ils ne s'entendent plus. D'ailleurs sa femme l'a quitté.

— Et t'as gobé ça ?

— Bon, je me doutais bien que ça ne te plairait pas. On en parle plus.

— Ben si, on va en parler. Alors, tu te lances sur le marché des hommes mariés ?

— Eh bien écoute, oui, parce que tous les mecs bien sont pris.

— Parce qu'un mec qui trompe sa femme, c'est un mec bien ?

— Je te dis qu'ils ne sont plus ensemble.

— Tu sais Sophia, tous les mecs qui trompent leurs femmes sont toujours en instance de divorce. Ils ne vont certainement pas aller te raconter qu'ils sont amoureux d'elle et que tout va bien !

— Arrête de me crier dessus !

— C'est pas une bonne idée, cette histoire, se radoucit Valentina.

— Mais ça ne va pas durer. Ça sera bien un week-end ou deux et puis après je passerai à autre chose.

— Tu n'en as pas marre de sauter de mec en mec. Tu n'as pas envie de te poser ? D'avoir une vraie relation ?

Sophia éclata de rire.

— Et puis quoi ? Me marier ? Prendre un chien ? Avoir des enfants pour qu'on puisse tous se retrouver les dimanches chez maman ?

— Ben oui, pourquoi pas ?

— Non merci, cette vie, c'est pas pour moi. Et puis les gosses, ça fait du bruit, ça sent mauvais, ça salit tout.

— C'est parce que tu ne peux pas en avoir que tu dis ça.

— …

— Ben oui, tu vois, il n'y a pas que toi qui peux dire des trucs qui blessent.

— OK. Et sinon, maman ça va ?

— Oui, ça va, elle aimerait bien te voir, mais…

— Je…

— Oui, on sait, t'as pas le temps. Pas le temps pour tes nièces, pas le temps pour tes sœurs, pas le temps pour ta mère. Va t'éclater à Albany et appelle-moi pour me raconter la semaine prochaine. Je t'aime.

Les flocons de neige s'écrasaient maintenant si vite sur son pare-brise que ses essuie-glaces avaient du mal à tenir le rythme. Elle passa en mode quatre roues motrices et attendit que ses pneus neige s'agrippent fermement à l'asphalte avant de doubler la file de voitures qui avaient réduit leur vitesse à l'approche de la tempête. À chaque blizzard, c'était la même histoire, c'est comme si les New-Yorkais découvraient la neige pour la première fois.

Elle avait hâte de retrouver Raphaël, mais elle le ferait patienter quelques heures avant de l'inviter dans son lit. Autant en profiter pendant que sa femme était partie. Elle finirait bien par revenir et elle choisirait ce moment pour arrêter cette relation sans avenir. Elle ferait ça progressivement. Elle commencerait par espacer ses appels, puis par ne répondre qu'épisodiquement aux siens. Il finirait par comprendre. Pourvu qu'il ne s'accroche pas trop, elle avait horreur de ça, les hommes collants. Ça n'avait pas l'air d'être le genre, mais elle avait été plus d'une fois surprise.

Elle prit la sortie d'autoroute et suivit les indications de son GPS jusqu'à l'auberge où elle avait réservé une chambre. Elle ralentit en s'engageant sur le long chemin en gravier qui menait à la façade en brique aux fenêtres illuminées. Elle se gara devant l'entrée principale et échangea ses clefs contre le parapluie que le valet venu à sa rencontre lui tendait.

— Bonjour, madame Bianchi, et bienvenue. Vous avez fait bon voyage ?

— Oui, mais le temps est abominable !

— C'est la dernière tempête avant le printemps.

— Si vous le dites, répondit Sophia en se réchauffant les mains à la cheminée pendant que la réceptionniste vérifiait sa carte d'identité.

Quelques instants plus tard, elle lui tendait les clefs de sa chambre.

— Vous pouvez me faire monter une tasse de thé et un scone, s'il vous plaît ?

— Oui, bien sûr !

Sophia consulta sa montre.

— D'ici vingt minutes ?

— Avec plaisir.

Après une douche rapide, Sophia s'installa dans la bergère qui faisait face à la baie vitrée donnant sur le jardin de l'hôtel. Enveloppée d'un douillet peignoir en serviette éponge, elle savoura sa tasse de thé en regardant la pelouse et les sapins disparaître peu à peu sous la neige. Raphaël passerait la chercher d'ici une demi-heure et l'emmènerait dîner dans un restaurant chic de la ville. Puis il insisterait probablement pour qu'ils passent la nuit chez lui, ce à quoi elle répondrait que non. Ils passeraient la nuit dans sa chambre d'hôtel.

***

Raphaël avait choisi un restaurant français situé au cœur de la ville. Les menus à la couverture en cuir proposaient un choix de plats dont la longueur des titres était à coup sûr inversement proportionnelle à la quantité de nourriture que le serveur leur apporterait. Elle aurait dû manger avant, songea-t-elle, en constatant avec agacement que son menu à elle ne montrait pas les prix.

— La cuisine est exquise. Le chef est français. Et puis, ça change des pâtes... Julie adore ça, donc on ne mange que ça.

— Julie ? C'est ta femme ?

— Euh non...

Raphaël s'essuya la bouche avec le coin de sa serviette de table.

— Julie, c'est ma fille.

— Ta fille ?

— Ben oui, ma fille.

— Non, mais enfin, arrête de dire « Julie, ma fille » comme si tu m'en avais parlé des dizaines de fois.

— Je... enfin, ça change quoi ?

— Ça change tout !

Ses couverts s'écrasèrent dans son assiette et les clients des tables voisines leur jetèrent un regard curieux.

— Si j'avais su que tu avais un enfant, je n'aurais jamais couché avec toi !

— Alors un homme marié, c'est réglo, mais s'il a des enfants, non ? C'est là que tu mets ta limite ? T'es vraiment une femme de principe, toi.

Il n'eut pas le temps d'esquiver le contenu du verre de Bordeaux qu'elle lui lança au visage. Le serveur se précipita vers lui, muni d'une pile de serviettes en papier. Sophia attrapa son sac et quitta la table la tête haute, ses talons martelant le plancher. Elle arracha son manteau des mains du maître d'hôtel et se retrouva sur le trottoir. Une rafale de vent glacial lui coupa le souffle. Elle se mit à marcher rapidement et sortit son téléphone pour appeler un Uber.

— Attends Sophia ! On peut en parler ! cria Raphaël en se mettant à lui courir après.

— Ne me touche pas !

— Laisse-moi t'expliquer. Elle m'a fait un enfant dans le dos. Ça fait des semaines qu'on se parle plus.

— Tu aurais pu me dire que tu avais un enfant.

— Oui, je sais. C'est juste qu'elle me manque tellement, Julie. J'essaye de ne pas trop y penser. C'est pas facile.

— …

— Allez, viens, tu as fait tout ce chemin pour venir aujourd'hui. On ne va pas tout gâcher pour un malentendu.

— Oui, c'est vrai, admit Sophia. Ce qui est fait est fait. Autant passer la nuit ensemble.

— Eh ben voilà !

Elle leva la main pour signaler sa présence à son chauffeur qui avait ralenti en arrivant à sa hauteur.

— Va te faire foutre, lâcha-t-elle avant de s'engouffrer dans la voiture.

Chapitre 5

Quentin chercha à tâtons son téléphone qui vibrait sur sa table de nuit. Son cœur se serra à la vue du numéro qui s'affichait. Il crispa les doigts sur sa couverture et décrocha en souhaitant de toutes ses forces que ce soit un appel accidentel. Une voix hachée prononça une série de phrases décousues entrecoupées de sanglots. Une douleur féroce explosa au creux de sa poitrine.

— Non, non, non, non, supplia Quentin en tapant son matelas du poing.

— Faut que tu viennes, hein… Tu vas venir ?

— Oui, bien sûr que je vais venir ! J'arrive dès que je peux. Je te rappelle.

Il laissa tomber son portable sur son oreiller, et se prit la tête dans les mains pour contrôler le manège infernal des images et des mots qui l'empêchaient d'aligner deux pensées cohérentes. Il se força à calmer sa respiration, compta jusqu'à dix puis alluma la lampe de chevet et s'assit sur le bord de son lit. Et si c'était un rêve ? Et s'il avait tout imaginé ? Il contempla les meubles de sa chambre, les livres et les bibelots impeccablement alignés sur ses étagères et au-delà de la porte de chambre, la maison silencieuse.

Son téléphone vibra à ses côtés et il tourna la tête pour lire le message.

— Donne-moi ton numéro de vol. Je vais venir te chercher à Paris.

Profitant du fait qu'il ait abaissé sa garde, les pièces de cette réalité intolérable s'emboîtèrent une à une. Il eut soudain l'impression de manquer d'air. Un premier hoquet secoua sa poitrine, suivi d'un second. Il enfonça la tête dans son oreiller pour étouffer ses sanglots qui déferlaient en vagues de plus en plus violentes avant de s'espacer progressivement. Quelques minutes plus tard, il reprit ses esprits et extirpa son visage de l'oreiller trempé de larmes et de salive. Il s'assit sur le bord de son lit, vidé, les bras ballants, ses pieds glacés suspendus dans le vide, à écouter le tic-tac de l'horloge.

Il était quatre heures et quart du matin – midi et quart en France. Il se demanda à quelle heure l'accident était survenu et ce qu'il était en train de faire au moment où elle avait perdu la vie. Il était sûrement au bureau, en train de rédiger un contrat ou de plaisanter autour d'un café avec un collègue, inconscient du drame qui se déroulait alors de l'autre côté de l'Atlantique. Ça n'avait aucun sens.

L'alarme stridente d'une voiture le sortit de sa torpeur. Il glissa ses pieds dans ses pantoufles, enfila sa robe de chambre. Il ne savait pas par où commencer. Il fallait prévenir le bureau, annuler tous ses rendez-vous, et trouver un billet d'avion. Il se prépara une tasse de café, regarda le liquide s'écouler goutte à goutte en se massant les tempes. Il enveloppa la tasse brûlante de ses mains glacées et s'assit à la table de la cuisine. Seul le ronronnement du réfrigérateur interrompait le silence. Édith le trouva au petit matin, le visage gris, les yeux rougis, à suivre du doigt le motif de la nappe. Elle s'approcha et lui prit délicatement la main.

— Qu'est-ce qui se passe, Quentin ?

Il leva les yeux vers le plafond pour essayer de contenir ses larmes.

— C'est ma sœur, souffla-t-il dans un sanglot.

— Laurence ? demanda-t-elle incrédule. Elle s'était attendue à ce que ce soit sa mère, ou son père, mais Laurence ?

Quentin hocha la tête.

— Laurence et son mari. Un accident de voiture, murmura-t-il d'une voix rauque.

Édith resserra les pans de son gilet et s'assit à la table de la cuisine.

— Un chauffard ivre mort a embouti leur voiture et les a projetés au milieu de l'intersection. Un poids lourd les a fauchés et paf, fini.

Sa voix se brisa complètement. Édith le prit dans ses bras et il posa sa tête contre son épaule.

— Et Pierre ? murmura-t-elle.

— Pierre était chez mes parents.

Elle poussa un long soupir de soulagement. Ils restèrent quelques instants sans rien dire puis Édith alla chercher son ordinateur portable et se mit à la recherche d'un billet d'avion. Après quelques minutes, elle lui montra un Denver-Paris via Atlanta qu'il approuva de la tête. Il alla chercher sa carte de crédit et Édith conclut la transaction. Puis elle posa la main sur la sienne et ils restèrent là, à écouter en silence le chant assourdissant des oiseaux qui s'amplifiait avec le lever du soleil.

Quentin finit par aller se doucher et Édith se versa une tasse de café qu'elle sirota en contemplant la poignée de photos de Pierre punaisées sur un tableau en liège. Elle laissa ses pensées vagabonder. Et si ça lui arrivait à elle, qui s'occuperait de Julie ? Elle se précipita dans la chambre de sa fille et s'accroupit à ses côtés. Elle posa sa tête contre la sienne pour s'imprégner de son odeur de fraise et de savon et prit la petite main potelée dans la sienne.

Quentin passa la tête dans l'encadrement de la porte.

— On y va ? Je suis prêt.

— Oui, juste deux minutes. Je la réveille et je lui prépare un lait chaud.

Ils n'échangèrent pas un mot sur la route de l'aéroport. Édith cherchait des paroles réconfortantes, mais il n'y avait tout simplement pas de mots à la mesure de l'ampleur de la perte qu'il venait de subir. Julie fredonnait des chansons aux paroles sans queue ni tête pour meubler le silence pesant puis elle finit par se taire aussi. Édith prit la bretelle qui menait au terminal.

— Tu peux me laisser au dépose-minute, si tu veux.

— Non, on va t'accompagner. On n'a rien d'autre à faire.

Ils traversèrent le parking couvert avec pour seul bruit de fond les roulettes de la valise de Quentin sur le bitume et le rugissement des avions qui décollaient et atterrissaient tour à tour.

Une fois arrivés à la sécurité, Édith le serra dans ses bras.

— Prends soin de toi. Appelle-moi quand tu peux pour me donner des nouvelles et présente mes condoléances à tes parents. Je suis tellement désolée.

Il hocha la tête en silence, les lèvres pincées. Une grosse larme ronde s'échappa de derrière ses Ray Ban et s'écrasa sur sa chemise blanche. Elle le regarda s'éloigner. Il se tourna vers elle et leva les yeux au ciel quand on lui demanda de retirer ses chaussures et sa ceinture. Elle lui fit un dernier signe puis se mit patiemment à la recherche de sa voiture. Elle aurait dû prendre une photo de l'étage et de la rangée. Elle déambula au hasard dans un océan de véhicules, pressant régulièrement le bouton de la télécommande et tendant l'oreille à la recherche du son familier des portes qui se verrouillent et se déverrouillent, le colin-maillard des parkings infinis. Elle retrouva finalement sa voiture, nichée entre un 4x4 et un pickup si haut qu'elle se demanda si son propriétaire utilisait une échelle pour s'y hisser. Elle attacha Julie et se glissa derrière le volant. Une demi-heure plus tard, elle était de nouveau assise à la table de la cuisine et regardait Julie empiler des cubes multicolores. Elle ouvrit le réfrigérateur, scanna le contenu de chaque étagère en quête de réconfort comestible, mais ne trouva que des yaourts zéro pour cent et du chou frisé.

Sans Quentin, sa présence au milieu du continent américain semblait incongrue. Elle sentit son téléphone vibrer dans sa poche. C'était Raphaël.

— J'ai quelque chose à t'envoyer. Je l'envoie où ?

Édith se demanda ce que ça pouvait bien être. Elle tapa rapidement son adresse. Raphaël avait l'habitude de lui faire envoyer des fleurs quand il avait des remords ou des revirements de sentiments. Le temps qu'elles arrivent, il avait souvent déjà changé d'avis.

Pensive, elle écarta légèrement le rideau de la cuisine pour voir si son nouveau voisin était chez lui. Son pickup était garé dans le garage. Elle choisit un livre de cuisine sur une étagère et l'ouvrit au hasard. Tarte aux pommes grand-mère. Ça avait l'air drôlement appétissant en photo... 210 degrés Celsius, ça faisait quoi en Fahrenheit ?

— On va faire ça, Juju, proposa Édith.

Elle retourna le livre pour lui montrer la photo d'une tarte recouverte d'un élégant éventail de pommes caramélisées.

— Et on va l'apporter à notre nouveau voisin pour lui souhaiter la bienvenue dans le quartier. C'est quand même la moindre des choses, ajouta-t-elle face au regard sceptique de Julie. Julie haussa les épaules puis renversa ses cubes du revers de la main.

Édith ouvrit de nouveau le réfrigérateur.

— C'est parti...

***

Après une escale de six heures à Atlanta, Quentin embarqua enfin pour Paris, complètement ivre. Un problème technique avait retardé le départ. Son avion atterrit sept heures et demie plus tard à Charles de Gaulle. Il regarda les gouttes de pluie rouler sur son hublot. Quand il

89

était petit, Laurence et lui s'amusaient à les suivre du doigt sur les vitres de la voiture et à parier sur le chemin qu'elles prendraient. Ils aimaient les regarder serpenter et devenir de plus en plus grosses, aller de plus en plus vite, jusqu'à ce qu'elles se transforment en rigoles.

L'aéroport était en travaux et son avion n'avait pas de porte de débarquement. Un bus devait venir les chercher pour les emmener au sein de l'édifice. Ils commencèrent à débarquer. Une heure plus tard, il se tenait toujours au milieu du tarmac, frigorifié. Problème de communication. Les bus arrivèrent enfin. Il passa rapidement à la douane et au contrôle des passeports et quitta le terminal sans ses bagages qui étaient restés à Atlanta. Il repéra la silhouette de son père dans la foule et son cœur se serra à la vue de sa chevelure grisonnante et de son visage brutalement vieilli par le chagrin.

Son père le prit maladroitement dans ses bras et Quentin ferma les yeux pour respirer l'odeur familière de son eau de toilette et de sa veste en cuir éculé qu'il lui avait toujours connue.

Leurs regards se croisèrent brièvement, gênés par cette démonstration d'affection inhabituelle.

— Tu as fait bon voyage ?

— Oui. Comme d'habitude quoi…

Le père de Quentin paya le parking et quelques minutes plus tard, ils se faufilaient dans la circulation, le silence entrecoupé du raclement des essuie-glaces sur le pare-brise.

— Tiens, tu vois, ça c'est la France ! s'exclama son père en pointant du doigt un grand panneau annonçant le rétrécissement des voies. Il se colla au pare-chocs de la voiture qui était devant lui.

— Et lui, il ne passera pas, ajouta-t-il.

Deux heures plus tard, ils arrivaient à Valenciennes. Son père gara la voiture devant le bar-tabac. Ils longèrent la maison en briques rouges et la vitrine encombrée de posters publicitaires pour Paris Match et la loterie nationale. Quentin s'attarda quelques secondes devant la pancarte qui signalait que le bar-tabac était « fermé pour cause de décès. » Les gouttes de pluie dégoulinaient sur son visage et dans son cou. Son père lui fit signe de se dépêcher. Quentin prit une profonde inspiration avant d'entrer dans la maison où il avait grandi. Il s'imprégna de son odeur familière puis posa brièvement la main sur la rambarde polie de l'escalier qui menait à l'étage. Une flopée de souvenirs l'assaillit. Enfants, ils avaient dévalé les marches des milliers de fois avec Laurence. Pieds nus l'été, en chaussettes l'hiver, assis sur la rambarde et même une fois, assis l'un derrière l'autre sur un morceau de carton. Ça s'était soldé par deux points de suture pour Laurence et un poignet plâtré pour lui.

L'adolescence les avait temporairement éloignés. Ils vivaient des vies parallèles, se croisaient sans s'adresser la parole, ou se filaient des coups de pieds en douce sous la table pour continuer une dispute idiote que leurs parents avaient interrompue. Puis plus tard, ils avaient retrouvé leur complicité et entrepris ensemble de nombreux périples nocturnes pour aller à une soirée ou sortir en boîte et revenir discrètement au petit matin. Ça se soldait souvent par des fous rires qui réveillaient leurs parents. Puis un jour, Laurence était partie habiter avec Yves, et Quentin avait suivi l'homme de sa vie à New York.

La maison était sombre et silencieuse. Les volets étaient tous fermés. Il trouva sa mère assise dans la cuisine, occupée à éplucher une grande pile de pommes de terre. Elle se jeta dans ses bras et le serra si fort qu'elle lui fit mal, son corps secoué par de violents spasmes, mais les yeux secs. Elle ne savait pas pleurer. Quentin resta là jusqu'à ce qu'elle se calme. Il avait l'impression d'être dans le brouillard.

France Inter, il est dix heures, bonjour ! Les négociations entre les syndicats et la direction de la SNCF ont repris ce matin...

Il entendit le bruit étouffé de la télévision qui venait du salon et le crachotement de la cafetière entartrée. Pierre regardait des dessins animés, la tête posée sur l'accoudoir du fauteuil. Il s'approcha de lui, la moquette étouffa le bruit de ses pas.

— Pierre, c'est tonton Quentin, tu te souviens ?

Pierre leva la tête et le dévisagea quelques secondes.

— Oui, dit-il enfin. Il se tourna de nouveau vers la télévision.

Au cours des jours suivants, Quentin refit connaissance avec toute sa famille et rencontra les nouvelles progénitures et autres ajouts familiaux. Des tantes, des oncles, des cousins, et une ribambelle de neveux et nièces qui se ressemblaient tous. Il passa l'épreuve de l'enterrement, les condoléances, les montagnes de fleurs, l'église, et le grand repas après. La famille et les amis rassemblés autour de la table de la salle à manger, les larmes qu'on essuie furtivement, les conversations menées à voix basse, le cliquetis des couverts et les cris des enfants qui couraient en riant d'un bout à l'autre de la pièce. Les habitués du bar-tabac étaient tous là. Tout le monde connaissait Laurence, et tout le monde avait fait le déplacement. « Quelle tragédie… Toutes nos condoléances… Quelle tragédie. »

Pierre s'était emmuré dans le silence. Il passait ses journées recroquevillé dans un fauteuil, enveloppé dans une épaisse couverture, à regarder des dessins animés et manger des pâtes, la seule nourriture qu'il voulait bien ingurgiter.

Les repas se déroulaient en silence dans la cuisine où Quentin et Laurence avaient grandi. Les mêmes placards en chêne patinés, les mêmes chaises empaillées qui piquaient aux fesses quand on était en short. Quentin ne savait pas quoi dire et ses parents écrasés par le chagrin n'essayaient même pas d'alimenter la conversation. Quentin avait toujours passé la majorité de ses séjours en France chez Laurence. Elle venait s'asseoir sur son lit une fois Pierre et son mari couchés, et ils passaient la nuit à rattraper le temps perdu, à parler politique, se chamailler et rire de blagues qu'eux seuls comprenaient.

Encore quelques jours et Quentin rentrerait chez lui et reprendrait le cours de sa vie. En attendant, il passait ses journées au téléphone, à remplir des formulaires et écrire des emails. Les procédures administratives monopolisaient son attention et lui évitaient de confronter son deuil, jusqu'au moment fatidique de la visite chez le notaire.

***

— Non, mais vous plaisantez ?

La voix de son père résonna dans le cabinet au plafond haut et aux murs couverts de panneaux en chêne. Quentin sentit tous les regards converger vers lui. Ils attendaient tous qu'il dise quelque chose, mais les mots du notaire flottaient encore dans l'air et Quentin essayait tant bien que mal de les assembler en un message cohérent. Le brouillard mental qui l'isolait de la réalité depuis son arrivée se dissipa brutalement.

— Attendez, vous avez dit quoi, là ? demanda-t-il incrédule.

— Mais c'est de la folie enfin ! interrompit son père. Il ne peut pas, c'est pas possible, avec la vie qu'il mène !

Le notaire leur montra le document imprimé sur du papier épais qu'il venait de leur lire et pointa la plume de son stylo sur un paragraphe avant de regarder Quentin par-dessus ses lunettes de lecture.

— Votre sœur et votre beau-frère vous ont choisi comme tuteur légal pour Pierre. Vous ne le saviez pas ?

Quentin passa la main dans ses cheveux puis se leva et fit le tour de la pièce.

— Oui, enfin, on en avait vaguement parlé, mais je ne me serais jamais imaginé… Et puis, c'est pas possible, j'habite aux États-Unis, je le connais à peine, il ne parle pas anglais…

94

— Vous pouvez renoncer à la garde et céder vos droits à vos parents. Vu votre, euh… condition, ça serait surement mieux.

— Ma condition ?

— Ce que monsieur le notaire veut dire, interrompit sa mère, c'est que ça serait mieux que Pierre vienne vivre avec nous. Je crois qu'on est tous d'accord là-dessus, non ?

— Je ne sais pas, dit Quentin après un long silence, il faut que je réfléchisse.

Le poing de son père s'abattit sur le bureau et fit sursauter tout le monde. Sa mère posa la main sur son bras pour l'apaiser.

— Allez, on rentre à la maison.

Le trajet du retour se passa dans un silence complet. Quentin essayait de se remémorer sa conversation avec Laurence. Pierre devait avoir un an. Après une soirée bien arrosée, une Laurence larmoyante lui avait effectivement confié qu'elle l'avait choisi comme tuteur légal, « au cas où… » Il ne se souvenait même pas de ce qu'il lui avait répondu.

Il considéra le caractère incongru de la situation. Il avait des amis, des couples homos, qui dépensaient des milliers de dollars en frais d'avocat depuis des années pour adopter un enfant, et lui sans rien faire, sans même l'avoir souhaité, se retrouvait parent du jour au lendemain.

— Édith, qu'est-ce que je fais ?

Assis dans l'obscurité sur la moquette du salon, Quentin couvrait le combiné du creux de la main pour étouffer le son de sa voix.

— Ce que tu as toujours fait, répondit Édith. Assumer tes responsabilités… gérer. Tes parents sont trop âgés pour s'occuper de lui. Et puis ton père est malade. Ça va aller, je te promets, je vais t'aider.

— Je ne sais pas, Édith. Je ne suis pas sûr que ce soit la meilleure solution pour lui. Il ne veut même pas me parler.

— Et il parle à tes parents ?

— Non. Il ne parle à personne. Il ne pleure même pas.

Quentin raccrocha et regagna discrètement sa chambre. Il n'avait qu'une envie, c'était rentrer à Denver. Et pour la première fois depuis qu'il avait quitté la France, il eut l'impression d'avoir un chez-lui. Il songea à sa maison de plain-pied, aux pièces larges et claires, au grand jardin ombragé, au soleil qui baignait la ville, été comme hiver. Il se sentit coupable de vouloir quitter ses parents en un moment si difficile. Assis à la table de la cuisine, les mains croisées, les lèvres réduites à une fine ligne blanche, son père n'avait pas prononcé trois mots depuis leur visite chez le notaire. Il attendait que Quentin prenne sa décision.

Quentin entrouvrit le velux pour contempler le ciel gris et les enseignes lumineuses des commerces qui se reflétaient dans les flaques d'eau. Il pleuvait depuis une semaine. Il passa en revue la pile de CD poussiéreux qui couvraient l'étagère, brancha la chaîne et laissa la voix envoûtante de James Taylor apaiser son cœur à vif.

À 10 h 45, un grand camion rouge et bleu s'engagea sur Dover Court et s'arrêta devant la maison de Pénélope et Jimmy. Le conducteur sonna à la porte et on lui ouvrit presque immédiatement. Quelques minutes plus tard, il remontait dans son camion et consultait son GPS, l'air perplexe. Il attacha sa ceinture et se remit en route.

Dans son rétroviseur, une drôle de femme rousse en justaucorps rose caracolait sur le trottoir en lui envoyant des bisous. Il prit à gauche au bout de la rue puis encore à gauche. Il s'arrêta devant une maison borgne. Des morceaux de bois, une cuvette de WC et de grands morceaux de moquette bleu-turquoise dépassaient d'une benne à ordures posée dans l'allée. Un homme torse-nu et couvert de poussière surgit du garage.

— Vous m'apportez mes meubles ?

— Oui, vous êtes bien Tim Welton ?

Tim essuya son visage couvert de transpiration dans un torchon.

— Oui, c'est moi,

— Signez là alors. Où est-ce que je peux vous mettre tout ça ?

Tim lui montra la pelouse devant la maison.

— Mettez ça là. Je viens de finir de rénover le plancher. On ne peut rien poser dans la maison avant trois jours, ajouta-t-il avant de signer le formulaire.

Le conducteur remonta dans son camion et activa la grue qui déposa deux grosses boîtes de stockage sur la pelouse. Tim le remercia et retourna à l'arrière de la maison où il finissait de retirer les fenêtres.

— Coucou ! Il y a quelqu'un ?

Tim posa son marteau et fit le tour de la maison.

— Bonjour, je suis votre voisine. Je vous ai apporté un cadeau de bienvenue.

Une jeune femme brune aux cheveux courts et bouclés et au visage couvert de taches de rousseur se tenait sur le perron. Une petite fille était enroulée autour de sa jambe. Elle leva sur lui de grands yeux noisette, identiques à ceux de sa mère. Tim prit le plat à tarte qu'elle lui tendait et jeta un regard surpris sur les pommes carbonisées.

— Je m'appelle Édith. Nous sommes voisins. Bienvenue dans le quartier !

Tim s'essuya la main sur son jean avant de la lui tendre.

— Tim, Tim Welton.

— J'habite juste en face. Enfin, mon ami Quentin habite en face et j'habite chez lui en attendant de trouver un appartement.

— Vous êtes nouvelle aussi alors. C'est peut-être moi qui devrais vous apporter un cadeau de bienvenue.

— Oui, effectivement.

Elle pointa du doigt le plat que Tim tenait entre ses mains.

— Et d'ailleurs, si j'étais vous, je ne mangerais pas ça…

— Ah non ?

— Non… Je crois que je l'ai un peu trop flambée, la tarte, ajouta Édith en se rappelant qu'il faudrait racheter un rideau pour la cuisine.

— C'est bon à savoir, je vous rapporterai le plat quand Hugo aura fini. Vous voulez entrer une minute ?

— Oui, je suis curieuse de voir dans quel état ils ont laissé la maison ! Selon Quentin, ils n'étaient pas du tout contents de partir. La banque a saisi la propriété.

— Oui, c'est ce que mon agent m'a expliqué.

Tim retira ses baskets et Édith laissa ses sandales sur le paillasson de l'entrée.

— J'ai mis la troisième couche de vernis il y a deux jours. On peut marcher, mais pas encore poser de meubles.

— Ah bon ? Mais vous dormez où, alors ?

Tim s'appuya nonchalamment contre le mur de la cuisine.

— Dans mon pickup.

Il croisa les bras et contracta légèrement ses biceps. Hugo qui était allongé sur le linoléum de la cuisine posa sa truffe sur ses pattes et détourna le regard.

— Vous avez essayé de tirer la chasse d'eau dans les toilettes ? demanda tout à coup Édith, qui venait de se rendre compte qu'elle n'avait pas fait l'amour depuis des mois.

— La chasse… quoi ?

— Oui. L'ancien propriétaire a confié à Quentin qu'il avait l'intention d'y jeter un sac de ciment pour se venger. S'il l'a fait, ça va vous coûter très cher de réparer les dégâts !

Édith avait trouvé la salle de bain et tira la chasse d'eau. Tim se pencha au-dessus de la cuvette qu'il venait de remplacer. L'eau disparut puis le bol se remplit normalement. Julie applaudit copieusement et sourit à la vue de leurs trois visages se reflétant dans l'eau. La sonnerie de la porte d'entrée retentit. Tim s'excusa et quitta la pièce. Édith le suivit impunément des yeux, admirant la façon dont son jean éculé moulait ses hanches et ses fesses musclées.

Une femme ronde vêtue d'une longue robe fleurie se tenait sur le perron.

— Bonjour, je suis votre voisine. Pénélope. Vous vous souvenez ? demanda-t-elle avec un battement de paupières qui envoya en l'air un faux cil qui alla se planter dans sa longue chevelure rousse.

— Oups !

Elle laissa échapper un rire de petite fille.

— Euh, allez-y, entrez. Pénélope, c'est ça ? Et voici Édith qui habite aussi dans la rue.

Pénélope détailla Édith de la tête aux pieds et pinça les lèvres.

— Ah oui, vous êtes nouvelle dans le quartier aussi, vous non ?

— Oui, voilà, je suis arrivée en mai.

— Vous avez un drôle d'accent, vous venez d'où ?

Édith se força à sourire poliment.

— Je suis française.

Pénélope s'éventa le visage de ses doigts dodus.

— Oh là là ! Oui, oui, oui !

— Euh, alors Pénélope, comment va Jimmy ? demanda Tim qui sentait la tension monter dans la pièce.

La sonnette retentit de nouveau. Tim se demanda si le quartier s'était donné rendez-vous chez lui. Il reconnut la silhouette trapue du mari de Pénélope derrière la moustiquaire. Il traversa la pièce et ouvrit la porte. Pénélope tapa du pied.

— T'as pas besoin de me suivre partout comme ça, Jimmy ! Je suis pas un bébé !

— C'est juste qu'on devait aller faire des courses. Tu voulais aller acheter des pelotes de laine et la boutique ferme bientôt, déclara Jimmy calmement.

— Ah oui… c'est vrai. Bon ben, on y va alors. À plus tard, Tim !

Tim et Édith les regardèrent partir en silence.

— Vous les connaissez ?

— Non, pas vraiment. Enfin, je sais que Pénélope est malade et que Jimmy s'occupe d'elle avec une dévotion admirable. Quand elle prend son traitement, ça va, mais quand elle arrête…

— Oui, j'ai vu ça le jour où j'ai emménagé.

Un silence gêné s'installa.

— Bon alors, Tim, bon courage avec les travaux. Si vous avez besoin de quoi que ce soit, passez à la maison !

Elle attrapa Julie au passage et quitta la maison en coup de vent. Tim la regarda partir en se demandant ce qu'il pourrait bien aller lui emprunter.

***

Harriet ouvrit le robinet et se lava minutieusement les mains pour se débarrasser de la poussière des cartons qu'elle venait d'inspecter. Il y avait juste deux ou trois choses personnelles qu'elle avait voulu récupérer avant de commencer à organiser l'appartement avec Édith. Inutile de faire des sentiments. Si elle avait réussi à se passer de tout ça pendant vingt ans, elle arriverait sûrement à s'en passer indéfiniment. Elle regarda avec satisfaction l'eau teintée de savon grisâtre glisser dans le lavabo rose puis disparaître, s'essuya les mains avec une serviette en papier puis leva les yeux sur le miroir qui lui renvoya le reflet de son visage marqué par les années. Elle disciplina une boucle grise et retoucha son rouge à lèvres carmin. Le temps était passé si vite. Elle avait baigné son premier né dans cette baignoire rose, préparé d'innombrables repas dans la cuisine minuscule et passé de longues soirées d'hiver, nichée dans les bras de son mari à regarder Gene Kelly danser sous la pluie et Audrey Hepbrun arpenter les rues de Rome en Vespa. Puis ils avaient acheté une maison, avec un jardin pour les enfants et un garage pour la voiture d'Henry, troquant au passage l'insouciance des débuts contre le confort et le statut social.

Édith allait bientôt arriver. Elle était tellement contente qu'elle ait accepté sa proposition. Il faut dire qu'il aurait fallu être vraiment bête pour refuser. Ça n'avait pas été facile de convaincre Henry de lui payer un salaire de manager et encore moins de la laisser s'installer dans l'appartement inoccupé depuis des années. Elle avait abordé le sujet au moment du dîner. Henry s'était immédiatement rebiffé.

— Non, non, non. On fait comme on avait prévu. On embauche une serveuse, on vend dans un an ou deux et on prend notre retraite. Et puis je n'ai pas envie d'aller trier tous ces cartons.

— Il faudra pourtant le faire un jour ou l'autre, mon chéri.

— On fera ça quand on vendra. Pas la peine de s'embêter avec ça.

— Embaucher une serveuse, c'est facile, mais faire en sorte qu'elle reste plus de trois mois, c'est une autre affaire.

— Et si on vendait maintenant ?

— À mon avis, on devrait donner une chance à cette jeune femme. Elle a de l'expérience, et l'énergie de sa jeunesse.

— Mais pourquoi tu veux tout changer à la dernière minute ? avait demandé Henry surpris par l'entêtement de sa femme d'ordinaire si docile. Harriet avait soudain perdu patience.

— Parce que c'est une jeune mère célibataire et que son mari l'a laissée tomber pour une grue. Voilà pourquoi Henry ! Tu veux qu'on continue à en discuter ou on passe au dessert ? J'ai fait un quatre-quarts au citron.

Henry avait opté pour le quatre-quarts et il avait même offert son aide pour remettre l'appartement en service. Harriet avait poliment refusé. Elle voulait en profiter un peu pour apprendre à connaître Édith et vivre par procuration l'expérience d'une rupture qu'elle-même n'avait pas eu le courage de mener à bout. Elles discuteraient de son mariage en ruine, de la faiblesse des hommes et de la promesse de jours meilleurs. Puis

Harriet lui montrerait le livre de comptes, elle lui apprendrait à se servir de la caisse enregistreuse, et en fin d'après-midi, elles monteraient à l'étage pour attaquer le grand tri. C'est fou les bêtises qu'on accumule quand on a de la place, songea Harriet et contemplant un bouquet de fleurs de soie aux couleurs passées, un cadeau de sa belle-mère. Les cartons en regorgeaient de ces présents aussi inutiles que laids. Elle le faisait exprès, cette vieille bique. Des poteries grossières, des foulards aux couleurs criardes, et des horloges, des réveils, des montres. « Comme ça, vous apprendrez la ponctualité. »

Harriet avait appris l'art du sourire figé et la maigre satisfaction des réparties cinglantes qui lui venaient toujours trop tard. Elle avait juste insisté pour quitter la Floride et venir s'installer dans le Colorado où l'air pur serait meilleur pour ce pauvre Henry qui souffrait d'asthme. Malgré la distance, sa belle-mère arrivait encore occasionnellement à lui gâcher l'existence, mais Dieu merci, la distance et les intempéries interrompaient souvent les conversations téléphoniques. La maison de retraite leur avait coûté une fortune, mais elle avait fini par mourir. Elle avait mis du temps, mais elle avait fini par se taire. Quel soulagement, avait songé Harriet en déposant un gros bouquet de fleurs artificielles sur sa tombe.

Le tintement de la clochette la sortit de sa rêverie. Elle se précipita au rez-de-chaussée pour accueillir Édith qui se tenait sur le perron. Sa chemise blanche sans manches faisait ressortir son teint légèrement hâlé, un jean qui moulait ses courbes et une paire de ballerines rouges complétaient sa tenue pimpante qui transpirait la jeunesse et l'énergie.

Harriet lui tendit un grand tablier amidonné qu'Édith enfila de bonne grâce.

— Entrez, ma chère. Comment allez-vous ce matin ? Vous êtes prête pour votre premier jour ?

— Oui, je suis prête.

— Vous avez trouvé quelqu'un pour garder votre fille ?

— Oui, la dame dont vous m'avez parlé a pris sa retraite, mais elle m'a recommandé quelqu'un. On s'est rencontrées et je pense que ça va marcher. On en profite pour faire un essai aujourd'hui du coup.

— Parfait. Et Julie a pleuré ?

— Non, pas vraiment, je la faisais garder par une dame à New York aussi, juste quelques heures par jour, alors elle a l'habitude.

Édith noua la ceinture du tablier derrière sa taille et fit un tour sur elle-même.

— Magnifique !

— Alors avant de commencer, on va prendre un selfie ensemble, pour notre compte Instagram.

— Mais on n'a pas de compte sur Instagram ! s'écria Harriet.

— Pas encore ! Mais je vais m'en occuper. J'ai tout un tas d'idées à vous proposer. Souriez !

Et effectivement, Édith en avait des idées. Harriet avait insisté pour lui montrer les livres de comptes. Édith s'était penchée sur la pile de feuilles imprimées pendant une bonne heure, puis elles avaient discuté des horaires, des fournisseurs et des factures. Édith avait ensuite sorti une longue liste de questions qui n'étaient qu'une façon diplomate de suggérer des changements fort nécessaires.

Elle avait commencé par proposer de se débarrasser des voilages qui obstruaient la grande baie vitrée. Harriet ne se souvenait même plus de les avoir achetés. Sans eux, son commerce ne pouvait plus dissimuler les dommages du temps. Le linoléum usé, la peinture écaillée de la bibliothèque encastrée, les murs qui n'avaient pas été repeints depuis des années. Harriet s'était soudain demandé quand elle avait arrêté de faire un effort. Elle s'était souvenue des dimanches matin pimpants, la clochette qui vibrait au rythme des clients, le brouhaha des conversations et l'arôme du café fraîchement passé. Au fil des années, ils s'étaient fatigués, Henry et elle, ils avaient eu moins d'énergie. Ils avaient bien gagné leur vie. Pas des millions, mais Henry avait fait des placements judicieux qui leur avaient assuré une retraite confortable. Alors, ils avaient levé le pied et réduit leurs horaires d'ouverture. Les nouveaux clients s'étaient faits plus rares. Au fil du temps, le café s'était engourdi avec eux.

Le déballage et triage de cartons leur prit quelques jours. Édith ne fit pas dans les sentiments. Après tout, tout ça, c'était du bric-à-brac pour elle. Avec chaque carton, les souvenirs assaillaient Harriet. Des anniversaires, des voyages, et des choses qu'elle avait achetées pour plus tard et dont elle ne s'était jamais servie. Édith fit trois piles : les choses à jeter, les choses à déposer au magasin de seconde main, et les choses qu'Harriet souhaitait à tout prix conserver. Henry empila les cartons étiquetés. Harriet confia un trousseau de clefs à Édith, l'embrassa et lui

106

souhaita bonne chance. Elle monta dans la cabine du pickup, elle se sentit soudain plus légère. Henry aussi avait l'air particulièrement satisfait. Ils déposèrent les derniers cartons à l'armée du Salut et pour la première fois depuis des années, ils décidèrent de partir en week-end.

Édith les regarda disparaître au coin de la rue avec envie puis elle se prépara une tasse de thé. Quentin rentrait à Denver ce soir-là. Elle irait le chercher à l'aéroport avec Julie. Leurs vies étaient sur le point de changer de façon radicale. Elle se sentit seule et elle eut envie d'appeler sa mère, mais il était minuit en France. Ses parents commençaient leur journée quand elle finissait la sienne. Elle lava sa tasse, éteignit les lumières et verrouilla la porte derrière elle. Julie finissait à la crèche une demi-heure plus tard, elle avait juste le temps d'aller faire connaissance avec la propriétaire de la boutique de fleurs adjacente.

**

Édith poussa la porte du commerce voisin. Une légère mélodie annonça sa présence. Elle attendit quelques instants qu'on vienne l'accueillir. Elle respira l'air frais et humide, imprégné du parfum des fleurs, ferma les yeux et se laissa transporter dans une boutique similaire. Elle avait quatre ou cinq ans. La tête posée contre l'épaule de son père, elle regardait la fleuriste préparer le bouquet de roses rouges, choisir le ruban et le friser avec une lame de ciseau. Un souvenir fugace, insignifiant, que sa mémoire avait arbitrairement choisi d'archiver.

— Je suis à vous dans un instant, annonça une voix teintée d'un léger accent étranger.

La boutique était spacieuse et de larges lucarnes laissaient entrer la lumière du soleil qui réchauffait les murs blanchis à la chaux. Une étagère en bois sur laquelle était posée une collection de pots et de vases méthodiquement organisée par taille et par couleur divisait la boutique en deux parties. Les fleurs coupées, présentées dans des baquets en fer posés sur les larges planches de parquet brut, occupaient l'avant du magasin. À l'arrière de la boutique, une fenêtre inondait de lumière un long comptoir en bois usé, derrière lequel s'affairait une grande femme mince aux longs cheveux blancs retenus par un chignon bas. Elle lui tournait le dos, occupée à couper les queues d'une botte de gerberas.

Édith s'approcha et observa le ballet de ses doigts fins arranger les fleurs en un élégant bouquet rond.

— Je peux vous aider ? demanda-t-elle en se retournant légèrement.

— Oui, répondit Édith, un peu intimidée par son beau visage sévère.

La fleuriste contempla un instant les rouleaux de papier multicolore attachés au mur et arracha une longue feuille vert pomme dont elle enveloppa les gerberas fuchsia. Elle attacha un ruban de raphia à la base du bouquet et le déposa dans un vase. Elle enfila une paire de lunettes cerclée d'argent et tapa quelque chose sur le clavier de son ordinateur portable. Elle se retourna finalement et ses yeux bleu clair surmontés d'une frange impeccable rencontrèrent ceux d'Édith.

Édith eut l'impression que le mouvement était calculé et que la fleuriste exploitait souvent son regard singulier.

— Bonjour, je m'appelle Édith. J'envisage d'accepter un poste de manager chez votre voisine.

— Ah bon ? Quelle drôle d'idée ! Tout le monde embauche dans la rue et vous avez choisi de travailler pour Harriet ?

— Et pourquoi pas ?

— Vous avez vu l'intérieur ? Personne n'y vient dans ce café.

— Elle m'a fait une offre généreuse, improvisa Édith qui n'avait pas envie de déballer sa vie privée. Ce n'était pas vraiment un mensonge. Harriet lui proposait un salaire généreux et des horaires flexibles, et elle pourrait se consacrer à ses études entre deux clients si elle décidait de refaire une formation.

— Son café a besoin d'un sérieux ravalement de façade, pas d'un nouveau manager. Mais bon. C'est un début, je suppose. Vous avez négocié un budget pour au moins rénover un peu l'intérieur ?

— Non, mais je n'ai pas encore accepté son offre.

— Si j'étais vous, j'y réfléchirais à deux fois. À moins que vous ne soyez désespérée.

Édith rougit légèrement.

— Enfin, on verra combien de temps vous resterez. Elle finira bien par vendre. Son commerce décrépit depuis dix ans. Je lui ai offert de lui racheter, mais elle ne veut pas vendre cette vieille pingre.

— Aïe ! J'espère que votre sens artistique compense votre manque de tact !

Un léger rire secoua les épaules fines de la fleuriste qui lui tendit la main.

— Je m'appelle Sigrid. L'Altitude, c'est le nom du café, mais l'enseigne est tombée, a vraiment besoin d'attention. Un bon coup de peinture et du lino neuf, ça aidera déjà beaucoup !

— Je vais voir avec Harriet.

— Bonne chance, alors ! Sigrid déposa une nouvelle pile de Gerbera sur son comptoir. N'hésitez pas à passer si vous avez besoin de quelque chose.

Chapitre 6

Allongée sur une serviette de plage jaune vif, une femme brune aux cheveux bouclés retenus par un foulard s'abrite du soleil d'une main et sourit au photographe. Son minuscule bikini rouge souligne les courbes de son corps bronzé. Sur la photo suivante, elle est adossée au lion en pierre qui orne l'entrée de la bibliothèque de Manhattan.

— Qu'est-ce que tu fais, Sophia ?

Raphaël s'assit à côté d'elle sur le tapis du salon. Une longue mèche brune s'était échappée de son chignon et cachait l'expression de son visage.

— Qu'est-ce que tu fais avec cet album ? répéta-t-il.

Sophia haussa les épaules et tourna la page. Édith et Raphaël coupaient ensemble le ruban rouge qui ornait l'entrée de leur restaurant à l'aide d'une grande paire de ciseaux offerts par la chambre de commerce de la ville. Un groupe de représentants de la mairie applaudissaient derrière eux.

— Vous aviez l'air si heureux. Qu'est-ce qui s'est passé ?

— Tu sais, on prend rarement des photos quand on s'engueule.

— C'est sûr, on poste ses photos de mariage sur Instagram, mais on n'annonce pas son divorce.

— Justement, annonça Raphaël sans lever les yeux de la photo. J'ai appelé Édith, j'ai demandé le divorce.

— Toi, tu as demandé le divorce ? s'exclama Sophia dans un rire moqueur.

— Oui. Et elle est d'accord.

— On peut se marier alors ?

Raphaël jeta un regard paniqué vers la porte d'entrée et Sophia éclata d'un rire sec.

— Et... elle sait pour nous ?

— Non, elle ne sait pas.

— Tu ne lui as pas dit ?

— Ça ne s'est pas présenté. On n'a pas parlé très longtemps. Ça ne changera plus rien maintenant.

— Et Julie ?

— Pour Julie, elle m'a proposé un accord de garde.

— Et tu en penses quoi ?

— Je ne sais pas. Il passa les doigts dans ses cheveux épais. Tu veux bien ranger cet album ?

— Pourquoi ? Ça te gêne de regarder ces photos avec moi ? C'est un peu tard pour la culpabilité, non ?

— Non, ce n'est pas une question de culpabilité. Mais je ne vois pas à quoi ça sert.

— Regarde... Sophia feuilletait les pages vides de l'album. Il y a encore plein de place. On pourra le finir avec nos photos à nous.

— Arrête Sophia. C'est malsain ce que tu fais là. Je viens de te dire que j'allais divorcer, tu n'es pas contente ?

— Contente ? On a détruit un mariage, une famille...

Raphaël regarda pensivement une photo d'Édith qui pressait les pans de sa robe contre son ventre pour révéler son début de grossesse.

— Et toi, tu es content ? demanda enfin Sophia.

Il ne répondit pas.

— Tu vois, ce n'est pas si simple, dit-elle en quittant la pièce.

Raphaël la regarda disparaître dans le couloir puis feuilleta l'album photo à la recherche du moment où son mariage avait commencé à s'effilocher.

Il traça du doigt le profil d'Édith qui faisait face à une mer agitée sur une plage de Nantucket. Le vent emmêlait ses boucles brunes. Julie devait avoir deux mois. Elle était emmitouflée dans un porte-bébé sur lequel Édith avait remonté la fermeture éclair de son blouson. Ils s'étaient disputés ce matin-là. Épuisée par ses nuits sans sommeil, Édith était à cran. Raphaël lui avait de nouveau suggéré d'habituer Julie au biberon pour qu'il puisse la nourrir la nuit, mais Édith s'était mise en colère. Si Julie s'habituait au biberon, elle ne pourrait plus allaiter.

— C'est ça que tu veux, Raphaël ?

— Franchement je m'en fous que tu allaites ou pas. Mais, ce n'est pas comme si ça te rendait heureuse de le faire. Peut-être que si tu passais au biberon, tu dormirais mieux, tu perdrais du poids et on pourrait enfin de nouveau faire l'amour.

Édith avait levé vers lui un visage déformé par la peine et la colère.

— C'est pour ça qu'on fait plus l'amour ? Je suis trop grosse ?

— Non, ce n'est pas du tout ce que j'ai voulu dire. C'est toi qui gémis tous les matins quand tu montes sur la balance. Et c'est toi qui me tournes le dos tous les soirs.

La dispute avait dégénéré. Elle lui avait reproché son épisiotomie et son indifférence envers Julie à qui il n'avait jamais mis de couches. Il lui avait jeté au visage ses comportements hormonaux et son indifférence à son égard. Elle avait ricané.

— Vraiment, tu es jaloux de ta propre fille ?

Ils étaient tombés dans l'engrenage des disputes alimentées par la rancœur, le manque d'assurance et la fatigue. Peu à peu, les longs silences interrompus par d'occasionnels commentaires passifs-agressifs qui exprimaient des pensées et désirs opposés à ce qu'ils souhaitaient vraiment avaient fait place aux grands éclats de colère.

Raphaël continua de feuilleter l'album. Au fil des pages suivantes, Édith et Raphaël se faisaient de plus en plus rares. Il n'y avait plus que Julie. Julie dans sa chaise haute, le visage barbouillé de carottes. Julie assise dans l'eau du petit bain à la piscine ou les yeux rivés sur le sapin de Noël. Ici et là, le bout d'un visage ou d'une main s'était laissé capturer par l'objectif. Sur la dernière photo, Julie écrasait un œuf de Pâques en chocolat entre ses doigts. Raphaël feuilleta les pages vides en se demandant qui viendrait peupler l'album de sa vie. Julie ? Sophia ? Édith ? Il y avait cru si fort avec Édith au début puis, petit à petit, les mots s'étaient mis à sonner faux, mais Édith n'avait pas vu la différence.

***

Quentin entra dans le café. Une étrange odeur de Mr Propre et d'arômes d'Arabica vint lui chatouiller les narines. Une femme mince et élégante, la seule cliente, lisait le journal, assise dans un fauteuil près de la baie vitrée. Elle dévisagea brièvement Quentin par-dessus ses lunettes de lecture, balaya d'un regard appréciateur sa chemise blanche, son costume et ses chaussures italiennes. Elle avala une gorgée de thé sans le lâcher des yeux puis se replongea dans son journal.

— Quentin ! Tu as bien dormi ? demanda Édith. Elle déposa un plateau chargé de tasses et d'assiettes dépareillées sur le comptoir.

— Non, je suis réveillé depuis trois heures du matin. Mais je me suis rattrapé, j'avais une tonne de papiers à remplir, et puis ma boîte email est au bord de l'explosion.

— Je te prépare un expresso ?

— Oui, bien serré, j'ai une grosse journée qui m'attend.

— Tu as annoncé la nouvelle à tes parents ?

— Oui, j'ai appelé mon père.

— Et…

— Ben, il l'a très mal pris au départ. Mais je crois qu'au fond, il sait qu'ils ne pourront pas s'occuper de Pierre sur le long terme.

— Et toi, comment tu te sens ?

Quentin réfléchit quelques secondes.

— Soulagé, et terrifié. Je ne sais pas si je suis capable d'élever un enfant.

— T'inquiète, les enfants ne viennent pas avec un mode d'emploi. On improvise tous au début.

Édith passa derrière le comptoir et sortit une boîte en fer d'un placard. Quentin sourit en reconnaissant sa marque préférée.

— Je vois que vous gardez le meilleur pour vos clients favoris, fit remarquer la dame du fauteuil sans lever les yeux de son journal.

— Oui, celui-ci c'est un grand cru classé. Vous en voulez ?

— Non, vous savez bien que je ne bois pas de café. Je bois du thé, précisa-t-elle à l'attention de Quentin… enfin si on peut appeler ça du thé, ajouta-t-elle en regardant sa tasse d'un air affligé.

Édith tendit un expresso fumant à Quentin et se tourna vers elle.

— Quentin, voici Sigrid, elle tient la boutique de fleurs à côté. J'ai commandé le thé que vous m'avez demandé, Sigrid. Mais ça va prendre encore quelques jours.

— J'avais remarqué votre boutique, dit Quentin poliment. C'est très élégant ! Ça fait un moment que j'avais envie d'y passer.

Quentin fit de son mieux pour soutenir le regard arctique de Sigrid.

— Ah oui ? Passez cet après-midi alors, répondit-elle avant de se replonger dans sa lecture. Je viens de recevoir de l'eucalyptus et des renoncules blancs, c'est tout à fait votre style.

Quentin lui jeta un regard amusé puis rejoignit Édith derrière le comptoir.

— Tu t'es déjà fait des copines ?

— Oui, bof… Elle est vraiment spéciale, mais au moins, on ne se demande jamais ce qu'elle pense. Tu veux aller visiter l'étage ? Tu vas voir, c'est vieillot, mais c'est propre. Par contre, il va me falloir des meubles.

Quentin s'engagea dans la montée d'escalier aux murs couverts de papier peint fané et émergea sur le palier d'une pièce vide. Les fenêtres ouvertes projetaient de grands faisceaux de lumière empoussiérée sur la moquette où les meubles avaient laissé leur empreinte.

— Bon, je m'attendais à pire quand tu me l'as décrit au téléphone.

— Oui, ça ira en attendant. Au moins, tu ne nous auras plus dans les pattes avec Julie.

— Tu sais que j'adore vous avoir à la maison. Et puis, ça serait peut-être mieux pour Pierre que vous soyez là. Il se sentira peut-être moins seul.

— Oui, mais bon, tu sais bien qu'on sera toujours fourré chez toi de toute façon, mais pour ta vie amoureuse, ce n'est pas terrible quand même.

— Ma vie amoureuse, il va falloir que je la mette en sourdine pour un moment.

— À cause de Pierre ?

— Ben oui, à cause de Pierre. Ça va être assez compliqué pour lui comme ça, pas la peine d'en rajouter.

— Tu crois pas que ça serait mieux de l'élever avec l'aide de quelqu'un ? Si tu rencontrais la bonne personne évidemment…

— On va déjà voir comment ça se passe quand il sera là. Je n'arrive pas encore à me rendre compte de ce qui m'arrive.

— Ça va changer ta vie, ça change tout un enfant.

— Je ne suis pas sûr d'être prêt. Reste encore un peu à la maison en attendant qu'il s'habitue.

— Et ne pas sauter sur cette opportunité en or, demanda Édith en ouvrant la salle de bain pour révéler les toilettes de porcelaine rose.

— Sans rigoler, tu as fait une sacrée impression à Harriet. C'est vraiment généreux comme offre. Un appart comme ça, dans cette rue, je t'assure que tu n'aurais pas les moyens de payer le loyer.

— Oui, c'est un peu bizarre. Je ne sais pas si je lui fais envie ou pitié. Franchement, je ne pouvais pas refuser. Et puis, il me plaît, ce café. Bon, je sais, c'est un peu pourri là, mais avec quelques travaux, ça pourrait être vraiment sympa.

Quentin passa la tête dans la salle de bain et éclata de rire à la vue de la baignoire et du lavabo assorti aux toilettes. Cet appartement était parfait pour Édith et Julie. C'était juste assez grand, et surtout, c'était tout près de chez lui. Il aurait besoin d'elle pour entamer ce nouveau chapitre de sa vie. Et elle aurait besoin de lui pour retrouver son équilibre et commencer une nouvelle vie sans Raphaël. Il poussa un long soupir et descendit rejoindre Édith occupée à servir un groupe d'adolescents qui étaient sûrement venus là par moquerie. Édith s'était débarrassée des bibelots qui encombraient les étagères et des cadres qui avaient laissé derrière eux de grands rectangles jaunes sur les murs. Elle avait aussi jeté les tapis qui couvraient le linoléum usé, et mis en vitrine une collection de plantes déprimées par le manque de soleil. Le café avait besoin d'attention.

— Dis Édith, tu devrais demander un budget rénovation à Harriet. On décape la bibliothèque, une bonne couche de peinture, du lino neuf et on remplace les tables et les chaises. Ça ne va pas coûter des millions, mais ça ferait une grosse différence.

— Vous pourriez sûrement décaper le parquet, intervint Sigrid.

Quentin souleva un morceau de linoléum qui couvrait effectivement un parquet qui semblait relativement bien préservé.

— Si j'étais vous, je rachèterais l'immeuble et le fonds de commerce, suggéra Sigrid.

Édith réfléchit quelques instants.

— Je n'aurais jamais les moyens. Vu le prix de l'immobilier dans le quartier. Il vaut combien à ton avis, Quentin ?

— Je ne m'y connais pas trop en propriétés commerciales, mais…

— Mais quoi ?

— Il faut que tu voies avec ton avocat, Édith, mais vous n'avez pas fait de contrat de mariage avec Raphaël.

— Non, ben non. On n'avait rien quand on s'est marié. Et la pizzeria ne valait rien non plus.

— Donc en principe, tu peux demander la moitié du restaurant et de la maison.

— Mais comment veux-tu qu'il fasse ?

— Ce n'est pas ton problème, rétorqua Quentin.

— C'est vrai que ça me permettrait de faire un bel apport et je pourrais financer le reste…

— Voyez avec Harriet, interjeta Sigrid. Elle veut vendre d'ici un an. Ça vous donne le temps de finaliser votre divorce. Mais entre nous, elle préférerait vendre à une personne qu'elle connaît.

Édith balaya le café du regard et se mordit la lèvre inférieure.

— Oui, mais je n'ai pas d'argent du tout là.

— Vous pouvez trouver un accord temporaire. Proposez à Harriet de financer la moitié des travaux contre une partie des bénéfices en attendant.

— Quand je dis que je n'ai pas d'argent, je ne rigole pas. Je n'ai même pas de quoi acheter un matelas.

— Je peux t'avancer de l'argent, proposa Quentin.

— Non, c'est hors de question.

— Et pourquoi ?

— Parce que, euh… parce que ! Voilà.

Édith croisa les bras.

— Mais si, tu vas voir, ça va marcher. On va juste faire le nécessaire. Ça ne coûtera pas trop cher.

— C'est une bonne idée, commenta Sigrid.

— Oui, c'est une bonne idée, admit enfin Édith.

Quentin vida sa tasse et la posa sur le comptoir.

— Bon, je me sauve. On en reparle tout à l'heure ?

Elle songea à Raphaël et se demanda s'il pouvait exiger qu'elle rentre à New York avec Julie. Mais il lui avait dit de faire ce qu'elle voulait et ce qu'elle voulait, c'était refaire sa vie loin de lui.

Elle passa l'après-midi à servir distraitement ses quelques clients tout en confinant la ribambelle d'idées décousues qui lui venaient toutes les cinq minutes dans un calepin. Avoir un commerce rien qu'à elle était excitant et terrifiant à la fois. Elle ne s'était jamais imaginée commerçante, mais elle s'était découvert un sens aigu des affaires avec la pizzeria, et si Raphaël l'avait écoutée, ils en auraient ouvert une deuxième. Ça avait drôlement impressionné sa belle-mère la seule fois où elle était venue leur rendre visite. Elle avait étudié les livres de comptes et posé une série de questions bien ciblées à Raphaël. C'est Édith qui lui avait répondu à chaque fois. Elle s'était attendue à un compliment, mais sa belle-mère s'était tournée vers Raphaël :

— C'est elle qui fait tout, en fait ?

Finalement, tenir un café toute seule ou un restaurant avec Raphaël représenterait à peu près la même quantité de travail. Sauf qu'elle n'aurait pas à se retourner nerveusement sur Raphaël à chaque fois qu'une cliente sexy passerait le pas de la porte, songea Édith en verrouillant la porte du café derrière elle en fin de journée. L'ambiance de la rue avait légèrement changé. Les boutiques étaient maintenant presque toutes fermées et les bars et les restaurants se préparaient à accueillir leur clientèle nocturne.

Édith monta dans sa voiture et conduit pensivement jusqu'à la crèche. La salle de classe de Julie sentait les couches et la peinture fraîche. Échevelée et les mains couvertes de feutre, Julie se précipita à sa rencontre et lui tendit fièrement un dessin cryptique sur lequel Édith s'extasia de bon cœur avant de le plier en deux et de le ranger dans son sac. Julie s'était si vite habituée à sa nouvelle vie, songea Édith en l'attachant dans son siège auto. Si Raphaël coopérait, elle pourrait l'effacer de sa vie et recommencer à zéro. Elle fit un détour pour repasser devant la devanture du café plongée dans la pénombre. Tout ce que Raphaël avait à faire, c'était de continuer les choix égoïstes qui avaient guidé sa vie jusqu'ici. Est-ce que c'était trop demander ?

Elle gara sa voiture dans l'allée de garage. La lumière de la cuisine était allumée et Édith reconnut la silhouette de Quentin derrière le rideau. Elle accrocha ses clefs dans l'entrée et déposa Julie dans sa chaise haute.

— Sympa le tablier, ça te va super bien !

— Tais-toi et épluche-moi une gousse d'ail.

La pièce sentait bon les oignons sautés au beurre. L'air concentré, Quentin s'affairait devant sa gazinière professionnelle à six brûleurs. Il mélangeait une sauce tomate d'une main tout en suivant du doigt une recette posée sur un porte-livre. Le plan de travail était impeccable et la vaisselle séchait dans l'égouttoir.

— Tu sais, j'ai réfléchi au sujet des travaux pour le café.

— Et ?

— On pourrait demander à Tim de nous faire un devis, suggéra Édith en choisissant un couteau parmi l'impressionnante collection accrochée au dosseret en céramique blanche.

— Tim ?

— Oui, ton nouveau voisin.

— Et comment tu connais son nom ?

— On a fait connaissance le jour de ton départ justement. Je suis allée lui apporter une tarte.

Édith déposa une poignée de crackers sur la tablette de Julie puis écrasa la lame de son couteau sur une gousse d'ail.

— Une tarte ? demanda Quentin dubitatif.

— Oui, une tarte.

— Et depuis quand tu fais des tartes, toi ?

— Oui, bon, c'est une tarte, pas un soufflé.

— …

— Quoi ?

— Rien.

Quentin l'observa quelques secondes en silence.

— Et baisse-moi ce sourcil ! Tu m'énerves à la fin !

— Bon alors, raconte, il est comment de près ?

— Ben, pas mal du tout en fait. Mâchoire carrée, grand nez, grande bouche, on dirait que c'est Julie qui l'a dessiné.

— Ce n'est vraiment pas ton genre de mec d'habitude.

— Non, mais mon genre de mec ne m'a pas trop réussi jusqu'ici donc il est peut-être temps de changer de modèle.

— Alors vous allez vous revoir ?

— Oui, je vais bien trouver une excuse…

— Je te fais confiance. Dépêche-toi de faire manger Julie, répondit Quentin en lui faisant goûter sa sauce tomate. J'ai fait un album sur Pinterest pour le café, j'ai hâte de te montrer.

***

Sigrid était allongée sur le sol, immobile, les yeux fermés. Ses idées s'échappèrent vers la journée qui l'attendait. Elle se tourna sur le côté et contempla les lames irrégulières du parquet. Elle attendit encore quelques secondes puis s'assit en tailleur et joignit ses mains contre sa poitrine. « Namasté », murmura-t-elle avant d'incliner légèrement la tête. Elle ouvrit les yeux et observa son reflet dans le miroir qui lui faisait face. Ses épaules droites et musclées, son ventre ferme, ses seins aplatis par la brassière en lycra. La lumière tamisée de la pièce lui donnait l'air d'avoir trente ans. Elle sentit la petite boule familière s'installer au creux de sa gorge. Elle se leva, alluma toutes les lumières, retira l'élastique qui retenait ses cheveux blancs et se tourna de nouveau vers son reflet. Elle suivit de l'index le chemin sinueux des rides qui bordaient ses yeux bleu clair. Elle prit une profonde inspiration et quitta le studio sans se retourner.

Les rayons du soleil levant éclairaient la cuisine. Elle mit la bouilloire en route et réchauffa un bol de flocons d'avoine. À sept heures, elle tournait la clef dans la serrure du magasin et calait le crapaud en fonte contre la porte vitrée. Elle entrouvrit les volets, juste assez pour laisser filtrer la lumière matinale, et noua ses cheveux encore humides en chignon. Elle poussa sur le trottoir les deux pots d'hortensias bleus qui encombraient l'entrée et sortit une dizaine de potées de géraniums. Un arrivage de fleurs fraîches était prévu pour le lendemain, il fallait faire de la place. Elle inscrivit « SOLDES/9,99 $ » en lettres capitales sur une ardoise qu'elle déposa devant les pots de fleurs. Elle avait horreur des géraniums, c'était la première fois qu'elle en faisait, juste parce que ses clients les lui réclamaient depuis des années. Elle leur lança un regard rancunier. Et bien évidemment, elle n'en avait pas vendu un depuis le début de la saison.

Elle jeta un coup d'œil à la vitrine, la rue commençait à s'animer. Sur le trottoir d'en face, un couple discutait en désignant du doigt le bâtiment décrépi qui lui servait de voisin. Elle avait vaguement envisagé de le racheter pour ouvrir un studio de yoga, mais rien que dans sa rue, il y en avait deux. Sigrid aimait le Colorado, mais s'habituer à une ville lui donnait envie de partir en découvrir une autre. Faire ses valises, vendre sa boutique et sa maison, choisir un lieu au hasard et recommencer à zéro. Nouveau quartier, nouveau travail, nouvelles rencontres. Elle allait avoir soixante-six ans au mois de juillet. Elle pouvait peut-être partir encore une fois, une dernière fois. C'est ce qu'elle s'était dit en ouvrant une boutique de fleurs à Denver cinq ans plus tôt. Et une galerie d'art à Seattle dans les années 90. Elle mit en route la bouilloire électrique pour sa deuxième tasse de thé et ouvrit son carnet de commandes. Sa boutique de fleurs lui apportait un revenu confortable, elle connaissait son métier.

125

Elle avait travaillé deux ans et demi chez un artisan-fleuriste dans les années 70 à Berlin. Il lui avait appris les fleurs, l'art du bouquet et des arrangements floraux. Et puis, il s'était mis en tête de lui apprendre d'autres choses pour lesquelles elle ne s'était pas sentie prête, alors elle était partie. Elle avait accumulé les métiers au cours de ses pérégrinations et avait finalement décidé de revenir au commerce des fleurs en s'installant à Denver. Ses clients venaient de loin pour acheter ses créations directement inspirées des revues spécialisées européennes qu'elle recevait tous les mois. « Et moins il y a de fleurs, plus c'est cher ! », plaisantait-elle avec Justin, son apprenti. « Bien arrangé, on peut vendre n'importe quoi. Ce n'est pas un morceau de bois enveloppé d'une feuille de bananier, c'est de l'art, de l'art oriental *minimaliste*. Allez-y, Justin, puisque je vous le dis, vingt-cinq dollars, elle sera vendue avant midi. Mettez-la en vitrine, à côté des fleurs de cannas. Voilà… » Douée sur le plan artistique, Sigrid avait surtout un sens inné des affaires.

Un couple quinquagénaire avait pris rendez-vous pour choisir les arrangements floraux pour leur mariage. Troisième mariage pour monsieur, deuxième pour madame. Le grand jour était pour la fin juin. « Voyez-vous Justin, on devrait célébrer les divorces comme on le fait des mariages ! Ça rapporterait ! »

Sigrid s'assit sur son tabouret et alluma son ordinateur portable et sa lampe de travail. Elle créa une nouvelle feuille de calcul pour préparer son devis et ouvrit son carnet de croquis. Elle réfléchit quelques instants en manipulant son crayon entre ses doigts fins. Vingt-cinq centres de table, une arche, la limousine, le bouquet de la mariée, celui des cinq demoiselles d'honneur, et les bouquets pour l'église. Quel gâchis d'argent ! Comment pouvait-on dépenser des milliers de dollars pour un évènement qui avait moins d'une chance sur deux de marcher ? Une naissance ? Oui. Un enterrement ? Bon, au moins on savait qu'ils ne changeraient pas d'avis... mais un mariage ?

Les futurs mariés avaient choisi le vert et le blanc cassé comme couleurs principales. Appuyée contre le comptoir, sa tasse de thé à la main, elle feuilleta un magazine et corna quelques pages. Puis, elle attrapa son carnet de croquis, enfila ses lunettes, et esquissa le bouquet de la mariée. À neuf heures, elle finit d'ouvrir les volets. Son premier client entrait dans la boutique quelques instants plus tard. Elle rassembla les esquisses qui couvraient la table et balaya son comptoir à l'aide d'une brosse pour en retirer les morceaux de gommes.

Ses dessins avaient contribué au succès de son commerce. Ses clients trouvaient cela charmant, ils aimaient les encadrer, les inclure dans leurs albums de mariage. Sigrid jouait la carte de la modestie : « Ce ne sont que des croquis, vous savez... »

— Je peux vous aider ? demanda-t-elle aimablement.

— Oui, je voudrais un bouquet de roses jaunes, murmura l'homme qui venait d'entrer. C'est pour l'anniversaire de ma femme, ajouta-t-il en regardant ses chaussures.

Sigrid se couvrit la bouche de la main.

— Vous ne l'aimez plus ?

— Mais si enfin, puisque je… lui achète… des fleurs…

Le visage de l'homme avait tourné au rouge brique, une grosse veine bleue lui traversait le front.

— Dans ce cas, offrez-lui des roses rouges, expliqua Sigrid.

Elle arracha un grand morceau de cellophane.

— Les roses blanches ou jaunes, c'est pour la famille, votre fille, votre maman, éventuellement, ajouta-t-elle. Elle se retourna pour le regarder par-dessus ses lunettes. Mais pas pour votre femme…

— Ah bon, si vous le dites. Des rouges, alors, murmura son client.

Sigrid sourit.

— Et vous en voulez combien ?

— Une douzaine ?

— Tutu tut… toujours en nombre impair, les roses !

— Alors treize… enfin non, treize ça porte malheur…

Sigrid approuva de la tête.

— Quinze alors ?

— Excellent choix ! Je vous prépare cela tout de suite.

Quelques minutes plus tard, l'homme quittait la boutique muni de son bouquet de roses et d'une potée de géraniums qu'il ne se rappelait pas avoir demandée. Sigrid décrocha son téléphone et composa le numéro de son fournisseur.

— Ne m'oubliez pas les roses jaunes cette fois-ci, ça fait au moins six ventes que je loupe à cause de vous ! Vous me les donneriez pour rien si vous aviez le sens des affaires !

— Si j'avais le sens des affaires, je vous demanderais en mariage Sigrid.

— Un arrangement financier, c'est bien la seule bonne raison de se marier ! dit-elle avant de raccrocher.

— Justin, prenez le relais, je vais boire une tasse de thé à côté.

Sigrid poussa la porte du café et s'assit dans son fauteuil de prédilection, près de la cheminée. L'odeur entêtante des lilas entrait par la porte entrouverte et l'image furtive de volets fermés et le son d'un piano désaccordé la transportèrent brutalement quarante ans en arrière. Elle se leva et referma la porte.

— Il fait encore un peu frais non, pour laisser les portes ouvertes ? On a encore des tempêtes de neige en juin quelquefois, vous savez.

Édith déposa une tasse et une théière sur la table basse à côté de Sigrid et sortit un plaid d'un panier en osier.

— Vous voulez que j'allume la cheminée ? Le dernier ramonage date des années 80. Ça va sûrement déclencher un incendie qui nous mettra toutes les deux à la rue.

— Présenté comme ça, non merci.

Sigrid repoussa la couverture.

— Et rangez-moi ça, j'ai quand même pas 90 ans…

Elle remplit sa tasse et regarda le nuage de vapeur s'élever au-dessus du liquide brûlant puis se dissiper. Elle regarda autour d'elle. Édith avait pris ses marques et les changements judicieux qu'elle avait apportés au cours des trois premières semaines avaient déjà porté leurs fruits. Les amateurs de café locaux avaient fait circuler la nouvelle de cet établissement qui ne payait pas de mine, mais où le café était excellent. Et puis, les hipsters du quartier trouvaient la déco kitsch à souhait. Mais bon, l'effet serait éphémère. Comme Sigrid l'avait expliqué à Harriet, il en faudrait plus pour que le café soit de nouveau rentable, et sinon à quoi bon le laisser végéter ? Mais Harriet n'était pas du genre à se presser pour prendre des décisions. Il faudrait qu'elle en discute avec Henry, qui ne serait sûrement pas d'accord. Harriet finirait par le convaincre, mais Édith allait perdre patience et chercher un travail ailleurs. Elle était jeune, pleine d'idées, et avait un excellent sens des affaires qu'elle gâchait dans ce commerce prêt à rendre son dernier souffle. Une fois qu'elle aurait absorbé le choc de son arrivée précipitée, elle s'en rendrait compte. Harriet vendrait et Dieu sait qui prendrait sa place. Un bar branché qui l'empêcherait de dormir ou pire, un salon de toilettage pour chien.

— Pourquoi vous secouez la tête comme ça Sigrid ? C'est le thé ?

— Non, non, le thé est excellent. Je me demandais combien de temps Harriet allait nous laisser mijoter avant de dire oui.

— *Nous* ?

— Oui, *nous*. Je suis votre voisine, le futur de cet établissement me concerne.

— Ah, oui, bien sûr. Eh bien, sachez qu'elle a promis de *nous* donner une réponse en fin de semaine.

— Bon, vous allez tenir le coup jusque-là ?

— Mais oui, ce n'est pas comme si j'étais débordée, nota Édith en balayant la salle vide de la main.

— C'est justement ça le problème !

— Tant que ce n'est pas moi qui paie le loyer, ça m'est égal…

— Pourquoi vous avez fait tous ces changements, alors ?

— Pour montrer à Harriet que le café a du potentiel.

— Pourvu que ça marche. Ça m'éviterait de racheter le bâtiment si elle décidait de vendre.

— Ça marche si bien que ça les fleurs ?

— Je n'ai pas fait que des fleurs dans ma vie, ma chère !

Édith alluma les lumières pour éclairer la pièce assombrie par les nuages qui s'étaient accumulés au-dessus de la ville et s'installa dans le fauteuil qui lui faisait face. Elle étala le plaid que Sigrid avait refusé sur ses jambes.

— Vous en avez trop dit et pas assez en même temps. Avant le commerce des fleurs, vous faisiez quoi ?

Sigrid avala une gorgée de thé puis reposa sa tasse dans la coupelle.

— J'ai fait ma fortune dans le commerce de l'art. Si vous souhaitez devenir riche, vendez des choses laides et inutiles hors de prix.

— C'est noté !

— J'ai tenu une galerie d'art à Seattle pendant plusieurs années.

— Et ça a bien marché ? Vous avez fait des études d'art ?

— Oui, mais j'ai surtout beaucoup étudié les gens. Elle avala une gorgée de thé. Vous pouvez faire toutes les études que vous voulez, si vous voulez avoir du succès en affaires, il faut bien sûr avoir le sens du commerce, mais il faut aussi prendre le temps de comprendre les gens, leurs peurs, leurs faiblesses, leurs joies.

Elle pencha la tête et chercha ses mots.

— Et c'est quelque chose que vous maîtrisez intuitivement, vous. Moi, j'ai dû l'apprendre.

— Euh merci…

— Je ne sais pas si vous allez vous en sortir en amour, vous avez l'air moins douée dans ce domaine, mais en affaires, vous allez réussir.

Édith encaissa le compliment maladroit de Sigrid et se demanda si elle n'aurait pas troqué son sens du commerce contre une meilleure intuition amoureuse.

***

À l'aéroport de New York, Quentin faisait les cent pas aux arrivées internationales, serrant dans ses bras l'éléphant en peluche qu'il avait acheté avant de partir. Les portes vitrées s'ouvraient et se refermaient, laissant passer des tonnes de voyageurs qui tombaient dans les bras de ceux qui les attendaient de l'autre côté. Ça faisait deux heures qu'il était là. Leur avion avait atterri à l'heure, il avait vérifié. Mais qu'est-ce qu'ils faisaient ? Il n'avait pas dormi depuis trois jours, il avait dévalisé le supermarché et acheté une montagne de vêtements, de livres et de jouets.

— Édith, ça fait quoi, un gamin de quatre ans et demi ? Ça mange quoi ? Et ça va dormir où ?

— Je n'en sais rien ! Moi, tout ce que je sais, ça s'arrête à deux ans et demi, avait répondu Édith en embrassant Julie.

Une douanière munie d'une pancarte au nom de Quentin apparut. Quentin lui fit signe de la main. Elle vérifia ses papiers et le pria de la suivre.

— Votre père et votre neveu ont été retardés au contrôle des papiers. Ils n'avaient pas de traduction officielle des documents de garde, expliqua-t-elle. Elle le fit entrer dans un bureau austère, meublé d'un banc, d'un tabouret bancal et d'un bureau en fer gris.

— Quelle tragédie ! Je suis sincèrement désolée, ajouta-t-elle.

Une larme ronde creusa une rigole dans l'épaisse couche de fond de teint qui lui couvrait le visage.

Son père était assis sur le banc et tenait Pierre sur ses genoux.

— Tu te souviens de ton oncle ? Il va prendre soin de toi.

Il essaya de le décoller de sa hanche. Mais Pierre résista, enveloppa son grand-père de ses bras, enroula ses jambes autour de sa taille.

— Non, je veux rester avec toi…

Le père de Quentin souriait du mieux qu'il pouvait.

— Quentin, je suis désolé. Donne-moi un coup de main. Il faut que j'y aille. Je ne peux pas laisser ta mère toute seule.

Alors Quentin prit Pierre de force dans ses bras.

— Non, papi… Je veux ma maman !

Et de fondre en sanglots hystériques. Il repoussa Quentin et courut à l'autre bout de la pièce et posa le front contre la vitre, les bras croisés.

Quentin embrassa de nouveau son père qui ne pouvait plus retenir ses larmes.

— Vas-y, papa. Je vais m'en occuper, ça va aller.

Le père de Quentin lui donna une sacoche et un sac à dos Bob l'éponge et pointa du doigt une valise. Il embrassa son fils et disparut avec l'hôtesse de l'air qui offrit de le raccompagner jusqu'à sa porte d'embarquement. Quentin regarda son père tituber vers la porte puis rejoignit Pierre et s'assit près de lui. Les minutes passèrent. Le silence n'était interrompu que par les hoquets de Pierre qui commençait à se calmer. Quentin prit une longue inspiration et se mit à lui parler. Après quelques minutes, Quentin se leva et lui tendit la main. Pierre enfonça ses mains dans ses poches, mais le suivit sans protester.

Une demi-heure plus tard, Pierre dévorait des frites et des Chicken Nuggets au Mac Donald de l'aéroport.

— J'adore le Mac Donald. Mais maman, elle ne veut jamais y manger, ajouta Pierre avant de tremper son morceau de poulet dans la sauce barbecue.

Quentin ferma brièvement les yeux et s'excusa mentalement auprès de sa sœur.

Après deux heures d'attente, ils embarquèrent enfin pour Denver. Édith les attendait à l'aéroport avec Julie.

Ils se dirigèrent vers le parking et Quentin attacha Pierre dans son siège auto. Pierre regardait Quentin d'un air accusateur et triste. Quentin mit le moteur en route, sortit du parking couvert et alluma la radio.

— Tu aimes la musique, Pierre ?

Il le chercha du regard dans le rétroviseur. Pierre s'était endormi, la tête penchée sur le côté, les bras serrés sur une girafe en peluche éculée.

Une fois arrivé chez lui, Quentin porta Pierre encore endormi dans la maison. Il était presque dix-neuf heures. Édith porta la valise de Pierre dans la chambre que Quentin avait aménagée avant de partir. Elle l'ouvrit et contempla l'étalage de vêtements. Un pyjama couvert de camions rouges et dodus, des chaussons avec des oreilles de lapin et des yeux qui bougent, des Lego. Elle imagina Laurence dans un magasin de vêtements, à fureter dans les rayons, à poser un pull contre la poitrine de Pierre pour juger de la taille, de la couleur. C'était absurde. Comment est-ce qu'on pouvait partir si vite, si brutalement ? Elle referma la valise et alla dans la chambre de Julie qui dormait tranquillement. Elle se pencha sur son lit, la prit délicatement dans ses bras et la posa contre son épaule. Elle resta là quelques minutes, à caresser de sa joue le front de sa fille, à enfouir son nez dans ses cheveux bouclés, à s'empêcher de la serrer férocement dans ses bras. Le chant des cigales entrait par la fenêtre entrouverte. À regret, elle la reposa doucement dans son lit et rejoignit Quentin. Il avait déposé Pierre dans le canapé du salon.

— Tu crois qu'il va se réveiller ? chuchota Quentin.

— Ben oui, forcément, il va finir par se réveiller. Du moins, j'espère ! Sinon, on n'est pas dans la merde !

Quentin frotta ses yeux rougis par les larmes et la fatigue.

— Je suis terrifié, Édith. Je ne sais pas quoi faire, murmura-t-il.

— Pour l'instant, il n'y a rien à faire. On verra comment ça se passera quand il se réveillera. Ça va aller.

— Et s'il me déteste ?

— Il va t'aimer Quentin. Pas tout de suite, mais il finira par s'attacher à toi.

— Je ne sais pas comment on s'occupe d'un enfant.

— Les parents non plus ne savent pas ! La preuve, il y en a plein qui font n'importe quoi. Il faut remplir plus de papiers pour adopter un chien que sortir de l'hôpital avec un bébé…

Pierre prit une profonde inspiration et se tourna sur le côté. Quentin bondit de sa chaise pour l'empêcher de tomber.

— Tu vois, tu assures déjà, murmura Édith.

Le moteur pétaradant d'une voiture réveilla Pierre. Il regarda autour de lui sans bouger. Son regard s'arrêta quelques secondes sur Édith qui lui sourit, puis se posa sur la collection de photos en noir et blanc, alignées sur la console près du fauteuil. Assis sur les marches en ciment du bar-tabac, Laurence et Quentin, qui devaient avoir dix et douze ans, posaient pour le photographe. Derrière, une photo du mariage de Laurence, enveloppée d'une robe légère et coiffée d'un grand chapeau de paille.

— Alors, c'est toi maintenant mon papa ?

— Ben, non, je vais être ton tonton, mais je vais m'occuper de toi comme un papa.

Le cœur de Quentin explosa en mille morceaux à la vue du visage fripé et confus de Pierre.

Mais quelle réponse à la con ! Mais je suis nul !

— Euh, demanda Quentin… Je peux avoir un pied ?

— Un pied ?

— Oui, je voudrais un pied sans chaussette, il faut que je vérifie quelque chose…

Pierre retira une de ses chaussettes. Édith observait la scène amusée.

Quentin s'approcha, renifla le pied rose que Pierre lui tendait. Puis il recula, offusqué…

— Mais ça sent le fromage !

Pierre renifla son pied…

— Ah ben oui… alors qu'est-ce qu'on fait ?

— On prend un bain ! Viens avec moi…

Pierre et Quentin traversèrent la maison et Quentin le fit entrer dans la salle de bain…

— Tada !

Une immense baignoire ronde trônait au milieu de la pièce. Quentin fit couler l'eau et tendit à Pierre une bouteille de bain moussant…

— Tiens, et mets-y la dose ! Je refuse de passer la soirée avec un petit garçon qui sent le gruyère râpé !

Installé au milieu de la mousse, Pierre se dérida un peu.

— Et ça, c'est quoi ? dit-il en mettant en route les bulles.

— Non ! Pas les bulles !

Trop tard, le bain moussant s'affola et de dessous les bulles monta un bruit que Quentin n'avait encore jamais entendu, un rire qui grandit et qui résonna dans toute la salle de bain. Pierre émergea d'un bond, couvert de mousse.

— Il est chouette ton bain, tonton !

Après le bain, Quentin porta Pierre dans sa chambre. Il le couvrit et alluma la veilleuse musicale qui se mit à tourner, projetant sur son passage des images pastel sur les murs. Pierre se laissa faire sans dire un mot. Quentin quitta la chambre sur la pointe des pieds.

— Attends, attends un peu avec moi.

— Tu veux qu'on lise une histoire ?

Pierre refusa d'un hochement de tête. Quentin s'assit au pied du lit et suivit des yeux les images sur le mur. Pierre cligna des paupières une fois, deux fois, puis s'endormit.

Édith était allée se coucher. Il éteignit les lumières et vérifia que les portes étaient fermées et alla s'allonger dans son lit. Il se réveilla à 2 h 15 du matin, complètement désorienté. Les pièces de la réalité s'emboîtèrent une à une et son cœur s'enfonça dans sa poitrine une fois de plus.

Il essaya de se souvenir de la dernière fois qu'il avait parlé à sa sœur. Elle lui avait fait part de son projet de week-end avec Yves et il l'avait encouragée. Elle n'avait jamais laissé Pierre chez ses parents plus d'une nuit. Et si ça se passait mal ? Et de culpabiliser de partir en vacances sans son fils. Il allait lui manquer. Quentin ferma les yeux. Deux grosses larmes roulèrent le long de ses joues et s'écrasèrent sur l'oreiller. Il s'assit sur le bord de son lit. Il était maintenant 4 h 30 du matin. Pierre allait sûrement bientôt se réveiller. Il devrait déjà être réveillé d'ailleurs, se dit Quentin soudain inquiet. Il se précipita dans la chambre voisine. Sous la couette couverte de dinosaures multicolores, Pierre dormait paisiblement. Quentin s'approcha de lui et tendit l'oreille pour capter le bruit de sa respiration. Il guetta du regard le mouvement léger de sa poitrine qui se soulevait et s'abaissait régulièrement. Rassuré, Quentin quittait la chambre sur la pointe des pieds quand soudain, la voix de Pierre brisa le silence.

— Maman !

Quentin sursauta et serra les mâchoires. Assis dans son lit, les cheveux en bataille, les yeux écarquillés, Pierre dévisageait son oncle.

— Je peux venir dans ton lit ?

— Dans mon quoi ? Mon lit ? Je… je ne sais pas. Ça ne se fait pas…

— S'il te plaît ?

— Bon, allez, viens !

— Porte-moi !

Quentin s'approcha du lit de son neveu qui rassembla laborieusement sa couverture fétiche, sa girafe et son éléphant.

— C'est bon, on a tout le monde ?

Quentin le souleva et le posa contre sa hanche. Il sentit à travers son pyjama en mousse son corps encore tout mou et tout chaud de sommeil. Les idées se bousculaient dans sa tête. Quelques heures plus tôt, Pierre ne voulait même pas qu'il l'approche et le voilà qui voulait dormir dans son lit. Il ne savait pas s'il devait se réjouir ou être terrifié de cette confiance immédiate que Pierre lui offrait. Et s'il n'était pas à la hauteur ? Il le cala sur son oreiller et remonta la couette. Il plaça sa couverture contre sa joue, s'allongea à côté de lui et ferma les yeux.

— J'ai envie de faire pipi, murmura Pierre alors que Quentin sombrait enfin dans le sommeil.

***

La nuit tombait quand la Volkswagen du mari de Pénélope déboucha au coin de la rue. Il se gara dans l'allée du garage et claqua la portière.

— Pénélope ? Pénélope ?

Tim posa sa ponceuse en voyant Jimmy traverser le jardin en courant.

— Vous n'avez pas vu ma femme ?

— Pénélope ? Euh, non, pas depuis, euh, ce midi…

Jimmy s'agrippa à la clôture qui séparait leurs jardins.

— Ce midi ? Vous ne l'avez pas vue de l'après-midi ? s'écria-t-il.

— Non, mais je n'ai pas fait attention non plus… Elle est peut-être chez vous ?

Jimmy semblait fou d'inquiétude.

— Elle vous a confié quelque chose ?

Tim fronça les sourcils.

— Elle m'a confié pas mal de choses… C'est assez gênant.

Jimmy lui agrippa le poignet.

— S'il vous plaît, Tim. Ma femme est euh… très malade. Il faut que je la trouve avant qu'elle ne fasse quelque chose de dangereux.

— Elle a parlé de divorce.

Jimmy ne broncha pas.

— Elle m'a expliqué qu'elle avait rencontré quelqu'un qui allait la sauver. Quelqu'un qui ne passait pas tout son temps à la pêche, comme... vous...

— Scott, elle vous a parlé de Scott ?

— Oui, je crois. Un ami de votre frère, je crois ?

Jimmy était déjà parti.

Tim reprit sa ponceuse. Le visage catastrophé de Jimmy flottait dans la poussière. Il se demanda si Pénélope disparaissait souvent sans prévenir. Lui aussi avait trouvé la maison vide un jour. Mais Nancy n'avait pas l'excuse de la maladie mentale. Il était rentré un peu plus tard que d'habitude ce soir-là. Un chantier l'avait retenu, et puis les bouchons de la ville de Chicago lui avaient assuré qu'il louperait le début du match de baseball. Il avait garé sa voiture au bas de son appartement et noté au passage les fenêtres encore plongées dans la pénombre. Nancy rentrait souvent avant lui. Une cliente de dernière minute peut-être ? Il avait pris le courrier et était monté à l'étage en ouvrant des factures. Le claquement de la porte d'entrée avait résonné curieusement derrière lui. Il avait tout de suite remarqué les cadres manquants sur les murs. Il avait traversé le couloir et était entré dans la chambre. Le lit était fait, le bureau impeccablement rangé. Sur l'étagère, la moitié des livres manquait. Il avait ouvert le placard et, comme dans un rêve, noté l'absence de ses foulards, de ses dizaines de paires de chaussures, de ses vêtements. Il s'était ensuite dirigé vers le salon, à la recherche d'un mot, un message, une explication. Il s'était assis sur le canapé du salon et avait fébrilement composé son numéro, s'était éclairci la voix et puis s'était entendu dire que ce numéro n'était plus en service. Il avait raccroché et composé le numéro du salon de coiffure.

— Nancy ? Elle a démissionné il y a trois jours. Tu ne savais pas, Tim ?

Il avait ensuite composé le numéro de Lorna qui ne savait rien non plus. De Mélanie qui lui avait répété la même chose. Finalement, il avait appelé la mère de Nancy. Elle avait décroché immédiatement.

— Elle est partie. Tim, je suis tellement désolée. Elle m'a appelée ce matin, elle m'a annoncé qu'elle quittait Chicago pour de bon… Elle m'a fait promettre de ne pas t'appeler. Mais qu'est-ce qui se passe ?

Tim s'était retourné sur l'appartement à moitié vide.

— Je n'en ai AUCUNE idée Martha. Aucune idée.

Il se rappela les longues soirées solitaires dans cette moitié d'appartement, à attendre qu'elle appelle, qu'elle revienne.

Il posa sa ponceuse et consulta l'horloge de la cuisine. 21 heures 45. Il était temps de s'arrêter. Il ouvrit le réfrigérateur et décapsula une bière. Il avala une gorgée et sortit sur la terrasse. Il avait entendu Jimmy revenir vers 21 heures et puis un peu plus tard, des cris, des pleurs. À 23 heures, les pompiers avaient traversé le quartier et les lumières des gyrophares au travers des arbres lui avaient confirmé qu'ils étaient en effet chez eux. Ils étaient restés une bonne heure. Une fois le camion reparti, le calme était revenu sur la maison.

De la musique semblait venir de leur jardin. Tim s'approcha de la barrière. Il reconnut la voix d'Elvis. Sur la terrasse en bois, Jimmy et

Pénélope en robe de mariée dansaient lentement, éclairés par la lumière des guirlandes de Noël multicolores encore accrochées aux fenêtres.

Tim resta là encore quelques instants à les regarder bouger lentement. La chanson terminée, ils continuèrent de tournoyer au rythme du chant des cigales, de grosses larmes rondes et chargées de khôl dévalaient le long des joues de Pénélope, et Jimmy caressait ses longs cheveux roux. Nancy, elle, n'était jamais revenue.

***

Assis à la table de la cuisine, Pierre pêchait les chamallows qui flottaient dans son bol de céréales.

— Tu veux du lait ou du jus d'orange, Pierre ?

— Du Nesquik.

Quentin bondit sur ses clefs de voiture.

— Je vais en acheter !

— Quentin, assieds-toi, dit Édith. On ira faire les courses ensemble. On va avoir besoin d'autres choses. On va décorer sa chambre… il va lui falloir des shorts et des tee-shirts, de l'écran solaire, des sandalettes.

Quentin prenait furieusement des notes dans un calepin puis se tourna vers son neveu.

— Qu'est-ce qui te ferait plaisir pour ta chambre Pierre ?

Pierre haussa les épaules.

— Tu aimes les pirates, les dinosaures ?

— Oui, murmura Pierre sans lever les yeux de son bol de céréales.

— Les voitures ?

— Non, pas les voitures.

— OK, pas de voitures, nota Quentin dans son carnet.

— Enfin, si, en jouet, j'aime bien.

— Sauf si c'est en jouet, répéta Quentin à voix haute en griffonnant quelques mots dans son carnet.

Pierre esquissa un léger sourire.

— Allez, finissez de déjeuner. J'ai des choses à faire moi aujourd'hui ! dit Édith.

Quentin gara sa voiture en face du café.

— On fait petite famille, non, avec les deux sièges auto à l'arrière. On devrait se marier, rigola Quentin en tapotant le genou d'Édith.

— Tais-toi et détache les enfants !

— C'est ta maison ? demanda Pierre interloqué. Elle est un peu moche !

— On va la retaper !

Édith extirpa un trousseau de clefs et ouvrit la porte.

— Ou bien la raser ? gloussa Quentin en la suivant à l'intérieur.

— Dis donc, c'était ton idée, non ?

— Mais oui, je rigole. Bon déjà, ça, ça dégage ! Il décolla un grand morceau de linoléum. Tu vois, le parquet est plutôt bien préservé.

— Je peux t'aider, tonton ? demanda Pierre qui avait déjà attrapé un coin de linoléum.

— Vas-y, l'encouragea Édith qui venait de sortir une bouteille de champagne et deux coupes en plastique de son sac. À nous !

Harriet avait finalement donné son accord. Quoiqu'un peu naïve, elle avait vite compris qu'elle n'avait rien à perdre dans l'affaire. Les travaux avaient commencé la semaine suivante. Quentin avait insisté pour remplacer la baie vitrée par des portes-fenêtres qui s'ouvriraient sur une terrasse.

— À Denver, on peut manger dehors la moitié de l'année, surtout si on installe des chauffages extérieurs. Même en hiver, on a de belles journées.

— Vas-y. C'est toi qui paies…

— Et tu vas l'appeler comment ton café ?

Édith pointa du doigt la porte bleu roi à double battant posée contre la façade.

— L'Altitude ! J'ai commandé des lettres dorées pour la nouvelle porte. C'était le nom du café d'Harriet, mais l'enseigne est tombée il y a quelques années et Harriet ne l'a jamais fait réparer.

Les entreprises se relayèrent pour décaper et vernir le parquet, et peindre les murs. Édith fit installer un comptoir en bouleau clair surmonté d'une vitrine à pâtisserie et acheta des tables en pin ciré. Deux grands fauteuils à oreilles faisaient face à la cheminée fraîchement remise en service.

Quentin passait tous les jours pour suivre la progression des travaux. À six jours de la réouverture prévue pour début août, Édith était prête. Enfin, presque…

— Ils ont fini à l'étage ? demanda Quentin, en empruntant l'escalier étroit qui menait à l'appartement.

— Oui !

Quentin déboucha sur la pièce de jour rectangulaire. Ils avaient peint les placards de cuisine en blanc et remplacé le plan de travail qui séparait la cuisine du salon. La lumière entrait par une grande vitre en arc de cercle côté jardin et deux Velux côté rue. Édith avait remplacé la moquette et peint les murs en blanc.

— Je referai la salle de bain plus tard. C'est moche, mais c'est propre et fonctionnel.

— Une fois que tu commenceras à faire des bénéfices, tu pourras installer des tables ici aussi et agrandir. Et t'acheter la maison la plus chère du quartier !

— Tu crois que je vais faire des bénéfices ?

Quentin se tourna en entendant la voix chevrotante d'Édith. Elle s'était engagée dans ce projet sans jamais douter d'y arriver. Elle parlait même d'ouvrir des succursales dans le centre de Denver, et sur Boulder.

— Eh, chef, ça va marcher ! Je ne sais pas si tu feras fortune, mais tu vas gagner ta vie correctement. Tu as le sens des affaires.

Il la prit dans ses bras et l'embrassa sur le front. Ils restèrent là quelques instants et Édith eut un peu envie de pleurer pour la première fois depuis son arrivée à Denver.

— Tu as quelqu'un pour les pâtisseries ? demanda enfin Quentin.

— Non, pas encore. J'en ai testé deux, mais ce n'est pas terrible. Tu connais quelqu'un ?

— Tu ne veux pas faire les tiennes ?

— Tu rigoles, t'as vu la tête de ma tarte aux pommes ? Même le chien n'en a pas voulu. Et puis, je n'ai pas de cuisine en bas. Plus tard, peut-être...

— Il y a une jeune fille assez sympa qui habite une rue au-dessus de chez moi. Elle a une petite entreprise de traiteur. Elle s'appelle Annabelle. Tu veux son numéro ?

— Oui, je vais le noter.

Ils redescendirent au rez-de-chaussée.

— Et qu'est-ce qu'on fait avec l'alcôve dans le fond ? demanda Quentin.

— J'ai commandé un grand tapis et de gros coussins pour une aire de jeux. Je vais mettre un théâtre de marionnettes, des Lego et des livres.

— Et ici le long du mur ?

— Des étagères. Tim va me les faire sur mesure.

— Tim ? Vous vous êtes revus ?

— Oui, enfin juste comme ça en passant…

— Et tu vas mettre quoi sur les étagères ? Des livres ? Des jeux de société ?

— Oui, peut-être… Je ne sais pas encore…

— J'ai un cousin qui travaille dans l'import-export. Tu pourrais importer des spécialités régionales françaises. Des calissons d'Aix, des Bêtises de Cambrai, du Nougat de Montélimar…

— Je n'y connais rien à l'importation moi.

— Ça ne doit pas être très difficile. C'est comme tout, ça s'apprend. Et sinon, tu vas mettre quoi dans tes grands bacs en fer devant les vitrines ?

Édith alluma la climatisation pour rafraîchir l'air étouffant.

— Des fleurs, c'est Sigrid qui va s'en occuper. Tu as le temps de prendre quelque chose ?

Quentin consulta l'heure sur son téléphone.

— En vitesse alors, j'ai rendez-vous avec une cliente.

— Cappuccino ?

— Oui, à emporter, précisa-t-il. Il observa un camion faire marche arrière dans l'allée qui bordait l'Altitude. Tu attends encore une livraison ?

— Non, enfin pas grand-chose. J'ai reçu l'essentiel. Je vais voir.

— Moi j'y vais ! Il l'embrassa sur la joue et disparut en coup de vent.

Édith alla à la rencontre du livreur.

— C'est pour mademoiselle Édith Lans…

— Lançois, finit Édith. Qu'est-ce que c'est ?

Le livreur haussa les épaules.

— Je ne sais pas madame, moi je fais juste la livraison. Je vous mets ça où ?

— Ben, mettez-le là, dans l'entrée.

— Non, ça ne va pas passer, là.

— Mais c'est grand comment ? Vous êtes sûr que c'est pour moi ?

— Vous pouvez vérifier l'adresse et le nom ici, dit-il en lui tendant un formulaire, et signez aussi s'il vous plaît. Le mieux, ça serait de le mettre là, sur le côté de la devanture.

— Bon, allez-y. Je me demande vraiment ce que c'est…

Édith observa patiemment le conducteur remonter dans son camion, faire marche arrière dans la l'allée, installer des rampes puis se mettre aux commandes d'un chariot élévateur pour finalement déposer prudemment une grande boîte rectangulaire sur la pelouse.

Édith le remercia poliment et attendit qu'il s'en aille pour ouvrir la boîte où étaient empilés des cartons. Elle en déposa un dans l'herbe et l'ouvrit fébrilement. Elle se figea à la vue du motif familier d'une de ses robes préférées. Elle sortit son téléphone dans la poche arrière de son jean.

— Raphaël, je viens de recevoir ton colis. Sympa comme surprise. Tu aurais pu me prévenir, non ?

— Ben, je t'ai pourtant dit la semaine dernière que j'allais t'envoyer des affaires. Tu vas me plumer de 400 000 dollars et tu as demandé le divorce. Tu t'attendais à quoi ? Des fleurs ?

— C'est juste que tu aurais pu être plus clair. Ce ne sont pas *des* affaires, ce sont *mes* affaires.

— Oui, tu m'appelles pour me remercier, donc ?

— Te remercier pour quoi ?

— Pour avoir tout emballé et tout envoyé à mes frais.

Édith se mordit la lèvre, à court de répartie.

— J'espère que tu n'as rien oublié ! Elle raccrocha rageusement et transporta les boîtes une à une dans la remise. C'était elle qui l'avait quitté, alors pourquoi avait-elle l'impression d'avoir été mise à la porte ?

Chapitre 7

Quentin s'était enfin décidé à trouver une garderie pour Pierre. À quatre ans, il avait encore au moins un an avant de commencer l'école. En attendant, il faudrait trouver une garderie qui offrait un programme de maternelle et dès le mois de janvier, il faudrait lui trouver une école. Ses clientes, attendries par sa situation peu ordinaire, mais digne d'une comédie romantique hollywoodienne, s'étaient fait un plaisir de l'éduquer sur le système scolaire américain. Quentin avait rapidement compris l'essentiel. Pas d'école publique avant cinq ans. Frais de maternelle exorbitants à sa charge. Chaque quartier avait une école assignée. « Parfait ! » avait conclu Quentin, « Il ira donc dans cette école ! Ou pas… », avait-il ajouté, en notant le regard horrifié de sa cliente qui lui expliqua que seules une école performante ou une école privée feraient l'affaire. Il fallait s'y prendre en avance. Apparemment, il y avait des listes d'attente.

Édith qui avait quelques années d'expérience en matière de garderie lui avait donné quelques conseils et puis, après la quatrième visite, elle avait abandonné.

— Prends une nounou, Quentin, ou une jeune fille au pair…

— C'est forcément une jeune fille ?

Quentin en était à sa septième crèche. La sixième visite, qui avait plutôt bien commencé, avait fini en esclandre. Charmé par la visite guidée de la directrice, les locaux à l'hygiène impeccable, et une adorable cour de jeu ombragée, Quentin avait décidé d'y laisser Pierre pour quelques heures. Il était revenu vingt minutes plus tard et avait escaladé la palissade pour observer Pierre discrètement. Après quelques instants, il l'avait finalement repéré au milieu de la cour de récréation, marchant au hasard dans l'indifférence générale, le visage couvert de larmes, les mains crispées sur son doudou. Quentin ne se souvenait plus des mots précis qu'il avait hurlés au visage de la directrice en traversant l'école au pas de charge. Un mélange de menaces, de poursuites judiciaires entrecoupées d'accusations d'incompétence et de non-assistance à personne en danger. Il se souvenait juste des bras de Pierre serrés autour de son cou, et de ce moment magique et terrifiant où il s'était rendu compte à quel point il aimait déjà ce petit bonhomme.

Il entra dans la septième garderie qui ne payait pas de mine et sortit sa liste de sa poche. Il regarda autour de lui, les locaux étaient étroits, la peinture écaillée par endroits, et l'aire de jeux avait besoin d'être rafraîchie. Un bref coup d'œil au menu de la cantine le fit changer de couleur. Il entra dans la salle de classe des quatre-cinq ans et Pierre gesticula pour se libérer de son étreinte.

— Tonton, pose-moi s'il te plaît.

Il s'approcha timidement du tapis sur lequel était assis un gros homme chauve. Il lisait une histoire, en changeant de voix à chaque personnage, pour le plus grand plaisir de son audience.

— *Hi, what's your name , little guy* ? demanda l'homme en décollant une petite fille de son épaule.

Quentin s'apprêta à lui dire que Pierre ne parlait pas anglais, mais Pierre le devança :

— Pierre.

— *Piewre* ? répéta-t-il visiblement impressionné. *That's a cool name* !

Pierre acquiesça.

— *It's nice to meet you, give me five* !

Pierre tapa la paume que l'homme lui tendait puis s'assit sagement sur le tapis.

La directrice qui accompagnait Quentin pour le tour de la garderie sourit.

— Tout le monde adore monsieur Kevin. Il est avec nous depuis quatre ans.

Quentin ne savait pas quoi dire. La garderie ne correspondait à aucun de ses critères et pourtant, l'idée d'y laisser Pierre était tolérable.

— Pierre, tu veux rester un peu et je reviendrai te chercher après ?

Pierre acquiesça. Quentin se tourna vers Monsieur Kévin :

— Il ne parle presque pas anglais.

— À cet âge, ils apprennent vite ! Javier ne parlait pas anglais non plus, et maintenant, on ne peut plus l'arrêter ! Il pointa du doigt un petit garçon qui s'adressait à un groupe d'enfants avec animation.

Quentin quitta la garderie, le cœur lourd. Il avait entendu Pierre se mettre à pleurer dès qu'il avait quitté la salle de classe. Il se glissa derrière le volant de sa voiture, prit une profonde inspiration et mit le moteur en route. Il attendit cinq longues minutes et composa le numéro de la garderie sur son portable.

— Allo ? Bonjour, c'est Quentin, j'appelle au sujet de Pierre.

La directrice décrocha et lui fit signe de derrière la vitre de son bureau.

— Oui ?

— Oui, il pleure encore ?

— Attendez, je vais aller voir.

Quelques instants plus tard, elle reprit le combiné.

— Il sanglote encore un peu, mais sans conviction. Vous savez, c'est normal, ils passent tous par là, mais vous verrez, d'ici quelques jours, il ne voudra plus repartir avec vous à la fin de la journée !

— Si vous le dites…

— Rappelez dans une demi-heure si vous voulez.

— D'accord, merci pour tout.

Quentin raccrocha au bord des larmes, passa la marche arrière et appuya sur l'accélérateur. Un bruit de tôle froissée lui déchira les oreilles.

— Et merde !

Il sortit de sa voiture pour constater les dégâts. Il avait embouti la voiture garée derrière lui. Il regarda autour de lui. Il n'y avait personne sur le parking. Il rentra dans la crèche. La directrice l'accueillit avec un sourire.

— Vous voulez appeler la police ?

— Je ne sais pas, la voiture est vide et on est sur un parking donc ils ne viendront pas. J'ai plutôt envie de laisser un mot sur le pare-brise.

Quentin griffonna son numéro et le plaça derrière l'essuie-glace de la BMW bleu marine.

Incapable de se concentrer sur son travail, Quentin décida d'aller voir Édith. Elle s'affairait derrière le comptoir. Les haut-parleurs diffusaient une station de radio locale. Édith avait l'air heureuse et dans son élément.

— Alors chef, prête pour l'ouverture ?

Édith s'essuya les mains sur son tablier.

— Oui, ça se précise ! Où est Pierre ?

Quentin essaya de répondre, mais aucun son ne sortit de sa bouche.

— Oh ! Tu as trouvé une garderie et tu l'as laissé pour faire un essai ?

Quentin hocha la tête.

— C'est dur, c'est plus dur pour nous que pour eux. Mais c'est super, il va apprendre à parler anglais, il va se faire des copains. Moi, j'ai pleuré toute la journée la première fois que j'ai mis Julie à la crèche. Elle lui tendit une tasse de thé et un muffin puis l'escorta à une table en retrait.

— Ça va aller, ne t'inquiète pas.

***

— Alors Édith, tu ouvres un café finalement, pas un restaurant ? demanda sa mère en se calant dans son fauteuil.

Son père apparut à l'écran.

— J'arrive, c'est moi qui vais le tenir, s'esclaffa son père.

— Pas un bar-tabac comme chez nous, papa, un coffeeshop.

— Et donc, euh comme Starbucks ?

— Oui, un peu.

— Donc, tu ne sers pas d'alcool ?

— Non, juste des expressos, du thé…

Son père plissa les yeux.

— Même pas de la bière ?

— Non !

— Mais qui c'est qui va venir dans ton café ?

Sa mère l'interrompit.

— Mais non, mais Jean-Pierre, ce n'est pas comme chez nous. Ça se fait beaucoup les endroits comme ça, chez eux.

— Ah bon ? Et, dis-moi, Édith, tu t'installes définitivement à Denver ? Tu as finalement quitté Raphaël ?

— Pourquoi « finalement », papa ?

— Ah… Écoute, on le sait depuis longtemps que c'est une tête de con. Déjà le jour de ton mariage… Enfin bon. Et comment vous allez faire avec Julie ?

— Il ne s'en occupait pas de toute façon, lança sa mère de la cuisine.

— Oui, mais bon c'est sa fille quand même.

— Il me laisse sa garde.

— Quelle saloperie, ce type !

Sa mère apparut à l'écran.

— Et pourquoi tu ne rentres pas en France ? plaida-t-elle gentiment. On pourrait t'aider avec Julie.

— Pour faire quoi, maman ? J'ai une maîtrise d'anglais. Le taux de chômage est astronomique. Il n'y a rien pour moi en France, il n'y a jamais rien eu.

— Oui, je sais, c'est ce que tu dis toujours, mais tu nous manques !

— Moi aussi, vous me manquez. Je ne vais pas pouvoir venir avant un moment et je n'ai pas de quoi vous loger, mais c'est promis, l'été prochain, on se voit, et pour longtemps !

— Si tu le dis ! C'est qu'on a envie de voir la petite, nous. Et toi aussi bien entendu. Tu sais, on ne rajeunit pas.

— Je sais, maman. Donne-moi un peu de temps.

— Oui, oui, d'accord. Je t'aime.

— Je vous aime aussi.

Édith referma son ordinateur et alla vérifier que Julie dormait encore à poings fermés dans son lit. Pour la première fois depuis longtemps, la France lui manquait. Elle eut envie de se promener dans les rues commerçantes du Vieux Lille, d'aller boire un diabolo menthe en terrasse, de passer une soirée tranquille à discuter avec ses parents en les aidant à préparer le repas. Elle eut envie de faire partie de leur vie, de vieillir avec eux et de les laisser voir grandir l'unique petite fille qu'ils n'auraient jamais. Elle avait envie de pluie et de grisaille, de toucher la mousse qui pousse sur la vieille brique et de s'asseoir dans une chaise de jardin jusqu'à ce que le soleil se couche et que l'humidité remonte de la terre et charge l'air de senteurs nocturnes.

Elle considéra quelques instants l'idée de rentrer en France. Ce n'était pas la première fois qu'elle y pensait. Tous les expatriés y songent à un moment ou un autre. Il y en a même qui essayent et qui y arrivent. Elle pourrait rentrer dans les Hauts de France. Trouver un appartement à Lille et un travail dans la restauration. Ses parents adoreraient garder Julie, au moins une partie du temps. Puis elle songea au café, c'était un projet grisant. Elle avait envie de faire ses preuves. Et si elle rentrait un jour en France, elle voulait que ce soit un retour triomphant, comme pour prouver que partir comme ça, quitter tous les êtres qu'on aime, ça en valait la peine. Elle n'avait aucune envie d'aller se réfugier chez ses parents, après un mariage raté et sans argent. Elle soupira. Il fallait que ça marche ce projet. Et justement, elle venait d'avoir une idée.

Elle entra dans la boutique de fleurs, Julie dans les bras. Sigrid coupait les fleurs fanées d'une potée de géraniums.

— Bonjour, Sigrid. Je suis venue vous dire que les travaux sont presque terminés et on va bientôt pouvoir rouvrir.

— Excellente nouvelle ! Vous avez fait du beau travail. Je suis allée voir hier, c'est impressionnant.

Elle se retourna et s'appuya contre son comptoir.

— J'ai une proposition à vous faire.

— Une proposition ? En fait moi aussi, justement je…

— Et si on faisait communiquer nos boutiques ? l'interrompit Sigrid. C'est très à la mode en ce moment les espaces polyvalents.

— Comment ça ? demanda bêtement Édith.

— Il suffit de découper une porte sur le côté de ma boutique.

Sigrid montra du doigt un pan de mur couvert de plantes grasses. Mes clients viennent chez vous et vos clients chez moi…

— Euh, oui, je…

— Je peux aussi vous fournir en fleurs. Vous pourriez exposer mes compositions sur vos étagères. Sur le long terme, on pourrait aménager une serre ou un jardin derrière la maison. À condition de nettoyer tout le bazar qui y traîne.

Elle la regarda par-dessus ses lunettes.

— Ça fait désordre cette carcasse de voiture, ajouta-t-elle.

— Oui, j'ai fait ce qu'il fallait, mentit Édith qui n'avait pas encore eu le temps de s'en occuper.

— Alors, qu'en dites-vous ? demanda Sigrid.

— C'est une bonne idée, je vais y réfléchir. J'étais justement venue pour vous faire une proposition similaire.

— Mais oui, acquiesça Sigrid poliment.

— On peut commencer avec les baquets en fer devant les vitrines. J'ouvre dans une semaine et j'aimerais y planter quelque chose.

— Ce sera fait. Vous aimez les géraniums ?

— Non, j'ai horreur de ça !

— Parfait ! Moi aussi, mais j'en ai deux dizaines, et personne n'en veut, il va bien falloir que j'en fasse quelque chose.

— Oui, bon, faites ce que vous voulez. On m'attend au café.

— Ah oui ? C'est le gladiateur qui vient de se garer en face que vous attendez ?

Édith et Sigrid se penchèrent pour regarder Tim et Hugo traverser la route.

— Oui, c'est le charpentier qui va venir m'installer les étagères, murmura Édith soudain nerveuse. C'est pour les tisanes que vous m'avez fait commander d'ailleurs.

— Eh bien, allez-y et envoyez-le-moi quand vous aurez fini.

— Vous voulez des étagères aussi ?

— Oui, je trouverais bien quelque chose à lui faire réparer.

Édith déverrouilla la porte pour les laisser entrer. Tim retira ses lunettes de soleil, planta ses yeux dans les siens et se fendit d'un grand sourire.

— Alors, le grand jour approche ? Il fit un tour sur lui-même. C'est chaleureux. J'aime beaucoup. Il admira un instant le bois blond du parquet restauré, les murs bleu cobalt et les plantes vertes que Sigrid avait placées en vitrine.

— Merci. Alors sinon, pour les étagères, elles iraient là, au-dessus de la machine à cappuccino.

Il décrocha son mètre de sa ceinture et prit des notes directement sur son téléphone. Édith s'accroupit pour gratter le cou d'Hugo qui ferma les yeux de contentement.

— Pour le bois, vous préférez du chêne ou de l'érable ?

— Un bois clair, le même bois que le comptoir. Ou quelque chose de similaire.

161

— C'est du bouleau. Je devrais pouvoir trouver ça facilement. Sinon, vous voulez quelle profondeur et quelle longueur ?

Édith s'éclaircit la gorge et répondit de son mieux. Tim lui posa encore quelques questions, puis s'installa à une table pour faire un croquis et noter les dimensions des étagères.

— Voilà, déclara Tim. Il arracha une feuille de son bloc-notes et la lui tendit.

— C'est ce que vous aviez en tête ?

— Oui, c'est tout à fait ça, dit-elle, consciente de sa présence à ses côtés.

— Vous passez prendre le devis à la maison dans l'après-midi ? suggéra-t-il en la regardant droit dans les yeux avec un léger sourire.

— Euh, oui d'accord bredouilla Édith en se demandant ce à quoi elle venait d'acquiescer.

Elle le regarda traverser la route et ouvrir la porte du pickup pour Hugo qui s'installa derrière le volant. Tim lui dit quelque chose. Hugo baissa les oreilles puis prit place sur le siège du passager. Le pickup disparut au bout de la rue et Édith entreprit de vider les cartons remplis de serviettes en papier et de paquets de sucre qu'elle venait de recevoir. En fin de matinée, la compagnie de téléphone était venue activer la connexion internet. Elle se demanda encore comment Harriet avait réussi à s'en passer toutes ces années.

Vers midi, elle retourna chez Quentin. Son appartement était prêt à l'accueillir, mais Édith n'était pas prête. Il faudrait pourtant s'y installer avant l'ouverture. Le pickup de Tim était garé dans l'allée. Il lui avait proposé de passer dans l'après-midi et elle ne voulait certainement pas avoir l'air trop pressée. Elle vérifia l'heure sur l'horloge du salon et décida d'aller courir. Elle s'était mise au jogging avant de tomber enceinte de Julie. Il était peut-être temps de s'y remettre, d'autant que ce sport était clairement un passe-temps populaire local. Elle enfila un short et une brassière, et mit les baskets qu'elle avait jetées dans sa valise sur un coup de tête. Elle s'étira quelques minutes puis se mit à courir. Cinq cents mètres plus tard, à bout de souffle et en sueur, elle opta pour une marche rapide. Denver était à mille six cents mètres d'altitude, et il faudrait qu'elle s'y habitue progressivement.

— J'ai votre devis si vous voulez ! lança Tim de l'autre côté de la rue alors qu'elle rentrait chez Quentin.

Elle traversa la route.

— Entrez, je viens de faire du thé glacé.

Elle retira ses baskets et traversa la maison en chaussettes. Tim avait ajouté deux grandes fenêtres et abattu un mur de sorte que la cuisine s'ouvrait maintenant sur le salon.

— Vous avez fait un travail remarquable ! remarqua Édith. Vous êtes doué de vos mains !

— Oui, c'est ce qu'on me dit ! répondit Tim avec un clin d'œil qui la transperça comme une lance.

Elle lui tourna le dos pour qu'il ne la voie pas rougir.

— Et le sous-sol ?

— J'ai juste fait changer la moquette. Mais j'ai fini les salles de bain. Vous voulez voir ?

— Oui !

Il la devança dans le couloir et ouvrit la porte. Le sol était couvert de parquet en bambou et les murs peints de couleur sauge. Une plante verte, une baignoire sur pieds et des panneaux de lambris peints en blanc qui arrivaient à mi-hauteur complétaient la pièce.

— Vous avez vraiment du goût, Tim. Je suis impressionnée, commenta Édith qui essayait de ne pas se laisser distraire par le matelas posé sur le sol, les draps chiffonnés, et le magazine de sport posé à côté d'une tasse de café froid.

— C'est une bonne idée... la baignoire là, bafouilla-t-elle.

— J'ai envie de mettre des portes-fenêtres ici. Tim traça un rectangle imaginaire sur le mur. Je perds de l'espace, mais je pourrais prendre mon petit déjeuner dehors le matin...

— Oui, et vous pourriez installer un patio en brique.

— Excellente idée !

Édith ramassa machinalement un magazine de cuisine qui traînait sur une commode.

— Vous cuisinez ?

— Mais oui, je m'y suis mis il y a peu de temps, mais je me débrouille.

— Cuisine italienne, observa Édith. Elle feuilleta les pages pour se donner une contenance. Vous savez, je tenais une pizzeria à New York. Je pourrais vous donner des conseils si vous voulez ?

— Avec plaisir, j'essaye une nouvelle recette ce soir. Pizza maison. Vous êtes libre ?

— Euh, oui… acquiesça-t-elle avant de sentir l'adrénaline envahir ses veines.

— OK, vers huit heures alors ?

— Huit heures, ça marche.

— On mange et on se regarde un film ?

— Euh, oui, d'accord !

Un silence gêné s'installa.

— Bon, à ce soir alors. Il faut que j'aille chercher Julie à la crèche.

Elle traversa la rue, le visage en feu. Un repas et un film, ça n'engageait à rien. Et puis, elle pouvait annuler, prétendre un mal de tête, ou que Julie était malade.

Elle entra dans la cuisine de Quentin et composa son numéro.

— Allo ?

— Est-ce que tu peux garder Julie ce soir ?

— Euh oui, pourquoi ? Tu sors ?

— Oui, je vais voir un film chez Tim.

— Dis donc, tu ne perds pas de temps, je t'ai suggéré de te trouver un mec, mais bon… Il n'y a pas le feu quand même. En général, on commence par un restau…

— Ce n'est pas de ma faute… C'est juste que… Tu rentres quand ?

— D'ici une heure, pourquoi ?

— Pourquoi ? Il faut que tu m'aides ! Qu'est-ce que je fais ? Qu'est-ce que je mets ? Qu'est-ce que j'apporte ?

— Tu vas voir un film, tu mets un jean et tu apportes une bouteille de vin… Je te filerai des capotes.

165

— Je ne vais pas coucher avec lui…

— Pourquoi ? T'as pas envie ?

— SI ! J'AI SUPER ENVIE ! Mais non. Je vais juste voir un film. Je ne suis pas prête, enfin je ne sais pas…

— Épile-toi quand même… au cas où.

Édith raccrocha et quitta la cuisine en coup de vent. Julie devait l'attendre avec impatience.

***

De l'autre côté de la rue, Tim passait l'aspirateur. Est-ce qu'Édith ferait honneur à la réputation des Françaises ? Il se demanda si elle s'épilait ou si les Européennes aux aisselles poilues étaient un mythe. Il fit une recherche rapide sur Google. À priori, pas de poil en vue… Il frissonna au souvenir de cette randonneuse aux jambes plus poilues que les siennes, avec qui il avait couché juste une fois.

Il finit de nettoyer son salon, mit une bouteille de Riesling au frais, et sauta dans la douche.

— Siri, joue Marvin Gaye!

Il sortait de la douche au moment où la voiture de Quentin s'engageait dans l'allée du garage. Quentin trouva Édith en jean et soutien-gorge devant le miroir de sa chambre. Assise au milieu d'une pile de tee-shirts, Julie regardait sa mère d'un air interrogateur.

— Qu'est-ce que tu en penses ? Celui-ci ou celui-là ?

— Ce sont les mêmes.

— Mais non ! Celui-ci a un col en v et celui-là un col rond.

— Le problème, ce n'est pas le tee-shirt… C'est le soutien-gorge.

— Quoi ?

— C'est un soutien-gorge de maternité Édith, tu rigoles ?

— C'est mon seul soutien-gorge blanc à peu près potable.

— Mets un tee-shirt noir alors.

— Ah non, noir ça fait traînée !

Quentin lui prit gentiment le bras et la fit asseoir sur le lit.

— Tu vas juste voir un film. Tu n'es pas obligée de te déshabiller.

— Je n'ai pas fait l'amour depuis des mois, et mes fesses n'ont pas vu une salle de gym depuis trois ans, murmura Édith. Je ne suis pas prête pour ça. Et puis, je suis encore mariée…

— Alors, sois claire avec lui et dis-lui que tu veux simplement être amie avec lui.

— OK… Mais si je veux plus que ça plus tard ?

— Tu verras plus tard. Un jour à la fois.

Édith enfila le tee-shirt bleu ciel que Quentin lui tendait et embrassa Julie sur le nez. Elle attrapa une bouteille de vin au hasard dans la cuisine et quitta la maison en coup de vent. Quentin se retourna vers Julie et Pierre qui empilaient des Lego.

— Alors qu'est-ce qu'on mange ce soir ? Et si je faisais des crevettes flambées avec…

— Et si on mangeait des chicken nuggets plutôt, tonton ?

— Ce n'est pas très équilibré ça, Pierre.

— Tu peux faire des haricots verts avec ?

— OK !

La sonnette de la porte d'entrée retentit au moment où Quentin refermait le four. Jimmy se tenait sur le porche. Quentin se demanda s'il avait de nouveau perdu Pénélope, puis remarqua les deux chatons qu'il avait dans les bras.

— Je voulais vous demander... Au sujet de ces chatons... Je les amène à la fourrière, à moins que vous n'en vouliez un ? J'ai bien essayé de les donner, mais personne n'en veut...

— Ah non, non ! Moi je n'aime pas trop les animaux, c'est plein de poils, c'est plein de microbes. Et puis les chats, moi je suis allerg...

— Tonton ?

Pierre se faufila dans l'entrebâillement de la porte.

— Euh oui ?

Les yeux de Pierre brillaient comme des étoiles.

— Je peux les toucher ?

Quentin se retourna vers Jimmy.

— Il peut les toucher ? Ils sont propres ?

Jimmy haussa les épaules

— Ben oui ! Enfin, c'est des chats quoi...

Pierre caressa les chatons qui s'enroulèrent autour de ses jambes.

— J'arrive, s'écria-t-il. Il disparut dans la maison à toute vitesse, je vais chercher un bout de ficelle !

— Oui, je crois que j'ai un bouchon dans le tiroir de la cuisine ! renchérit Quentin.

Jimmy regarda Pierre partir en courant et se mit à rigoler.

— Vous en prenez un ou les deux ?

— Je prends les deux, tant qu'à faire…

— On les garde, hein, tonton, on les garde ? cria Pierre qui revenait muni d'une longue ficelle, Julie sur les talons.

— Évidemment qu'on les garde ! Enfin, quelle question ! On ne va quand même pas les mettre à la fourrière, non ?

**

Édith s'arrêta devant la moustiquaire de l'entrée pour reprendre son souffle et calmer les battements de son cœur. La porte était ouverte.

— Entrez ! Je suis dans la cuisine.

Elle laissa ses tongs sur le paillasson, traversa le salon et posa la bouteille de vin sur le comptoir. Tim sortait une pizza du four.

— Vous avez un tire-bouchon ? J'ai apporté un Pinot noir, ça vous va ?

— Oui, j'ai mis un Riesling au frais, c'est comme vous voulez.

Édith déboucha la bouteille et versa un peu de vin dans les verres que Tim lui tendait.

— Santé !

— À une amitié naissante ! dit-elle en levant son verre.

Et de l'imaginer sans son tee-shirt…

— Amitié ! Vous croyez à l'amitié entre homme et femme vous ? demanda Tim surpris.

— Bien sûr ! Sinon je ne serais pas ici ! Vous ne croyez quand même pas que je couche avec tous mes nouveaux voisins, en signe de bienvenue ?

— En fait, c'est une tradition aux États-Unis. On ne vous l'a jamais dit ? demanda Tim avec un clin d'œil.

— Alors dans ce cas, c'est différent… Elle posa son verre. On y va tout de suite ou on attend la fin du film ?

Tim la regarda, décontenancé. Elle avait l'air sérieuse. Il eut envie de la prendre au mot.

— À l'amitié alors !

Il avala une gorgée de vin. Il avait l'air un peu déçu… Édith aussi. C'était tout ? Il n'allait pas essayer un peu plus ?

— Alors, vous ouvrez quand ?

— Mardi matin.

— Nerveuse ?

— Oui et non.

— Ça va être un café français ? demanda Tim en posant une tranche de pizza sur une assiette en carton.

Édith poussa un soupir exaspéré.

— Pourquoi est-ce que tout le monde me pose la même question ? Non, ça va juste être un café normal.

— OK…

— C'est juste que j'ai quitté la France, j'ai fait ma vie ailleurs et je ne me sens pas particulièrement française, expliqua-t-elle en découpant minutieusement sa pizza avec ses couverts en plastique.

Tim remplit de nouveau son verre de vin et apporta la pizza sur la table du salon. Il mit en route le film. Édith se cala dans un coin du sofa et Tim s'assit à même le sol, son épaule à quelques centimètres de son genou. Elle essaya de se concentrer sur la télé, mais son regard tomba sur ses avant-bras musclés et sa grande main rugueuse qui grattait distraitement la tête d'Hugo posée sur son genou. Elle se mit malgré elle à les imaginer lui tenant fermement les hanches et caressant ses seins. Pourvu qu'il ne lui demande pas si elle avait aimé le film…

À 23 heures, elle traversait de nouveau la route, complètement frustrée. Quentin était allongé sur le canapé, son ordinateur sur les genoux. Il leva les yeux à son arrivée.

— Les enfants sont couchés ? demanda Édith.

— Non, ils sont sortis en boîte. Alors ?

— Alors rien, on a mangé, on a regardé un film. J'ai dit que je voulais qu'on soit amis.

Quentin posa son ordinateur sur la table et la regarda en essayant de ne pas rigoler.

— Et ?

— Ben, il n'a même rien essayé ! Mais alors, rien de rien !

— Quel salaud !

***

Sophia poussa le robinet d'eau chaude de son orteil et passa sa cheville sous le filet d'eau brûlante. Une odeur d'eucalyptus et de lavande embauma la pièce.

Elle avait passé la maison au peigne fin et méticuleusement emballé toutes les affaires d'Édith. Ses vêtements de chez H&M, ses chaussures éculées, et ses produits de beauté bon marché. Elle s'en était tenue à ses effets personnels. « Tu verras avec Édith pour les meubles, avait-elle dit à Raphaël, mais à mon avis, ça ne vaut pas le coup de faire envoyer des meubles de chez Ikea. Autant les racheter sur place, ça coûtera moins cher. » Raphaël avait acquiescé en silence. Elle avait balayé de la main la chambre de Julie.

— On fait quoi avec tout ça ?

— Ben, elle va revenir, non ? Tu ne vas pas tout faire envoyer ?

— Non, mais elle habite là-bas. Ça lui ferait sûrement plaisir d'avoir au moins quelques livres et des jouets, non ?

— Ah oui, je n'y avais pas pensé.

— Je m'en doute.

Elle avait soigneusement rempli les boîtes en carton, et enrobé les effets fragiles dans des feuilles de journaux. Raphaël l'avait suivie de pièce en pièce comme un chien perdu, attrapant au hasard un livre ou un vase, levant les yeux sur Sophia, en quête d'un regard approbateur.

Ils avaient regardé le camion de déménagement charger la boîte sur sa remorque et disparaître au coin de la rue, puis Raphaël était parti travailler.

L'entreprise de nettoyage professionnel était arrivée le jour suivant. Ils avaient ciré les parquets, shampooiné les moquettes, dépoussiéré les meubles et même désinfecté l'intérieur du frigo. « Et n'oubliez pas les plinthes et les appuis de fenêtres. », leur avait rappelé Sophia.

Elle referma le robinet et son regard tomba sur la pile de cartons qui encombrait le couloir. Ceux-là contenaient ses affaires à elle. Elle les déballerait la semaine prochaine, après le passage des peintres. Et quand ils auraient fini d'effacer la présence d'Édith, Sophia se glisserait dans sa vie, dormirait avec son mari, préparerait des sauces tomates dans sa cuisine et planterait des tulipes dans son jardin.

Une petite baleine en plastique rose lui souriait du rebord de la baignoire et une sortie de bain Némo était accrochée au porte-manteau derrière la porte de la salle de bain. Une tripotée de bouteilles de gel douche et bain moussant à moitié vides était empilée sur l'étagère encastrée dans le mur au-dessus de la baignoire. Une bouteille de shampoing calée à l'envers contre le carrelage baignait dans une flaque de liquide bleu coagulé.

Sophia ferma les yeux et laissa ses pensées la transporter à Cold Spring. Elle imagina sa rue flanquée d'érables qui viraient au pourpre à l'arrivée de l'automne, l'allée bordée de buis qui menait à son cottage en briques, les grandes fenêtres qui illuminaient les parquets et ses meubles chinés chez les antiquaires au fil des années. Et surtout ses relations tenues à distance et éteintes dès qu'elles prenaient trop de place. Tout avait basculé du jour au lendemain. Elle en avait connu des filles qui avaient tout foutu en l'air pour un mec dont elles étaient éperdument tombées amoureuses, laissant dans leur sillage de brillantes carrières, des appartements douillets et des amitiés de vingt ans. Et maintenant c'était son tour.

Le grincement de la porte la sortit de sa rêverie. Raphaël entra dans la salle de bain et referma la porte derrière lui. Il s'assit sur le tapis de bain et traça du doigt la ligne de son épaule.

— Tu veux que je t'aide à vider tes cartons ?

— Après les peintures.

— Ah, oui, les peintures…

— Ça veut dire quoi « Ah oui, les peintures »

Raphaël haussa les épaules.

— Tu ne pourras pas l'effacer complètement de ma vie, tu sais.

— Je sais.

— …

— Je me sens… pas à ma place.

— Oui, c'est normal… ça va prendre un peu de temps. Tu peux faire ce que tu veux. On peut même vendre et aller habiter ailleurs si tu veux.

Sophia se tourna vers lui.

— Vraiment ?

— Oui, vraiment. Je ne suis pas attaché à cette maison. Édith en voudra la moitié de toute façon donc je vais sûrement être obligé de la liquider.

Sophia sourit et passa la main dans les cheveux épais de Raphaël.

— Tout est arrangé pour le restaurant ? demanda-t-il.

— Oui, il faudra que j'y aille régulièrement quand même, mais ça devrait bien se passer. Mike a des années d'expérience.

— Alors qu'est-ce qui te tracasse ?

Sophia réfléchit puis secoua la tête en silence.

— Rien.

— Bien, alors détends-toi, dit-il en allumant une bougie. Il éteignit la lumière puis s'installa derrière elle pour lui masser les tempes.

— Tu vas voir, tout va bien se passer.

Sophia leva les yeux vers la fenêtre et observa le parfait croissant de lune qui se découpait dans le ciel noir puis ferma les yeux pour se concentrer sur les mains de Raphaël qui étaient passées de ses tempes à ses épaules.

***

— Faites attention, la peinture est toute fraîche, répéta Édith pour la troisième fois. Elle se pencha pour suivre du regard les livreurs qui portaient le canapé dans l'étroite montée d'escalier et attendit prudemment qu'ils soient arrivés à l'étage avant de les rejoindre. On ne sait jamais, il ne manquerait plus qu'elle ne meure, écrasée par un sofa dans une cage d'escalier.

— Ici, mettez-le contre le mur, voilà, oui, parfait. Merci !

Elle posa Julie sur le canapé encore recouvert de cellophane qui crissa à son contact et sortit de son portefeuille un billet de dix dollars qu'elle leur tendit maladroitement. Elle n'avait jamais été à l'aise avec les pourboires. Elle ne savait jamais quand il fallait et quand il ne fallait pas en donner, et elle se sentait tellement gênée quand on les refusait.

Une fois les livreurs partis, elle s'assit à même le sol pour observer Julie qui explorait son nouvel espace. Ça avait l'air de lui plaire. La pièce sentait bon la moquette neuve et la peinture fraîche. Elle avait décapé l'ancienne table de cuisine d'Harriet. Ça lui avait pris deux jours, mais elle était contente du résultat. Sigrid lui avait donné deux chaises dépareillées qu'elle avait peintes en rouge et Quentin lui avait offert un grand tapis multicolore qui réchauffait la pièce. Édith contempla les boîtes en carton empilées contre le mur. Elle ne savait pas par où commencer.

Julie s'approcha des escaliers et Édith bondit pour la rattraper.

— Je sais exactement ce qu'on va faire en premier.

Elle alluma la radio pour briser le silence assourdissant de la pièce, puis elle attrapa la barrière de sécurité et un tournevis. Une fois la barrière installée, Édith entreprit de déballer les jouets de Julie qui se fit un plaisir de lui donner un coup de main. Puis, elle commença une longue liste de courses. La liste que l'on fait quand on recommence sa vie à zéro. Sel, poivre, huile, vinaigre, liquide vaisselle... Julie babillait gaiement, insensible à la détresse croissante de sa mère. La sonnette du café retentit et Édith se leva d'un bond, soulagée d'avoir un peu de compagnie, même si c'était le facteur. Elle prit Julie dans ses bras, ouvrit la barrière et descendit au rez-de-chaussée.

Pénélope se tenait derrière la porte vitrée, un grand sourire taché de rouge à lèvres plaqué sur son visage trop fardé. Son ample robe fleurie dissimulait ses rondeurs et un bandeau assorti retenait ses cheveux roux. Édith se demanda ce qu'elle faisait là. Elles avaient juste échangé quelques conversations polies, mais les nouvelles circulaient vite dans la rue apparemment.

— Bonjour, Pénélope, comment allez-vous ? dit-elle sans la laisser entrer.

— Bonjour, alors c'est votre café ? dit-elle un peu trop fort en essayant de regarder par-dessus l'épaule d'Édith.

— Oui, mais on ouvre demain. J'ai encore beaucoup de choses à faire.

— Je vous ai apporté quelque chose.

Le bruit d'un pot d'échappement couvrit sa voix et une vieille Volkswagen rouillée se gara devant la terrasse. Jimmy sortit calmement de la voiture et s'appuya contre le capot. Pénélope se retourna, comme prise en faute.

— Je n'ai rien fait, elle ouvre demain et je lui ai juste apporté un cadeau, dit-elle en levant le bras pour lui montrer le sachet en plastique qu'elle tenait.

Émue par sa détresse presque enfantine, Édith intervint :

— Un cadeau, c'est très gentil, je peux voir ?

Jimmy sourit patiemment et Pénélope sortit un petit carré de laine orange et bleu de son sac.

— C'est pour mettre autour des tasses quand elles sont trop chaudes, expliqua-t-elle en enfilant le cercle de laine autour de son poignet.

— Ou alors pour jouer au tennis, ajouta-t-elle, surprise de sa découverte.

Édith jeta un œil dans le sachet en plastique.

— C'est très gentil, Pénélope !

Julie poussa un cri ravi à la vue de l'assortiment des carrés de laine multicolores.

— Vous avez dû y passer du temps ! ajouta-t-elle sans pouvoir s'empêcher de passer en revue la dizaine de raisons pour lesquelles l'idée n'était vraiment pas pratique.

Jimmy les attendait, ses gros bras musclés croisés derrière son dos, le visage impassible.

Édith referma le sachet.

— Merci beaucoup, Pénélope.

— Regarde, on dirait qu'il va faire de l'orage, fit remarquer Jimmy calmement.

Le ciel s'était effectivement assombri et de gros nuages noirs s'accumulaient de façon menaçante au-dessus des montagnes.

— Je n'aime pas ça, déclara Pénélope. Les éclairs me font peur. On rentre à la maison, Jimmy.

Son mari lui ouvrit la porte de la voiture.

— Bonne idée.

Il fit un petit signe de tête à Édith puis la voiture disparut au coin de la rue. Elle soupira et regarda Julie qui essayait d'attraper un tour de tasse.

— Ils sont tous pour toi si tu veux ma chérie.

Julie sourit et s'empara victorieusement du sachet. Édith nota son visage fripé et ses paupières lourdes. Elle la porta à l'étage et Julie posa docilement la tête sur son épaule. Elle ferma les rideaux et la déposa dans son lit. Elle ne protesta pas, c'était bon signe.

Elle contempla avec découragement les cartons qui encombraient le salon et se prépara une tasse de thé, puis à court d'idées pour repousser l'échéance, elle se remit à déballer ses affaires.

Tôt ou tard, il faudrait s'attaquer aux cartons que Raphaël lui avait fait envoyer de New York. Elle savait que chaque objet lui rappellerait l'échec de son mariage, un moment de bonheur, de peine ou une dispute.

Elle avala une gorgée de thé puis alla s'assurer que Julie dormait paisiblement. La pièce s'était assombrie. Elle fit demi-tour, entra dans la salle de bain et ouvrit les robinets. Elle alluma la bougie posée sur le bord de la baignoire et y jeta une poignée de sels de bain parfumés, avant de se glisser dans l'eau brûlante. La flamme vacillait au gré de la brise qui entrait par la fenêtre entrouverte, et des nuages de vapeur flottaient au-dessus de l'eau. Édith ferma les yeux pour se concentrer sur le crépitement de la pluie et oublier sa vie en transit.

***

Le jour de la réouverture, Édith se leva à l'aube. Julie dormait à poings fermés. Elle remonta la couverture sous son menton, brancha l'interphone et descendit l'escalier qui menait au rez-de-chaussée. Le parquet blond luisait de propreté, la pièce sentait la cire et la peinture fraîche. Dans la vitrine, Sigrid avait installé un grand arbre de jade aux feuilles charnues et aux branches épaisses.

Elle descendit les chaises perchées sur les tables, puis passa derrière le comptoir pour se préparer un expresso. L'arôme du café se répandit dans la pièce. Elle resserra les pans de son peignoir et alla s'asseoir sur les marches du porche, derrière la maison. Il faisait encore frais, mais il n'y avait pas un nuage dans le ciel. L'épave de voiture et les vieux pneus n'étaient plus là. Le soleil de juillet avait brûlé le peu d'herbe qui avait réussi à pousser au printemps. Une fleur de tournesol sauvage poussait au hasard au milieu du jardin. Et si personne ne venait ? Et si ça ne marchait pas ? Elle avala une gorgée de liquide brûlant et ferma les yeux. Le parquet patiné par les ans, le bruit des bottes que l'on tape sur le paillasson pour décoller la neige, et les premiers flocons qui couvrent les jardinières remplies de fleurs fanées… Des images furtives d'un futur plein de promesses et la conviction brève, mais solide qu'elle passerait de nombreuses années derrière ce comptoir.

Édith rouvrit les yeux. La fleur de tournesol se balançait doucement au gré de la brise. Elle finit sa tasse puis remonta pour prendre une douche rapide et examiner son placard. Elle enfila la robe bleu marine

180

que Quentin lui avait offerte. « Ça fait fille saine, c'est classique, c'est simple, c'est féminin. Ça change de tes vieux shorts de mecs. »

Une voiture pétaradante s'arrêta sous sa fenêtre. Édith jeta un regard nerveux à Julie et se demanda ce que Jimmy lui voulait à cette heure-là. Elle sauta sur son lit et se pencha par la lucarne, prête à haranguer ce bruyant automobiliste.

Une jeune fille s'extirpa du véhicule rouillé, dans un froufrou de tissu fleuri et une avalanche de boucles noires. Elle fit le tour de la voiture, détacha la corde élastique qui fermait le coffre et en sortit une grande boîte en carton. Les pâtisseries, se rappela Édith en dévalant les escaliers. Elle descendit pour l'accueillir avant qu'elle n'ait le temps de sonner.

— Bonjour, Annabelle, entrez, entrez, vous pouvez me mettre tout ça sur le comptoir.

Édith fouilla dans son sac à la recherche de son chéquier et Annabelle décida de placer elle-même les pâtisseries dans la vitrine du comptoir. Muffins aux framboises, quatre-quarts au citron et cookies aux pépites de chocolat.

— Je vous ai aussi fait une quiche, pour qu'il y ait un peu de salé. Et ça, ce sont des petits pains au chocolat, juste pour vous et pour Julie.

Elle déposa une boîte en carton blanc décorée d'un nœud rose sur le comptoir.

— J'espère qu'ils vous plairont. C'est la première fois que j'en fais ! Je ne comprends pas que les Français ne soient pas énormes avec la quantité de beurre qu'ils mettent dans leurs gâteaux ! J'en ai juste mangé un et je crois bien que j'ai pris deux kilos ! Elle posa les mains sur ses hanches généreuses et secoua la tête.

— Ne vous inquiétez pas, vous êtes très bien comme ça. Vous êtes voluptueuse, surtout dans cette robe, j'adore votre style !

— Merci !

Elle sortit un miroir de sa poche, rafraîchit son rouge à lèvres carmin, et libéra quelques mèches du foulard qui retenait sa chevelure indocile. Satisfaite du résultat, elle alla se planter devant la caisse enregistreuse.

— Je veux être votre première cliente ! Un latté, lait entier s'il vous plaît !

Édith lui tendit finalement son chèque et passa derrière la machine à expresso.

— J'ouvre à sept heures, mais pour toi, je ferai une exception.

Annabelle regardait autour d'elle avec curiosité.

— C'est super ce que vous avez fait. J'adore. Et je m'y connais ! J'ai travaillé comme barista pendant deux ans à Portland, et pas chez Starbucks ! Elle prit la tasse qu'Édith lui tendait, s'installa cérémonieusement sur une chaise, et arrangea les plis de sa robe avant de fermer les yeux et de porter la tasse à ses lèvres. Elle hocha lentement la tête.

— Oui, déclara-t-elle, ça va marcher votre affaire.

Après avoir déposé Julie à la crèche, Édith retourna cérémonieusement la pancarte « Ouvert ». Elle remarqua deux grosses suspensions de pétunia violets qui trônaient de part et d'autre de la porte d'entrée et les jardinières de la terrasse étaient maintenant plantées de géraniums blancs. À 7 h 05, son premier client entrait. Le cœur battant, un sourire un peu crispé aux coins des lèvres, Édith encaissa la commande et lui tendit une tasse de café noir. À peine était-il sorti qu'une flopée de mamies s'alignait le long du comptoir. Le flot de clients continua régulièrement. Beaucoup de curieux, deux coiffeuses, le propriétaire de la librairie d'en face, une prof de yoga. À 13 heures, les trois-quarts de la clientèle venue se faire approvisionner en caféine travaillaient dans un périmètre de deux kilomètres. Les visites se calmèrent sur le coup de 14 heures avant un réveil frénétique entre 15 heures et 17 heures. Édith venait de finir la vaisselle lorsque Quentin apparut. Il poussait Julie sur un tricycle, suivi de Pierre qui rayonnait de bonheur. Édith s'essuya les mains sur son tablier.

— Édith, Édith ! cria Pierre. J'ai des chats, j'en ai deux ! Ils sont tout petits, ils avaient des puces, alors on leur a donné un bain et ils vont dormir avec moi ce soir !

— Des chats ? Ça alors ! Avec des puces ? C'est Quentin qui a dû être content !

Édith poussa gentiment Pierre derrière le comptoir.

— Tiens, prends un gâteau.

Elle se tourna vers Quentin.

— Et toi, si tu n'étais pas homo, je te sauterais dessus. Tu es magnifique ! murmura-t-elle.

— Vraiment, ça ne fait pas un peu trop ?

— C'est plutôt hippie comme ville Boulder, non ? Laisse tomber la cravate, suggéra Édith en la lui dénouant. Et ouvre-moi ce col de chemise. Voilà.

Quentin se regarda dans le miroir, ajusta une mèche de cheveux.

— Ça va aller avec les deux petits ? Sinon j'annule ! Surtout que je voulais vraiment qu'on fête ta première journée ensemble !

— Non, pas question. Tu ne pouvais pas prévoir qu'on ouvrirait deux jours plus tôt ! Et puis, regarde, c'est calme et je ferme dans deux heures. Je mettrai un film pour Pierre s'il s'ennuie.

Quentin observa la terrasse. Deux clientes papotaient avec agitation et un petit homme bedonnant tapait sur son clavier.

— Bon, j'y vais !

— OK, tu m'envoies un texto ?

— Yep !

À 19 heures, Édith ferma le café et monta à l'étage avec une coupe de champagne. Elle s'assit sur la moquette et s'appuya contre le canapé. Pierre regardait Moana et Julie empilait des cubes. Elle bourdonnait d'idées. Un bruit attira son attention sur la terrasse. Elle passa la tête par la lucarne, Sigrid arrosait les suspensions. Elle soupira puis descendit pour aller la saluer, les enfants sur les talons.

— Elles ne vont pas s'arroser toutes seules, vous savez ! Surtout avec cette sécheresse ! marmonna Sigrid exaspérée.

— C'est vrai, je n'y avais pas pensé. Il faudra que j'achète un tuyau.

— Alors, vous avez fait vos comptes ? Vous avez gagné combien ?

— Mais ça ne vous regarde pas !

Sigrid haussa les épaules.

— Vous faites la babysitter ? C'est qui ce bonhomme ?

Pierre et Julie l'avaient suivie sur la terrasse et s'étaient mis à courir sous les suspensions de fleurs qui dégoulinaient d'eau. Pierre était si souvent sérieux. C'était un plaisir de le voir s'ouvrir un peu.

— Vous n'allez pas pleurer quand même ? demanda Sigrid sèchement.

— Vous êtes d'un tact vous, dites donc. Vous faites honneur au stéréotype allemand.

— Et vous, au stéréotype français !

Édith ne put s'empêcher de rigoler.

— Pierre est le fils de la sœur de Quentin.

— Votre ami homosexuel ?

— Oui, mon ami homosexuel.

— Quel gâchis, un bel homme comme lui ! C'est lui qui l'élève cet enfant ?

— Ses parents ont été tués très récemment dans un accident de voiture.

Sigrid et Édith regardèrent Pierre et Julie patauger dans l'eau.

— Vous avez des enfants ?

— Non, dit-elle sèchement. Elle enroula méthodiquement son tuyau sur le support monté au mur de sa boutique. Il faut que je rentre. Vous me raconterez l'histoire de votre vie une autre fois. Vous pouvez utiliser ce tuyau, mais remettez-le en place à chaque fois. Les suspensions et les jardinières ont besoin d'eau tous les jours, deux fois par jour s'il fait particulièrement sec. Arrosez de préférence tôt le matin et en début de soirée. Et il leur faut de l'engrais régulièrement.

Sigrid disparut à l'intérieur de sa boutique.

Édith se tourna vers Pierre et Julie qui étaient trempés et grelottaient à l'intérieur du café climatisé.

— Allez, hop, à la douche !

Une fois Julie et Pierre couchés, Édith s'allongea sur son canapé et ferma les yeux. Elle n'avait pas vu Tim de la journée. Elle était pourtant sûre qu'il passerait voir comment son premier jour se passait.

Elle vérifia son téléphone et se figea à la vue du texto qu'il lui avait envoyé quelques instants plus tôt.

— Film, pizza et Chianti pour fêter votre première journée ?

— C'est dommage, je garde Pierre ce soir…

— Demain soir alors ?

Édith s'assit puis replia ses jambes sous elle.

— Dix-neuf heures, répondit-elle enfin.

Faut coucher le deuxième soir ? Elle avala une gorgée de champagne. Sa main tremblait un peu. Ils ne s'étaient même pas embrassés à la fin de leur première soirée. Ils s'étaient tous les deux relevés, Tim s'était étiré sans la lâcher des yeux. Elle avait fait un pas en arrière pour s'empêcher de lui sauter dessus, mais il avait sûrement cru qu'elle prenait ses distances. Il avait souri et l'avait raccompagnée jusqu'à la porte sans la toucher.

***

Après avoir déposé Pierre chez Édith, Quentin se glissa au volant de sa voiture et se mit en route pour le restaurant où « Catch21 » lui avait donné rendez-vous. C'était la première fois qu'il allait le rencontrer en personne. Ils échangeaient des messages sur un site de rencontres depuis quelques jours. Quentin avait épluché son profil et fait une recherche de fond sur Google après avoir appris ses vrais nom et prénom et n'avait rien trouvé d'alarmant.

— Vas-y, l'avait encouragé Édith, lance-toi ! Si c'est une relation épistolaire que tu veux, faut pas aller sur les sites de rencontres !

Il se sentait coupable de ne pas être resté avec Pierre. Quelques jours plus tôt, tous ses jouets, ses livres et ses vêtements étaient enfin arrivés. Quentin les avait déballés, ses parents avaient ajouté plusieurs photos, des vestiges d'une vie de famille heureuse, d'un passé qu'il n'avait jamais vraiment connu, mais qu'il ne voulait pas que Pierre oublie. Quentin avait placé les cadres dans la maison et la chambre de Pierre, même s'il n'était pas sûr que ce soit la meilleure chose à faire. Pierre les avait longuement regardés, il n'avait rien dit, mais pour la première fois depuis quelques semaines, la nuit suivante, Pierre était venu le rejoindre dans son lit. Il s'était blotti contre lui, ses grands yeux fixant l'obscurité.

Quentin eut envie de faire demi-tour. Une photo s'afficha sur son portable. Pierre et Julie qui pataugeaient dans l'eau sur la terrasse de l'Altitude. Pierre riait. Il avait l'air content. Quentin alluma la radio et se concentra sur la route.

Vingt-cinq minutes plus tard, il traversait la ville et garait sa voiture au parking du centre. Il était en avance. Il se mit tranquillement en marche. Des enfants trempés couraient dans les jets d'eau d'une fontaine. Il faisait doux. Boulder offrait son lot habituel de gens aisés, d'étudiants et de hippies. Un homme déguisé en clown gonflait des ballons et les entortillait pour les transformer en sabres, ou en couronnes de princesse avant de les offrir aux passants en échange de quelques dollars. Un peu plus loin, une femme à la tête couverte de dreadlocks et le corps de tatouages décolorés jouait du didgeridoo, les yeux fermés, battant légèrement la mesure du pied.

Quentin arriva devant le restaurant. Il prit une profonde inspiration, glissa une main dans la poche de son pantalon et approcha l'hôtesse.

— Bonjour, j'ai rendez-vous avec quelqu'un. Je ne sais pas s'il est déjà là. Il s'appelle Jordan. Il balaya le restaurant du regard.

Un homme d'une trentaine d'années lui fit discrètement signe de la main.

— Ah, il est là !

Mal à l'aise, il se dirigea vers la table et s'assit en face de lui.

— Vous n'avez pas l'air beaucoup plus à l'aise que moi, fit remarquer Quentin avec un sourire penaud.

Jordan rit.

— Non, j'ai du mal à m'y faire… C'est tellement planifié, et puis on est souvent déçu…

— Ah bon ?

— Oui, par exemple, vous, plaisanta Jordan, vous êtes soi-disant français, mais vous n'avez pas d'accent !

— Ah, mais ça peut s'arranger, rétorqua Quentin en roulant grossièrement ses « r ».

Un verre de Chianti brisa la glace et la soirée passa rapidement. Quentin sentait son téléphone vibrer régulièrement dans la poche de son pantalon. Édith l'inondait probablement de textos grossiers et hilarants.

Jordan travaillait dans un cabinet d'avocats à Denver, juste à côté de la garderie de Pierre. On lui avait accroché sa BMW toute neuve la semaine précédente, mais il n'avait pas encore eu le temps de contacter le conducteur qui avait laissé son numéro sur le pare-brise…

— On était clairement fait pour se rencontrer, remarqua Quentin.

Chapitre 8

Allongée dans son lit, Julie suivait des yeux le mobile qui tournoyait lentement au-dessus d'elle. La musique ralentit puis s'arrêta au milieu de la mélodie. Les papillons s'immobilisèrent. Julie cala son pouce sur son palais et se tourna vers la porte de la chambre. Elle suivit du regard sa mère qui avait l'air agitée. Elle marchait de long en large, descendait et remontait les escaliers, les bras chargés de vêtements. Elle entra dans la chambre et se pencha sur son lit.

— Tu ne dors pas, ma puce ? Tu es drôlement sage, dis donc ! murmura maman en lui caressant le front. Elle disparut avant que Julie n'ait le temps de lui sourire.

Julie sursauta au son du tiroir de la commode qui se referma brutalement et maman quitta de nouveau la pièce. Le bruit familier des fermetures éclair des valises brisa de nouveau le silence.

Les lumières s'éteignirent une à une. Le bruit de la douche et de la brosse à dents. Le crissement des draps et puis la pénombre. Julie se tourna vers le lit pour s'assurer que sa mère était couchée et, rassurée, elle ferma les yeux.

Édith se réveilla à six heures et sauta hors de son lit. Elle vérifia que son avion était à l'heure et imprima ses cartes d'embarquement. Annabelle arriva comme prévu à 7 heures et l'aida à charger la voiture.

Elle avait immédiatement accepté de s'occuper du café pendant son absence.

— Ne vous inquiétez de rien, Édith, ça va aller.

— Ce n'est pas le café qui m'inquiète Annabelle, c'est cette visite. C'est l'idée de passer trois semaines sans ma fille, de revoir mon ex, de retourner dans cette ville qui ne m'a jamais fait de cadeaux.

— Ça passera vite, et puis ça vous donnera un peu de temps pour vous.

— OK. C'est une question de perspective, je suppose.

Elle embrassa Annabelle et s'installa au volant de sa voiture, ajusta le rétroviseur et sourit de son mieux à Julie. « Direction, l'aéroport. »

Le coup de fil de Raphaël l'avait complètement prise au dépourvu. Après leur dernière conversation, elle l'avait effacé de sa vie et laissé leurs avocats s'occuper du divorce. Mais tout à coup, il avait exigé de revoir Julie. Il réclamait un droit de visite et l'avocate d'Édith lui avait conseillé d'accepter.

Édith avait réussi à convaincre Raphaël de ne la prendre que pour trois semaines, au moins pour cette fois. Elle l'amènerait à New York et il la ramènerait.

— Tu aurais dû réfléchir avant d'aller t'installer à Denver. Tu ne penses qu'à toi. Tu te rends compte de ce que ça lui fait à ta fille de ne jamais voir son père ?

— Tu rigoles ? D'abord, tu ne voulais même pas la garder. Et la dernière fois qu'on s'est parlé, tu m'as dit de faire ce que je voulais.

— Oui, TOI, tu fais ce que tu veux… mais c'est quand même ma fille.

— Oui, mais quand elle apprendra à te connaître un peu, elle comprendra pourquoi je suis partie le plus loin possible.

Raphaël avait raccroché et Édith avait annulé sa soirée avec Tim et rageusement acheté deux billets pour Albany.

— Tu n'as pas le choix Édith. Il a le droit de voir sa fille.

— Mais Quentin, il ne voulait pas d'enfant. Tu étais là quand on a eu notre conversation.

— Il a changé d'avis. Elle doit lui manquer. Il y a plein de gens qui se retrouvent parents par accident et qui adorent leur gosse. Je sais de quoi je parle !

— Eh ben, c'est bien ma chance, tiens !

Édith gara sa voiture dans le parking souterrain. L'aéroport était particulièrement bondé en cette fin d'été. L'avion décolla sans retard malgré les prières d'Édith pour que le vol soit annulé. Une fois arrivée à Albany, elle envoya une série de textos à Annabelle, Quentin, Tim, et même Sigrid pour confirmer qu'elle était bien arrivée. Bien qu'elle y ait vécu trois ans, elle n'avait personne à contacter à Albany. Les rares amies qu'elle s'était faites étaient parties. Elle passerait la nuit à l'hôtel.

— Tu peux passer la nuit à la maison, proposa Raphaël. Il retira sa veste de costume et l'accrocha sur un cintre à l'arrière de sa voiture avant de se glisser au volant de sa Mercedes. Dans la chambre d'amis, avait-il ajouté.

— Et si TOI tu t'installais dans la chambre d'amis ?

Édith se rappela les longs mois qu'ils avaient passés sous le même toit, comme des étrangers, quelquefois sans s'adresser la parole pendant des jours. Les nuits à espérer qu'il se retourne et la prenne dans ses bras. Finalement, un soir, furieuse et écrasée par le chagrin, elle s'était levée, avait pris quelques affaires au hasard et était partie s'installer dans la chambre d'amis. Encore une façon maladroite de chercher à sortir de l'impasse où ils se trouvaient. Elle se souvenait des draps froids contre sa peau, des nuits sans sommeil à se retenir d'aller chercher Julie pour ne pas dormir seule.

— Sophia ne sera pas là, lâcha enfin Raphaël pour briser le silence.

— Alors quoi, on peut coucher ensemble, c'est ça ?

— Chut !

Raphaël jeta un coup d'œil à Julie.

— Non, ce n'est pas ça, ce n'est pas ça du tout. Sophia et moi, c'est sérieux.

— Ah oui ? Sérieux comment ? Sérieux comme je-vais-pas-la-tromper-tout-de-suite ?

— Sérieux comme elle est enceinte.

— Enceinte de qui ? balbutia Édith.

Le reste du trajet se passa dans le silence complet, mis à part les gazouillements joyeux de Julie. « Papa, maman ! », chantonnait Julie. Édith ferma les yeux et fit semblant de dormir, mais ses pensées s'emballaient. Sophia était enceinte, enceinte depuis quand ? Elle n'eut pas le courage de poser la question. Raphaël lui avait si souvent suggéré de ne pas poser de questions si elle n'était pas capable d'assumer les réponses.

Il se gara devant la maison victorienne blanche et rouge qu'ils avaient achetée ensemble quelques années plus tôt. Raphaël détacha Julie de son siège avec difficulté et Édith prit un malin plaisir à le regarder faire. Il monta les marches du porche, ouvrit la porte d'entrée, et posa Julie sur le carrelage du foyer. Clairement, quelqu'un s'était chargé de redécorer l'intérieur, et ce « quelqu'un » avait beaucoup de goût, admit Édith à contrecœur en redécouvrant les murs familiers où un gris élégant avait remplacé le jaune citron qu'elle avait choisi et appliqué elle-même. La vision furtive d'une photo l'assaillit. Elle était vêtue d'une combinaison de travail rouge couverte de taches de peinture, une main protectrice posée sur son ventre, un sourire radieux aux lèvres. Elle se demanda si elle devait retirer ses chaussures puis décida de les garder. Elle se sentait déplacée.

Julie entreprit d'escalader les escaliers et Édith fit signe à Raphaël de la suivre.

Une fois à l'étage, Édith s'arrêta sur le seuil de la chambre d'amis où elle avait dormi plusieurs mois. Elle avait également été repeinte, le couvre-lit était neuf et la penderie était vide.

— Et qu'est-ce que tu as fait de mes affaires ? demanda-t-elle en se rendant compte avec colère que Raphaël et Sophia avaient effacé toute trace de sa présence dans la maison.

— Tout est dans les cartons que je t'ai envoyés. Tu es partie, Édith.

Raphaël nota l'expression blessée d'Édith.

— Tu es partie pour une semaine soi-disant.

— Et ça t'a drôlement arrangé, non ? Plus la peine de mentir pour aller sauter ta maîtresse ?

— Tu es partie avec MA fille et tu n'es pas revenue.

— Eh bien maintenant, elle est là, tu vas pouvoir jouer au papa, lui assena Édith. Je m'en vais. Elle descendit les escaliers puis se retourna vers Raphaël qui la suivait, oubliant Julie qui avait retrouvé sa chambre et ses jouets à l'étage.

— Il va falloir la surveiller, Raphaël. Elle est toute petite. Tu ne peux pas la laisser en haut toute seule. Il faut installer des barrières de sécurité. On en avait, qu'est-ce que tu en as fait ? Ça faisait moche dans ton nouveau décor ?

— Oui, oui, marmonna Raphaël, en remontant les marches deux à deux. Ne t'inquiète pas, ajouta-t-il du haut des escaliers. J'ai pris des congés. Et puis ma mère arrive demain.

Édith eut envie de demander comment Hortense avait pris la nouvelle du divorce et de son départ, mais elle se contenta d'attendre que Raphaël redescende avec Julie. Elle ne voulait pas rester dans cette maison où même les fantômes de ses souvenirs avaient déménagé.

Une fois arrivée devant son hôtel, Édith sortit de la voiture sous une pluie torrentielle pour dire au revoir à Julie. Elle embrassa plusieurs fois ses joues rebondies et plongea son nez dans son cou pour s'imprégner de son odeur de bébé, puis elle attrapa sa valise et s'engouffra dans l'hôtel, le cœur au bord de l'explosion. Une fois dans sa chambre, elle contempla le couvre-lit couvert de grosses roses jaunes. « Ne t'allonge pas là-dessus », lui disait son père, les rares fois où ils avaient passé la nuit à l'hôtel. « Ils lavent les draps, mais rarement les couvre-lits ou les couvertures. C'est sale ! »

Édith se demanda combien de personnes cette chambre d'hôtel avait vu passer. Des familles, des couples en vacances, des hommes d'affaires esseulés, des couples illégitimes qui venaient y faire l'amour dans l'urgence et l'excitation du secret. Elle alluma la télévision. Breaking News. À n'importe quelle heure du jour et de la nuit, il y a toujours un flash spécial aux informations américaines. Les journalistes étaient particulièrement doués pour tenir leur audience en haleine, même quand ils n'avaient rien à raconter. Le petit Tommy, quatre ans, a démarré la voiture de ses parents et l'a plantée dans le jardin de la maison d'en face. Flash spécial, interview des parents, des grands-parents, des voisins, de la maîtresse de Tommy, et bien sûr, de l'adolescent qui a arrêté la voiture en pleine course, évitant de justesse une terrible catastrophe. Le voilà sacré héros. La journaliste se retourne vers la caméra et conclut son reportage sur une note d'humour optimiste. Happy end, tout le monde est content. Édith éteignit la télévision et composa le numéro de Tim, mais il ne décrocha pas.

Elle ferma les yeux et s'allongea sur le lit. Pour la première fois depuis qu'elle avait quitté Raphaël, elle se sentit coupable. Ce voyage ne se passait pas du tout comme elle l'avait prévu. Les larmes de Raphaël quand il avait aperçu Julie à l'aéroport l'avaient surprise ; la façon dont Julie s'était précipitée vers lui… Bien sûr qu'elle avait reconnu son père.

Et puis le véritable cri de soulagement qu'elle avait poussé à la vue de sa chambre et ses jouets. Sa vie lui avait manqué.

Si seulement Raphaël pouvait être complètement égoïste, se foutre royalement de sa fille. Il y en a plein, des histoires de pères indignes. Pourquoi pas lui ? Apparemment, entre avril et août, il lui était poussé un cœur et une conscience.

Édith passa sous la douche, enfila un jean et un débardeur et sortit dîner dans le quartier historique de la ville. Elle n'avait jamais hésité à manger seule au restaurant en France, mais aux États-Unis, les femmes étaient beaucoup moins à l'aise à l'idée d'un tête-à-tête public avec elles-mêmes. Elle eut envie d'allumer une cigarette pour se donner une contenance, mais elle avait arrêté de fumer quand elle avait emménagé avec Raphaël, et puis de toute façon, on n'avait plus le droit de fumer nulle part aux États-Unis.

Repue, elle décida de rentrer à l'hôtel à pied. Elle ignora le regard un peu trop appuyé du réceptionniste de l'hôtel qui devait avoir l'âge de son père et s'engouffra dans l'ascenseur puis dans sa chambre d'hôtel. Elle enclencha le verrou de sécurité, alluma les lampes de chevet pour réchauffer l'atmosphère impersonnelle et troqua ses chaussures et ses vêtements contre une paire de pantoufles et un pyjama confortable. Elle regarda un peu la télévision puis elle se glissa sous les draps et ferma les yeux.

Édith avait décidé de prendre la navette pour retourner à l'aéroport d'Albany. Raphaël avait insisté pour la conduire, mais elle avait tenu bon. Elle n'avait pas le courage de dire au revoir à Julie une seconde fois. Raphaël l'avait appelée juste avant l'embarquement.

— Ça va super, elle a bien dormi. Elle a dormi avec moi. Tu veux lui parler ?

— Non, souffla Édith d'une voix étranglée.

— Tu vois, ce n'est pas facile.

— Connard !

— Tu sais Édith, je vais te la ramener, comme convenu. Mais, je veux que tu saches une chose. Si j'avais su à quel point elle me manquerait, je me serais battu pour sa garde. J'ai eu peur de ne pas savoir gérer. Tu as toujours eu l'air de tout savoir, comme si tu en avais eu dix, d'enfants. Et j'ai toujours eu l'impression d'être maladroit.

— Si tu t'en étais occupé un peu plus, tu…

— Si tu m'avais laissé m'en occuper un peu plus, peut-être que ça se serait mieux passé, pour nous tous. Tu l'as accaparée du jour où elle est née. Tu t'es moquée de chaque effort que j'ai fait pour elle, que ce soit pour changer une couche ou lui donner un biberon. Mais ça va changer.

— Tu me menaces ?

— Non, je te préviens. Je suis son père et je vais faire partie de sa vie.

— Éclate-toi, tu as trois semaines.

Édith raccrocha. Quelques instants plus tard, Raphaël rappelait.

— On n'a pas réussi notre mariage, est-ce qu'on peut essayer de réussir notre divorce ? Pas seulement pour Julie, mais pour nous.

— Ça veut dire quoi, réussir un divorce ?

— Je ne sais pas, mais ce n'est pas ce qu'on fait là.

— …

— On pourrait commencer par ne plus se raccrocher au nez.

— D'accord ! glapit Édith en raccrochant malgré elle.

Assise dans l'avion, elle essuya les larmes qu'elle n'arrivait plus à contenir. Une femme d'à peu près son âge se pencha vers elle et posa sa main sur la sienne.

— Ça va aller, lui chuchota-t-elle. Toutes les blessures cicatrisent un jour.

Édith sourit bravement et enfila ses lunettes de soleil.

Quand l'avion décolla, elle eut envie de hurler au pilote de faire demi-tour, de lui dire qu'elle avait oublié sa fille, qu'il fallait qu'elle aille la chercher. L'avion décéléra. Il avait atteint sa vitesse de croisière. Elle se cala dans son siège et se tourna vers le hublot pour regarder les gros nuages joufflus en suspension dans le ciel bleu. L'hôtesse lui proposa une boisson et Édith choisit un verre de vin. Elle se demandait si Julie la réclamait. Elle essaya de se souvenir des mois qui avaient suivi sa naissance. Raphaël travaillait beaucoup, elle s'occupait de Julie. Leur relation s'était éteinte peu à peu, sans cris, sans pleurs, juste comme un feu de camp sur du bois humide. Et puis un matin, Édith lui avait soudainement demandé s'il l'aimait encore et Raphaël lui avait répondu que non, comme ça, du tac au tac. Ça lui avait fait l'effet d'une gifle, comme si elle ne s'y attendait pas. Pourtant, ça faisait des mois qu'ils ne faisaient plus l'amour.

Après deux heures d'escale à Philadelphie et un second vol pile à l'heure pour une fois, Édith était de retour à Denver. Elle était sur l'autoroute quand son téléphone sonna.

— OK, chef. Tout est prêt, il ne manque plus que toi.

— Quel est le programme ?

— Meg Ryan et Billy Cristal, champagne et sushi. Je t'ai pris une double dose d'anguille fumée.

— Miam ! J'arrive dans une demi-heure.

Trente minutes plus tard, Édith se garait devant chez Quentin. La maison de Tim était plongée dans l'obscurité. Il était de sortie. Après tout, il était célibataire, et on était samedi soir.

— Alors ce Jordan, ça a l'air sérieux. Quand est-ce que je le rencontre ?

— Pas tout de suite… Je ne suis pas prêt…

— Tu as déjà couché avec lui ?

— De quoi je me mêle ?

— Le premier soir ? Le premier soir ! Quelle traînée !

— Non, jamais le premier soir…

— Le deuxième soir ?

— Non.

— Je suis impressionnée…

— Qu'est-ce que tu veux que je fasse ? J'ai Pierre maintenant… Je ne peux plus ramener n'importe qui à la maison.

— Tu n'as jamais ramené n'importe qui chez toi. Il sait que tu as un enfant ?

— Waouh ! J'ai un enfant !

— Eh oui ! On fait la paire tous les deux !

Ils regardèrent ensemble Meg Ryan qui pleurnichait, assise en robe de chambre au bord de son lit en expliquant à Billy Cristal qu'elle aurait un jour quarante ans. Édith allait juste avoir trente ans, mais elle avait l'impression d'avoir pris dix ans en deux jours.

Elle se réveilla au milieu de la nuit, la gorge sèche. Elle s'approcha doucement du lit de Julie et son cœur s'enfonça brutalement dans sa poitrine à la vue du lit vide. Une seconde de panique, puis la prise de conscience qu'elle était à deux mille kilomètres. Elle sortit sur le porche. Il faisait bon. Les cigales s'en donnaient à cœur joie. De l'autre côté de la rue, une faible lumière éclairait la maison de Tim. Édith sortit son téléphone de sa poche.

— Tu dors ?

Quelques secondes plus tard, Tim répondait.

— Non.

Édith traversa la rue pieds nus, le bitume était encore chaud. Elle monta les marches du porche et ouvrit la moustiquaire. Elle traversa le salon puis le couloir et s'arrêta dans l'entrebâillement de la porte. Torse nu et allongé sur un matelas posé à même le sol, un magazine à la main, Tim la dévisagea sans rien dire. Elle chercha l'interrupteur à tâtons, éteignit la lumière, retira ses vêtements et se glissa nue sous la couette.

***

Sigrid recourba une grande feuille de bananier et l'agrafa pour la maintenir en place. Ses gestes étaient précis et rapides. Elle planta une fleur de canna au milieu du cœur de mousse, puis enroba la composition d'une double feuille de cellophane. Elle la déposa dans un cageot en bois déjà rempli de créations florales, comme elle les appelait devant les clients, et prit quelques notes sur son ordinateur.

— Justin, qu'en pensez-vous ?

— Elles sont très belles.

— Oui, je sais, je vous parle du prix.

— Je ne sais pas, vingt dollars pièce ?

— À ce prix-là, autant se mettre aux fleurs artificielles. Les fleurs fraîches sont chères, Justin, parce qu'elles sont...

— Pé-ri-ssables, récita Justin. Trente-cinq dollars ?

— OK, ça marche. Ouvrez-moi la porte, voulez-vous ?

— Je peux les apporter si vous voulez, offrit Justin.

— Je ne suis pas encore grabataire !

Sigrid regarda Justin par-dessus ses lunettes.

— Vous n'allez pas me dire que vous en pincez pour la petite Française. Elle a quinze ans de plus que vous, avec un enfant... Vous êtes si désespéré que ça ?

Justin enfonça les poings dans les poches de son tablier.

— Ah, mais non ! Mais pas du tout ! balbutia-t-il.

— Alors, vous l'ouvrez cette porte ?

Édith alla à la rencontre de Sigrid qui se tenait sur le perron, les bras chargés de plantes. Elle lui tendit les fleurs avec autorité.

— Voilà, vendez-moi ça d'ici la fin de la journée ! ordonna-t-elle.

— Je ferai de mon mieux, mais ça fait cher le bouquet quand même, remarqua Édith en distribuant les compositions sur les tables. Moi je les aurais mises à vingt dollars.

Sigrid haussa les épaules.

— Je crois que mon apprenti en pince pour vous, n'allez pas me le débaucher ou lui briser le cœur. J'ai mis des mois à le former.

— OK, je vais essayer de me retenir.

— Remarquez… Il faudra bien que quelqu'un se charge de le dépuceler, cet empoté ! ajouta Sigrid en rigolant.

— Sigrid ! J'ai des clients… Vous permettez ?

— Ah oui, pardon ! Sinon, vous êtes célibataire ?

— Euh… oui.

— Et ce gladiateur, alors ?

— Tim ? C'est juste un ami, mentit Édith.

— …

— Quoi ?

— Un ami ?

— Oui.

— Et lui aussi, il vous considère comme une amie ?

— Oui, enfin je crois. Je ne sais pas.

— Vu la façon dont il vous regarde, à mon avis, il a autre chose en tête que l'amitié.

Édith alla distraitement servir une cliente. Elle avait envie de presser Sigrid de lui donner plus de détails. Il la regardait comment exactement ? Et surtout, est-ce qu'il allait la rappeler ?

***

Tim ouvrit les yeux et posa la main sur le drap à ses côtés. Édith était partie, mais la place était encore chaude et son léger parfum émanait encore de son oreiller. Il se demanda s'il avait rêvé. Il avait imaginé cette première nuit des dizaines de fois depuis qu'il l'avait rencontrée. Son cœur s'était complètement emballé quand il avait senti ses seins contre son torse nu et il avait dû faire appel à tout son self-control pour ne pas finir dix secondes après avoir commencé. Il avait tenu deux minutes, mais ça avait suffi à Édith qui ne s'était pas fait attendre. Calmés, mais loin d'être rassasiés, ils avaient ensuite pris tout leur temps. Édith s'était endormi la tête sur son épaule, ses boucles lui chatouillant les narines. Il était resté éveillé longtemps dans le noir, encore excité par cette soirée improbable, puis il avait fermé les yeux quelques heures. Il s'était réveillé au contact de ses doigts qui traçaient de légers cercles sur son ventre et sur ses cuisses. Il avait fait semblant de dormir, mais son corps l'avait trahi. Il l'avait fait basculer sur le matelas, transformant d'un coup de rein le rire moqueur d'Édith en un gémissement de plaisir.

Pourquoi était-elle partie si tôt ? N'était-ce pas son rôle à lui de disparaître à l'aube ? De s'éclipser discrètement pour éviter les regards gênés, ces regards interrogateurs qui demandaient un engagement en retour de s'être donnée si généreusement ? À moins qu'elle n'ait été déçue ? Il eut envie de l'appeler, mais sa fierté lui suggéra d'attendre un peu. Pour la première fois depuis longtemps, il se sentit vulnérable.

***

Édith remplit le pot à lait et le plaça sous la buse à vapeur. Son téléphone vibra sur le comptoir. C'était Quentin.

— Traînée.

Annabelle la regardait d'un air curieux depuis ce matin, mais elle n'avait pas osé lui poser de question.

— Annabelle, tu prends le relais dix minutes ? Je vais me changer en vitesse.

Elle monta quatre à quatre les marches qui menaient à l'étage, mit la douche en route et passa distraitement la main sous le pommeau en attendant qu'elle chauffe. Elle laissa l'eau brûlante couler sur sa poitrine et ses jambes courbaturées. Elle ne s'était jamais lancée à la tête d'un inconnu comme ça, encore moins précipitée dans son lit. Par peur d'être rejetée, elle avait toujours laissé Raphaël initier le sexe dans leur relation. Mais son déménagement dans la chambre d'amis avait marqué la fin de leur intimité. Elle avait passé d'interminables nuits, à la fois frustrée et furieuse, à souhaiter qu'il la rejoigne. Mais jamais elle n'aurait osé faire le premier pas comme elle l'avait fait avec Tim. Elle avait quitté la maison à l'aube sur la pointe des pieds et s'était sentie rougir jusqu'aux oreilles quand elle avait croisé le regard de Pénélope qui pendait du linge dans son jardin. Pénélope avait éclaté de rire.

En épousant Raphaël, elle avait cru naïvement qu'elle ne coucherait plus jamais avec personne d'autre. Elle se souvenait des vœux qu'ils avaient échangés à la mairie. Dans la joie comme dans la peine ; dans la richesse et dans la pauvreté ; pour le meilleur et pour le pire ; je promets de t'aimer et de te chérir, jusqu'à ce qu'une pétasse italienne nous sépare. Elle essuya le miroir avec le coin de sa serviette et contempla son reflet. Elle se sentait différente. Est-ce que ça se voyait ? Sa nuit avec Tim fermait la parenthèse de son mariage. Il était temps de passer à autre chose. Elle enfila une robe bleu marine à fines bretelles et se déhancha pour remonter la fermeture éclair. Peut-être que Tim serait assez aimable pour l'aider à l'enlever plus tard ? songea-t-elle avec un frisson d'excitation.

Vêtue d'une salopette de peintre blanche, Annabelle avait entrepris de décorer les baies vitrées d'une myriade de feuilles virevoltantes. Les journées étaient encore chaudes, mais les températures descendaient vite en fin d'après-midi.

— J'ai adoré vous remplacer pendant votre absence Édith, cria Annabelle de la vitrine. Vous devriez m'embaucher comme barista ! Elle repoussa une longue mèche de boucles serrées, laissant au passage une traînée de peinture orange sur son front. Édith sourit.

— OK, dit-elle. Fais-moi un emploi du temps, je peux te donner une dizaine d'heures. Mais c'est en plus des pâtisseries. Je préfère t'avoir comme pâtissière que comme barista.

Elle arrangea les gâteaux qu'il restait dans la vitrine. Elle avait encore quelques scones à l'écorce d'orange et un panier de muffins à la citrouille. La tarte aux noix de pécan était intacte.

— L'idéal, ça serait d'aménager une kitchenette dans le débarras. Comme ça, je pourrais combiner les deux.

Édith n'avait pas le budget pour cela. Deux mois après l'ouverture, elle n'avait pas atteint ses objectifs de vente et elle n'était pas encore en mesure de rembourser l'argent qu'elle avait emprunté à Quentin. Elle avait choisi d'ouvrir un café au lieu d'un restaurant en pensant que l'opération serait plus facile à gérer seule. Mais elle avait surestimé le goût et le budget de la population locale pour les boissons caféinées hors de prix. Et avec les Starbucks qui s'installaient à tous les coins de rue, la compétition était féroce.

— Et puis après votre déménagement, je pourrais m'installer en haut, ajouta Annabelle avec un sourire malicieux.

— Je déménage ?

— Ben oui, quand le café marchera bien, vous allez vouloir acheter une maison. Et moi, ça me permettrait de vivre ailleurs que chez ma mère.

L'arrivée théâtrale de Pénélope, vêtue d'un tee-shirt trop court et d'un legging d'où s'échappait son ventre replet interrompit leur conversation.

Elle entra avec autorité, suivie d'une troupe de femmes armées de grands cabas et vêtues de façon beaucoup plus conventionnelle.

— C'est le commerce de ma voisine, vous savez, celle qui, euh, *fréquente* mon nouveau voisin, brailla Pénélope. Elle lança un clin d'œil chargé de mascara à Édith.

— Pénélope ! Quel plaisir ! C'est votre groupe de tricoteuses ? Vous me présentez ? demanda-t-elle pour changer le sujet de conversation. Mais Annabelle lui lançait déjà des regards interrogateurs.

Une fois caféinées, les tricoteuses entreprirent de pousser quatre tables ensemble en caquetant gaiement. Quelques minutes plus tard, les tables étaient couvertes de boules de laine multicolores et les aiguilles s'agitaient au rythme des conversations entrecoupées de rires. De temps en temps, une maille manquante déclenchait un sérieux conciliabule conduit lèvres pincées et sourcils relevés au-dessus d'une monture de lunettes argentées. La sonnette de la porte retentit et le petit groupe tourna la tête à l'unisson pour accueillir le nouveau venu.

— John ! Viens t'asseoir !

Et de pousser les chaises pour faire de la place à John qui, avec ses deux mètres et ses pectoraux saillants, prenait la place de deux personnes.

Édith le regarda sortir ses aiguilles et se mettre à tricoter avec dextérité, ses avant-bras musclés couverts de tatouages, son rire franc couvrant périodiquement les conversations.

— C'est dommage, on n'a rien à leur donner à manger, observa Annabelle, à part des pâtisseries… Si on avait une cuisine…

— N'y compte pas.

Annabelle lui montra une photo sur son téléphone.

— Un appareil à panini alors ? plaida-t-elle.

— Pour ce John, va plutôt falloir une vache, dit Édith en hochant la tête en direction du tricoteur géant. Bon, OK. Mais trouves-en une pas trop chère, trancha-t-elle. Surtout qu'il va falloir un réfrigérateur commercial.

— Et c'est cher ?

— Neuf oui, mais je vais en trouver un d'occasion aux enchères.

— Quelles enchères ?

— Les enchères où ils vendent le matériel des commerces qui ont fait faillite, expliqua Édith en se demandant si racheter le fonds de commerce était une bonne idée finalement.

À 15 heures, Sigrid fit une apparition pour sa tasse de thé rituelle. Elle détailla la salopette tachée de peinture d'Annabelle, puis la vitrine qu'elle décorait.

— Quand vous aurez fini ici, venez faire la même chose chez moi.

Annabelle acquiesça de bon gré puis attrapa une boîte en fer sur une étagère. Comme certains restaurateurs réservent leur meilleur whisky pour leurs meilleurs clients, Édith avait, à la demande de Sigrid, commandé le thé impérial des experts théiers Harney & Sons. Annabelle immergea une boule à thé dans une théière d'eau bouillante et un délicat parfum de bergamote couvrit brièvement les arômes de café. L'eau se teinta d'une jolie couleur caramel et Annabelle déposa une tasse en porcelaine fine et une délicate cuillère en argent sur un plateau assorti. Sigrid affichait un rare sourire satisfait.

Édith sortit son portable de son tablier. C'était Tim.

— *Je voudrais te revoir.*

Édith prit une profonde inspiration.

— *Voilà, justement, j'ai un problème.*

— *?*

— *C'est ma robe, voyez-vous, la fermeture éclair est coincée. Je vais avoir besoin d'aide pour l'enlever.*

— *J'arrive dans deux minutes !*

Chapitre 9

— Encore cinq jours, et papa te ramène à Denver, mon lapin.

Julie jeta un regard distrait au visage de sa mère qui s'étalait en gros plan sur l'iPad puis elle disparut.

— Au revoir, ma chérie, je t'aime ! On se voit bientôt ! dit Édith d'une voix un peu inégale.

Raphaël apparut à l'écran.

— Désolée, elle est petite, tu sais, elle ne comprend pas ce qui se passe. Mais tu peux appeler quand tu veux, sur Skype ou sur FaceTime.

— Ce n'est rien, et puis vous arrivez bientôt.

— Oui, justement…

Édith se raidit immédiatement.

— Justement quoi ?

— Sophia va m'accompagner. Elle n'est jamais allée à Denver. On va rester une dizaine de jours.

— Pourquoi si longtemps ?

Raphaël cherchait ses mots.

— C'est Sophia qui l'a proposé. Comme ça, on verra où Julie vit, et on pourra passer un peu plus de temps avec elle.

Édith le dévisagea avec suspicion. Raphaël avait l'air sincère, mais c'était un menteur accompli. Elle l'avait vu si souvent à l'œuvre dans les affaires ou au restaurant, armé de son grand sourire avenant, assurant ses clients que oui, mais bien sûr cette salade est bio et locale ! Laissez-moi donc vous offrir un verre de vin pour l'accompagner.

— OK, dit-elle enfin. Vous faites comme vous voulez…

Elle n'avait pas vraiment le choix de toute façon. Elle avait obtenu la garde temporaire de Julie, mais même le juge avait émis des réserves sur cet arrangement. Raphaël pourrait avoir l'idée saugrenue de demander une garde partagée. Autant lui donner un avant-goût réel de la paternité au lieu de le laisser s'en faire des idées romantiques. À vrai dire, il avait l'air déterminé à « réussir leur divorce » comme il l'avait suggéré. Et il faisait vraiment du zèle, songea-t-elle en ouvrant l'email qui lui suggérait de skyper avec Julie tous les deux jours. Il lui proposait même plusieurs créneaux horaires.

— C'est un égoïste ! s'énerva Édith en essayant d'imprimer l'emploi du temps qu'il lui avait envoyé.

— Je ne vous suis pas. C'est gentil, non ? demanda Annabelle.

— Oui, c'est très gentil.

Elle appuya furieusement sur les boutons de l'imprimante capricieuse.

— C'est gentil, c'est attentionné, c'est mature ! C'est littéralement l'histoire de ma vie. Je rencontre un con, j'en fais un mec bien, et c'est une autre qui en profite.

Édith accrocha l'emploi de temps sur son tableau en liège et se mordit la lèvre. Elle n'avait pas du tout envie de rencontrer Sophia et ses allures de top modèle. Elle était sûrement plus jeune qu'elle et elle n'avait probablement pas eu d'enfant, songea-t-elle en lissant de la main ses vergetures. Elle se retourna pour s'observer dans le miroir. Ses cheveux touchaient presque ses épaules, et ses yeux étaient bordés de cernes bleus.

— Et sinon, vous dormez aussi un peu ? demanda Quentin qui venait d'arriver avec Pierre.

— Ben, pas tellement, je commence à avoir du mal à suivre. J'ai mal partout. Je crois qu'on a baptisé toutes les pièces de sa maison.

— Ben essaye, le pick-up.

— …

— Mais vous êtes vraiment des obsédés !

La visite imminente de Raphaël mettait fin à cette lune de miel. Il était temps de revenir sur terre. Elle sortit son portable et prit rendez-vous chez le coiffeur et la manucure. Puis elle se tourna vers Quentin.

— Samedi, quatorze heures, shopping !

— Oui, chef ! dit Quentin avant d'aller s'isoler dans la cage d'escalier pour prendre un appel.

Le bruit assourdissant d'une tronçonneuse la fit sursauter. Un nuage de poussière souleva légèrement le voile de plastique qui couvrait l'ouverture qui allait connecter l'Altitude à la boutique de Sigrid. Quelques craquements plus tard, le rectangle de Placoplatre sortait du mur, laissant derrière lui un trou béant.

— Je n'avais pas vu ça si grand, lâcha Édith interloquée. Il m'a enlevé la moitié du mur !

— Vous voulez qu'on le rebouche ? demanda Sigrid qui venait d'arriver.

— Ben, non, c'est fait, mais ce n'est pas ce dont on avait convenu ! Je perds de la place, je ne peux plus mettre de tables là, ajouta-t-elle, énervée.

Sigrid acquiesça distraitement.

— Vous verrez, ça vous plaira ! Et puis, on peut mettre une table ou deux dans ma boutique.

— Oui, on n'a plus le choix. On va être inséparables.

Édith regarda avec inquiétude les clients s'en aller ou déménager en terrasse pour échapper au nuage de poussière qui se déposait doucement sur les tables et le parquet.

— Vous auriez pu me prévenir, on aurait pu faire ça plus tard, après la fermeture.

— Ah non ! risposta Tim.

Il posa la tronçonneuse contre le mur.

— Je ne suis pas disponible ce soir, ajouta-t-il, en envoyant un clin d'œil à Édith.

Sigrid hocha la tête avec consternation.

— Édith, tu peux garder Pierre ? demanda Quentin. Jordan a deux tickets pour *Beaucoup de Bruit Pour Rien* à Boulder, c'est leur dernière pièce de l'année, on ne peut pas manquer ça !

— Jordan par-ci, Jordan par-là, il existe vraiment ce Jordan ? On le rencontre quand ? demanda Édith un peu ennuyée à l'idée de devoir annuler sa soirée avec Tim.

— Je peux téléphoner à Annabelle si tu veux, mais ça m'étonnerait qu'elle soit disponible un vendredi soir.

— Oui, c'est qui Jordan ? On le rencontre quand ? répéta Pierre.

Quentin déglutit péniblement sous le regard inquisiteur du groupe. Il avait tellement l'habitude de séparer sa vie de famille et sa vie amoureuse, qu'il n'avait pas un instant envisagé une rencontre entre Jordan et Pierre. D'autant que ses relations ne duraient jamais très longtemps. Mais Pierre allait grandir, poser des questions.

— On verra, lâcha finalement Quentin, c'est un copain…

— C'est ton amoureux ? questionna Pierre avec un sourire malicieux.

— Mon quoi ? Mais nan ! se défendit Quentin en se plongeant dans son téléphone.

Pierre sauta du tabouret où il était assis et se planta devant son oncle.

— Pourquoi t'es tout rouge alors, hein ?

Édith déposa du papier et des crayons de couleur sur une table.

— Arrête de torturer tonton Quentin et fais-moi un dessin pour la vitrine. On fait un concours du plus beau dessin d'automne.

Pierre s'anima.

— Ouais, alors je vais dessiner des feuilles, tout plein de feuilles, de toutes les couleurs. C'est qui qui va gagner, hein Édith ?

Sigrid posa un regard sombre sur le mur couvert de feuilles gribouillées.

— On va avoir du mal à décider…

Quentin déposa le sac à dos de Pierre sur une chaise et fit un signe reconnaissant à Édith avant de s'en aller.

— Oui, il aime se compliquer la vie ce Quentin, nota Sigrid qui observait d'un air désapprobateur le voile de poussière qui couvrait sa tasse de thé.

— Vous trouvez ? demanda Annabelle. Ce n'est pas facile comme situation, vous savez !

— Non ? Sigrid haussa les épaules et repoussa une épaisse mèche de cheveux blancs derrière son oreille. Si vous le dites… Vous pouvez me refaire une tasse de thé ? Et sans poussière cette fois.

***

Quentin essaya d'ignorer le commentaire de Sigrid. Oui, c'était compliqué. Ou est-ce que c'était lui qui compliquait les choses inutilement ? Il avait reçu un coup de téléphone des services sociaux en début de semaine. Une visite de contrôle, rien d'alarmant. Ils voulaient juste s'assurer que tout allait bien avec Pierre, mais est-ce que c'était une bonne idée de faire entrer Jordan dans leur vie ?

Il gara sa voiture dans le quartier étudiant, aux abords du campus de la ville de Boulder et fit le reste du chemin à pied. Les restaurants et les bars débordaient d'étudiants exubérants. Sur la pelouse manucurée d'une confrérie, un groupe d'étudiants aux pectoraux bronzés jouait au volley-ball. L'odeur musquée du cannabis se mêlait aux effluves de nourritures ethniques.

Quentin descendit une volée de marches et passa sous un pont pour pénétrer sur le campus. Les bâtiments en grès rose étaient bordés

216

d'arbres et de parterre fleuris. Quentin aperçut Jordan qui venait à sa rencontre, muni de sa sacoche et d'un sac en papier.

— J'ai pris des sushis. On a une bonne demi-heure avant le début de la pièce. Je connais un coin où on peut manger tranquillement.

Quentin suivit Jordan qui l'amena près d'un lac bordé de jonc et de lys d'eau en fleur et ils s'installèrent sur un banc. Jordan lui tendit une tasse de café à emporter, un sourire mystérieux aux lèvres. Quentin sourit en reconnaissant le bouquet fruité d'un Chardonnay glacé.

L'alcool était interdit sur le campus de l'université du Colorado, mais cela n'empêchait pas les étudiants de boire de façon souvent excessive dans les bars de la ville où ils entraient à l'aide de fausses pièces d'identité. Quentin regarda passer un groupe de jeunes étudiants éméchés. Ils pouvaient conduire à seize ans, voter et acheter une arme à feu à dix-huit ans, mais il fallait attendre d'avoir vingt et un ans pour boire une bière – légalement.

Une brise légère ridait la surface du lac bordé d'herbes hautes. Une grappe de tortues se dorait au soleil sur une branche d'arbre qui flottait au milieu du lac. Quentin et Jordan mangèrent en silence. Un enfant jetait des morceaux de pain dans l'eau et riait aux éclats quand les carpes du lac se précipitaient pour les dévorer.

Jordan pointa du doigt la berge opposée où un héron se tenait sur une patte. Quentin posa ses baguettes et avala une gorgée de vin. Il sentit les yeux de Jordan posé sur sa nuque et se tourna pour lui faire face. Ils s'embrassèrent légèrement sous le regard ému d'une vieille dame qui lisait sur un banc voisin.

Une fois à l'intérieur du théâtre en plein air, une jeune étudiante leur donna deux sièges pliants, un programme, et les guida jusqu'à leurs places dans l'amphithéâtre en pierres roses. Le soleil disparaissait lentement derrière les montagnes Rocheuses et le théâtre s'assombrit. Quentin réprima un frisson d'excitation quand un projecteur illumina soudainement la scène d'une lumière orangée.

La voix forte de Leonato qui venait d'apparaître sur la scène retentit dans le théâtre soudain silencieux :

« I learn in this letter that Don Peter of Arragon comes this night to Messina. »

***

Édith était arrivée à l'aéroport avec une bonne heure d'avance. Elle avait agonisé devant son placard, incapable de choisir une tenue. Quentin avait essayé de la conseiller puis il s'était plongé dans son téléphone. Elle avait finalement choisi un jean, un débardeur à fines bretelles kaki et ses converses. Elle n'était pas en compétition avec Sophia et elle se foutait bien de ce que Raphaël penserait de sa tenue, songea-t-elle en se maquillant soigneusement.

Elle trépignait d'impatience. Vingt-deux jours sans voir Julie, elle avait le cœur à vif. Derrière la rambarde, elle guettait l'escalier roulant qui vomissait des dizaines de passagers à la minute. Tapes dans le dos, embrassades, accolades, les valises laissées en plan au beau milieu du passage, puis plus personne pendant quelques minutes.

Édith rajusta la lanière de son sac et vérifia son téléphone pour la dixième fois. L'avion était pourtant à l'heure. À moins qu'ils n'aient pris l'ascenseur avec la poussette ?

— Édith ?

Édith se retourna. Raphaël poussait Julie qui dormait, la tête posée sur un avion en peluche

— Tu vois, elle est là, en pleine forme. Elle a été super pendant tout le voyage, ajouta-t-il. Il rajusta ses Ray-bans dans ses cheveux décoiffés.

Il avait l'air fatigué, sa chemise blanche était tachée de ketchup et son pantalon en lin était chiffonné. L'espace d'un instant, Édith eut envie de lui demander pourquoi il n'avait pas voulu vivre cette vie avec elle. Tout aurait été tellement plus simple, songea-t-elle en évitant de regarder Sophia dont elle sentait la présence à côté de Raphaël. Elle s'agenouilla devant Julie, elle portait un ensemble qu'elle ne lui avait pas acheté. Elle l'embrassa doucement sur la joue et respira l'odeur de ses cheveux. Comme elle lui avait manqué ! Elle eut envie de la prendre dans ses bras et de partir en courant, de lui retirer ces vêtements étrangers, de la baigner pour effacer cette odeur d'ailleurs, et ce léger parfum de femme qu'elle ne connaissait pas. Elle se releva et se retourna pour faire face à Sophia qui lui sourit bravement en lui tendant la main. Elle portait une robe courte rouge vif, ses longs cheveux noirs retenus par un élégant foulard Hermès. Édith se força à se comporter comme une adulte. Enfin, presque.

— Félicitations, je suppose ?

— Merci, murmura Sophia qui eut la bienséance de rougir.

Elle posa la main sur son ventre plat.

Raphaël se tenait à côté de Sophia qui était pâle et visiblement mal à l'aise. Sophia se rapprocha de lui et lui prit la main. Édith adoucit son sourire.

— Vous restez à Denver pour quelques jours alors ?

— Oui, intervint Raphaël rapidement. On a besoin de vacances.

Sophia le regarda d'un air surpris, mais se tut. Édith prit le contrôle de la poussette puis se retourna pour leur proposer à contrecœur de les déposer dans le centre-ville.

— Non merci, on va prendre le tram. Je t'appelle demain.

Raphaël lui tendit la valise de Julie puis s'accroupit devant la poussette, et l'embrassa sur la joue.

Édith se mit en route vers le parking couvert. Julie ouvrit les yeux brièvement une fois installée dans son siège auto et sourit en reconnaissant sa maman. Une fois chez elle, Édith la transporta à l'étage, la déposa dans son lit et s'allongea à ses côtés. Elle enfouit son visage dans son cou moite et posa légèrement la tête sur sa poitrine pour écouter les battements de son cœur d'enfant. Son téléphone vibra dans sa poche. Tim lui demandait si elle avait récupéré Julie saine et sauve. Elle répondit rapidement puis fixa le plafond pensivement.

Le chant des grillons entrait par le velux entrouvert, le vent se leva brusquement et agita les branches des peupliers de la rue. Une bouffée d'air chaud s'engouffra dans la chambre et gonfla les tentures. Raphaël et Sophia comptaient rester une semaine… Pourquoi si longtemps ? Son téléphone sonna.

— Alors, elle est comment la pétasse italienne ? demanda Quentin.

— Jeune.

— Bien sûr.

— On dirait une pub Armani. Elle a au moins eu la décence d'être gênée. Mais ce n'était pas du tout ce à quoi je m'attendais.

— Comment ça ?

— Elle est assez normale, je m'attendais, je ne sais pas, à une confrontation avec une personne prétentieuse et hautaine. Elle avait l'air fragile et un peu perdue.

— Tu as vraiment un cœur d'artichaut, soupira Quentin. Vous allez devenir copines alors ?

— Oui, bien sûr, ça ferait plaisir à Raphaël, non ?

— Je suis sûre qu'il trouverait moyen de tirer parti de la situation.

— Probablement…

— Bon, je te laisse, il faut que je passe chercher Pierre et j'ai rendez-vous avec la mère d'Annabelle qui veut vendre sa maison.

— La mère d'Annabelle ? Elle habite où ?

— Juste au-dessus de chez moi. Pourquoi, ça t'intéresse ?

— Peut-être, enfin, c'est encore trop tôt et je n'ai pas d'argent. Mais dis-moi quand même ce que tu en penses.

— Ça marche !

Édith raccrocha et ferma les yeux. Elle s'efforça de chasser l'image de Sophia, ses longs cheveux noirs, sa taille cambrée… enceinte. C'était sérieux, avait dit Raphaël. Elle tourna pour la première fois son attention vers l'enfant qu'elle portait. Leur vie était maintenant mêlée pour toujours. Julie allait avoir une demi-sœur. Ou un demi-frère.

— Papa ? appela Julie de son lit.

Édith lui caressa le front jusqu'à ce qu'elle se rendorme.

***

Assis sur le lit de la chambre d'hôtel, Raphaël regardait son téléphone. Sophia sortit de la salle de bain enveloppée d'une serviette, ses longs cheveux bruns relevés en chignon révélaient sa nuque fine et la courbe de ses épaules. Il se leva et la prit dans ses bras. Elle se raidit.

— Qu'est-ce qu'il y a ? Ça ne va pas ?

— Non, ça ne va pas !

Son accent italien était toujours plus prononcé quand elle était en colère.

— Qu'est-ce que j'ai fait ?

— Tu ne m'as pas soutenue à l'aéroport. Tu aurais dû te rapprocher de moi. J'étais gênée.

— Ah bon ? Je n'ai pas fait attention.

— Non ? Tu me prends pour une conne ? Tu étais gêné aussi. Et tu sais pourquoi !

— Mon mariage était fini quand on s'est rencontré.

— Tu vivais encore avec elle. Si tu veux que ça marche pour nous, il va falloir que tu assumes notre relation. La prochaine fois qu'on voit Édith, ne te comporte pas comme si tu avais honte de nous.

— Sophia, je suis vraiment désolé. Je n'ai pas honte de nous, mais tout est arrivé tellement vite, je n'ai pas vraiment eu le temps de faire le deuil de mon mariage avec Édith. C'est elle qui a tout décidé, j'étais perdu. Je suis perdu.

Il s'assit sur le lit, les bras ballants.

Elle le regarda un instant. Est-ce qu'il mentait ? Probablement, décida-t-elle. Elle dénoua sa serviette qui tomba à ses pieds. Raphaël leva les yeux et détailla son corps parfait d'un regard possessif. Puis il se leva et l'embrassa fiévreusement en la poussant sur le lit.

***

— J'ai un rendez-vous dans dix minutes. Tu veux regarder un film ?

— On n'irait pas faire du vélo, plutôt ?

— Et mon rendez-vous alors ?

— On a qu'à mettre un mot sur la porte !

— Ben non, la dame qui va venir c'est la maman d'Annabelle. On ne peut pas lui faire ça.

— Et Annabelle, elle sera là aussi ?

— Peut-être…

Quentin alluma la télé et donna la télécommande à Pierre qui fit défiler les dessins animés sur son profil Netflix. Quentin s'installa dans son bureau adjacent au salon et alluma son ordinateur. Il vérifia ses messages pour s'assurer que Trish n'avait pas annulé son rendez-vous, puis il ouvrit le document qui contenait les informations sur la maison qu'elle souhaitait mettre en vente. Il était plongé dans une recherche de ventes comparables quand on frappa à la porte. Quentin alla ouvrir, une dame d'une cinquantaine d'années à l'air vaguement familier se tenait sur le perron. Il se souvenait de l'avoir croisée une ou deux fois. Elle s'appuyait sur une canne et tenait fermement le bras de sa fille qui se tenait à ses côtés.

— Salut, Annabelle.

— Bonjour, Quentin ! Je vous présente ma mère, Trish.

— Trish Helena Huff, corrigea la mère d'Annabelle.

Quentin prit la main sèche qu'elle lui tendait puis se recula pour les laisser entrer. Elles s'assirent face au bureau. Trish observa les lieux avec curiosité, un sourire pincé aux lèvres.

— Alors, vous souhaitez vendre votre maison ? demanda Quentin en ouvrant l'email que Trish lui avait envoyé.

— Oui ! Enfin, euh, je ne suis pas sûre, ajouta Trish sèchement.

Quentin leva un sourcil interrogateur.

— Tu n'es pas sûre, maman ? Tu as changé d'avis ?

Trish cligna des yeux plusieurs fois.

— Je pense que c'est le moment puisque l'immobilier a pris de la valeur dans le quartier ces dernières années, mais si vous pensez que ça va continuer à augmenter…

Annabelle lui lança un regard soupçonneux, mais se contenta de lisser les plis de sa longue jupe rouge.

— C'est vraiment difficile à déterminer, commença Quentin.

— Mais vous êtes agent immobilier non ? Vous devriez être au courant ?

— Maman, ne commence pas ! la prévint Annabelle.

— Oui, mais je serais millionnaire si je pouvais prédire l'avenir. Tout ce qu'on a, ce sont des prédictions. Voici ce que je peux faire pour vous. Je peux vous aider à déterminer la valeur de votre propriété. Pour une estimation précise, il faudrait que je la visite.

Il ouvrit son calendrier.

— Vous êtes disponible mercredi ?

— Vendredi plutôt, ça donne à Annabelle quelques jours pour ranger un peu et arranger le jardin.

— Pas de problème.

— Je suis libre entre midi et quatorze heures.

— Et en attendant, je vais faire quelques recherches et je vous envoie un email avec une liste de maisons vendues récemment dans le quartier. Ça nous aidera à fixer un prix. Après, c'est à vous de décider si vous voulez vendre ou attendre encore un peu.

Quentin se leva.

— Et sinon, vous connaissez mes voisins ? Jimmy et Pénélope ? demanda Trish.

— De vue, comme ça, mais je ne les ai jamais rencontrés…

— Vous pourriez leur demander de nettoyer leur devanture ! Ça fait sale. Si je décide de vendre, ça va décourager les acheteurs potentiels.

— Maman ! s'exclama Annabelle dont le visage s'était enflammé. Tu sais bien que Pénélope est… euh… malade. Et puis Quentin est agent immobilier, pas policier !

— Oui, mais c'est dans son intérêt aussi, il va prendre une commission sur le prix de vente ! Et puis, c'est son quartier aussi, non ?

Elle se retourna vers Quentin.

— Vous savez qu'Annabelle est allée leur proposer de les aider à nettoyer tout ce capharnaüm et ils l'ont envoyé balader.

— Non, c'est pas vrai, maman, soupira Annabelle. Je ne suis jamais allée leur proposer quoique ce soit.

— Tu m'as menti ?

— Oui, je t'ai menti. Allez, on s'en va, lâcha Annabelle d'une voix tremblante. Vraiment, maman, tu exagères ! Quentin, je suis désolée de vous avoir fait perdre votre temps.

Elle aida sa mère à se lever.

— Je retourne travailler, Édith m'attend.

— Je vous envoie un email comme convenu, dit Quentin.

Il les raccompagna puis s'assit dans sa chaise de bureau. Édith allait rigoler quand il lui raconterait ça.

Il finissait un email quand Pierre apparut dans l'encadrement de la porte entrouverte.

— Tonton, alors, on va faire du vélo ? demanda Pierre qui s'ennuyait visiblement.

— Excellente idée ! Il va falloir que tu apprennes à pédaler sans roulettes.

— Oui ! se réjouit Pierre. Papa, il avait promis qu'il allait m'apprendre.

Quentin prit son neveu dans ses bras. Il ne savait jamais quoi dire quand Pierre parlait de ses parents.

— C'est des trucs de grands ça, tu crois que tu es prêt ?

— Oui, je crois, mais tu vas me tenir, hein ?

— Bien sûr que je vais te tenir ! le rassura Quentin en le serrant fort contre lui.

Vingt minutes plus tard, Pierre enfourchait bravement son vélo. Il rajusta ses protège-coudes et ses protège-genoux un peu trop grands. Quentin posa une main sur son épaule et l'autre derrière la selle.

— On y va !

Pierre se mit à pédaler, et Quentin le suivit de son mieux, plié en deux pour rester à sa hauteur. Il fit ralentir Pierre au bout de la rue et tourna dans la rue suivante. Il s'arrêta finalement, trempé et à bout de souffle.

— Il va falloir que tu trouves ton équilibre rapidement parce que je suis en train de me démolir le dos.

Quentin aida son neveu à faire demi-tour et Pierre se remit à pédaler.

— Waouh ! Tu te débrouilles comme un chef !

— Regarde tonton, c'est Annabelle !

Annabelle s'apprêtait à monter dans sa voiture. Trish les observait par la fenêtre. Annabelle posa une main sur son front pour s'abriter du soleil.

— Je suis vraiment désolée du comportement de ma mère. J'aurais dû me douter qu'elle ne voulait pas vraiment vendre. Elle s'ennuie et elle cherche les problèmes pour passer le temps.

— Ce n'est rien, la rassura Quentin. D'une certaine façon, elle n'a pas tort, mais je ne peux rien faire. Elle a essayé de leur parler, aux voisins ? demanda-t-il à la vue du jardin en friche et de la voiture sans roues garée sur le côté.

— Non, elle refuse de leur adresser la parole. Je connais Pénélope et Jimmy depuis que je suis toute petite. Pénélope est… fragile et Jimmy retape des voitures pour se faire un peu d'argent. Il ne peut pas la laisser seule trop longtemps, donc il a du mal à garder un boulot régulier.

— On y va, tonton ? interrompit Pierre.

Annabelle se tourna vers lui.

— Désolée, Pierre ! Je te laisse finir ton tour à vélo.

Elle s'engouffra dans sa voiture dans un bruissement de tissu écarlate.

Derrière son rideau, Trish regarda Quentin et Pierre disparaître au bout de la rue.

***

Édith suivit du regard le facteur chargé d'un gros colis jaune de la poste. Elle alla à sa rencontre, signa le reçu et déposa le colis sur le comptoir. C'était probablement le cadeau d'anniversaire de Julie, mais elle connaissait sa mère qui n'avait certainement pas oublié d'inclure une grosse boîte de chocolats belges. Peut-être son père avait-il aussi ajouté quelques fruits en massepain ? Annabelle passa la tête au-dessus du tableau noir où elle dessinait une citrouille dodue et un Joyeux Halloween en lettres ornées de toiles d'araignées.

— Qu'est-ce que c'est ? demanda-t-elle. Vous avez l'air d'être drôlement contente !

— Oui, un colis de France, ça fait toujours super plaisir !

Elle constata avec déception que le colis avait été ouvert à la douane, un éléphant en peluche dépassait d'un papier cadeau déchiré et maladroitement réassemblé. Elle sortit délicatement la boîte de chocolats, quelques paquets de bonbons et une boîte en fer qu'elle déposa sur le comptoir.

Édith tendit à Annabelle un chocolat blanc orné d'une grosse noisette.

— Goûte-moi ça, mais je te préviens il y a des effets secondaires !

Annabelle renifla prudemment la praline.

— Comme quoi ? Il y a de l'alcool dedans ?

— Non, ça, c'est les rouges. C'est très difficile de continuer de manger du chocolat bon marché quand on a goûté le chocolat belge ou suisse.

— Je tente ma chance.

Elle croqua de bon cœur dans la confiserie.

— Oui, dit-elle enfin, che vois tout à fait che que vous voulez dire ! Et ça, c'est quoi ? demanda-t-elle en pointant du doigt la boîte en fer.

— Ça, déclara Édith, ce sont des violettes. Au fil des années, je me suis habituée à tout ! Au mauvais vin, au pain élastique, au fromage sans goût, mais il y a deux choses dont je ne pourrais jamais me passer : les Léonidas et les violettes de Toulouse.

— C'est vraiment mignon, nota Annabelle à la vue des pastilles en forme de fleur. Ça a quel goût ?

— Ben, goût de violette... Le bonbon est fait à partir de fleurs fraîches cristallisées dans du sucre. Goûte.

— C'est vraiment unique comme goût, remarqua Annabelle avec surprise, j'aime beaucoup, enfin, je crois... ça a un peu le goût de savon, non ?

— Vous êtes française ? demanda une cliente qui était assise près du comptoir.

— Oui, répondit Édith un peu surprise.

— Moi aussi ! Je viens d'arriver dans la région pour rejoindre mon mari qui est chercheur à l'université du Colorado. On a habité en Californie avant ça. Stéphanie, dit-elle en lui tendant la main.

— Édith. Et vous êtes d'où ? demanda poliment Édith plus par obligation que par curiosité. Elle avait eu cette même conversation une centaine de fois depuis qu'elle avait déménagé aux États-Unis six ans plus tôt.

— De Strasbourg, enfin une petite ville pas loin. Elle fouilla dans son sac. Écoutez, je dois me sauver, mais prenez ma carte. Et appelez-moi,

230

on ira boire un verre un de ces jours ! Je fais de l'import-export, on pourrait peut-être faire affaire !

— Oui, pourquoi pas ?

— Je vous laisse. Vous n'auriez pas une bonne boulangerie à me recommander ?

Édith réfléchit.

— Non, ça fait juste quelques mois que j'habite ici, j'achète mon pain au supermarché.

— Bon, je vous contacte si j'en trouve une !

— D'accord, bonne journée !

Édith passa derrière le comptoir et jeta la carte à la poubelle.

— Vous n'allez pas l'appeler ? Elle a l'air sympa !

— Je ne peux pas devenir copine avec toutes les Françaises de Denver, et puis ce n'est pas parce qu'on est toutes les deux Françaises qu'on va forcément s'entendre. C'est pénible, ces Français qui partent à l'étranger et qui, une fois arrivés, n'ont qu'une idée, retrouver d'autres Français et une boulangerie. Pour faire ça, autant rester en France, ajouta Édith avec mauvaise foi.

— Mais Quentin, il est français, non ? Et votre ex aussi ?

— Oui, mais on s'est connus en France.

Édith soupira.

— Laisse tomber, Annabelle, c'est compliqué. Même moi je ne comprends pas, alors tu vois…

Édith empilait des canettes de soda dans une glacière et les recouvrait d'un sac de glaçons. Annabelle passa derrière le comptoir pour servir un client. Édith se demanda d'où venait cette animosité envers les autres expatriés, comme si elle voulait couper tous les liens avec la France. Elle n'avait jamais mis les pieds dans une alliance française, que ce soit celle de New York ou de Denver ; elle avait refusé de se joindre aux groupes français locaux ; elle avait même essayé de se débarrasser de son accent, comme pour effacer son identité. Mais si elle n'était pas française, elle était quoi, alors ?

— Je suis ridicule Annabelle, je ne sais pas ce qui me prend. Bon j'y vais, je prends le gâteau et les glacières.

— Vous avez les bougies ?

— Oui, oui.

— Je mets un mot sur la porte pour informer les clients qu'on ferme plus tôt aujourd'hui et je vous rejoins au parc avec les ballons.

— Ça marche, à tout à l'heure.

Édith gara sa voiture le plus près possible du belvédère qu'elle avait réservé pour l'anniversaire de Julie. Elle déposa sur la table de pique-nique le gâteau qu'elle avait spécialement commandé dans une boulangerie française du sud de Denver. La composition florale de Sigrid –des hortensias et des roses blanches – maintenait en place la nappe en lin beige. Attachée aux piliers du préau, une grappe de ballons rose pâle flottait au gré de la brise matinale.

— C'est drôlement chic pour un anniversaire d'enfant tout ça, fit remarquer Sigrid.

Édith repositionna la pile de cadeaux, puis hocha la tête avec satisfaction. Raphaël trouverait sûrement à critiquer. Il était tellement imprévisible. Aussi généreux dans ses compliments que blessant dans ses critiques. Elle avait mis entre eux des milliers de kilomètres, mais n'avait pas encore réussi à se libérer de l'emprise de ses opinions. Elle leva les yeux sur les montagnes aux sommets enneigés qui se reflétaient dans l'eau calme du lac. Les températures étaient douces, mais l'automne était arrivé. Comme pour confirmer sa présence, une bouffée d'air s'engouffra dans un bosquet de peupliers emportant avec lui un nuage de feuilles dorées et les serviettes de table en papier. Sigrid observa avec amusement Édith qui courait aux quatre coins du belvédère pour les rattraper, avec l'aide d'Hugo qui lui en apporta une pile dégoulinante de bave. Une fois la décoration rappelée à l'ordre, Édith s'assit sur le banc et vérifia l'heure sur son téléphone. Tout était prêt, il ne manquait plus que Julie.

Près de la berge, Pierre essayait de se libérer de la main de Quentin qui était plongé en pleine analyse de risques : vase, noyade, enlèvement, piqûre d'insecte. Tout y passait. Devenir parent avait complètement changé sa vision du monde.

— Tu ne sais pas bien nager Pierre, s'il te plaît ne t'approche pas trop du bord.

— Attends, il a pied là, le rassura Édith, ce n'est pas profond du tout.

— Oui, mais il y a de la boue, je ne veux pas qu'il se salisse.

— Laisse-le se dégourdir un peu, il n'est pas en sucre, tu sais.

Pierre s'approcha de la berge où Jordan s'était installé. Il prit maladroitement le lancer et la boîte à appâts que Jordan lui tendait.

— Alors Pierre, tu as déjà pêché ? demanda-t-il.

— Non, murmura Pierre tout bas.

Jordan déplia une mini chaise de camping et l'installa à côté de la sienne. Il décapsula deux canettes de Sprite et en tendit une à Pierre qui la reposa timidement dans le repose-tasse attaché à sa nouvelle chaise.

— Je n'ai pas le droit de boire du soda.

— Dis donc, il n'est pas rigolo ton oncle. Aujourd'hui, tu as le droit ! Hein oui, Quentin ?

— Oui, vas-y, c'est bon pour une fois.

Pierre décapsula la canette et avala une gorgée de liquide pétillant. Les bulles lui chatouillaient les narines. Il laissa échapper un léger rire.

— Je vais te montrer comment on fait. Tu as peur des vers de terre ?

— Ben non, répliqua Pierre offusqué.

Jordan ouvrit une boîte en fer et en sortit un ver de terre qu'il enfila avec dextérité sur l'hameçon de Pierre.

— Tu pêches, toi ? demanda Quentin incrédule.

— Oui, ça fait des années que je n'ai pas touché une canne à pêche, mais quand j'étais ado, je pêchais tous les week-ends avec mon père. J'aurais fait n'importe quoi pour l'impressionner. Mais j'y ai pris goût. Il y a des étangs magnifiques dans le Minnesota. Ça n'a jamais marché, ajouta-t-il. Il savait… il a su avant moi. Il n'a jamais accepté.

Quentin cogna sa bouteille d'eau contre la canette de Jordan.

— Bienvenue au club !

Édith vérifia de nouveau l'heure sur son portable. Il était midi et quart. Elle avait hâte de récupérer Julie. Elle espérait que Raphaël et Sophia ne resteraient pas trop longtemps. Elle redoutait de lui présenter Tim qui, lui, avait l'air tout à fait à l'aise. Elle jeta un regard nerveux sur sa tenue décontractée, un short kaki et un tee-shirt bleu délavé. Elle aurait aimé qu'il s'habille un peu mieux, mais elle n'avait pas osé lui demander. Elle avait elle-même opté pour une tenue simple, après avoir agonisé une heure devant son placard. Elle avait finalement choisi un pantacourt bleu marine et une légère blouse blanche un peu transparente.

— On voit un peu ton soutien-gorge, c'est fait exprès ? avait demandé Quentin.

— Bien sûr que c'est fait exprès.

— Et c'est pour Tim ou pour Raphaël ?

— Les deux ! avait répondu Édith du tac au tac.

Tim décapsula une bouteille d'eau et la lui tendit.

— Bien sûr, ils sont en retard ! grinça Édith avec humeur.

— Ben, non ! Tu n'as pas dit midi et demi ? En fait, ils sont même en avance ? Il pointa du doigt le parking. Regarde, c'est lui, non ?

— Oui, comment tu le sais ?

— Le foulard, le sac à main…

— Ce n'est pas un sac à main ! s'exclama Édith exaspérée.

— Non ?

— Non, et c'est une écharpe, pas un foulard.

— OK, si tu veux…, concéda Tim.

Édith serra les dents et observa Sophia sortir Julie de la voiture et la déposer dans la poussette que Raphaël avait dépliée pour elle. Il était, comme d'habitude, sur son trente-et-un. Elle s'était habituée au style décontracté de Tim qui ne possédait pas de fer à repasser et qui choisissait ses vêtements dans la pile « propre » ou « un peu sale » tous les matins. Un changement radical comparé à Raphaël qui avait un abonnement mensuel au pressing.

Sigrid se glissa sur le banc à côté d'Annabelle pour mieux assister au spectacle. Annabelle entortillait une longue mèche de cheveux bouclés autour de son doigt.

— C'est super stressant comme situation.

— Mais non, la rassura Sigrid. Ça va être intéressant.

Édith alla à la rencontre de Raphaël et prit Julie dans ses bras pour se donner une contenance. Elle se retourna pour faire les présentations.

— Raphaël, voici Tim. Tim, c'est Raphaël, mon ex-mari.

Raphaël serra la main ferme que Tim lui tendait.

— Pas encore, rétorqua-t-il.

— Délicat ! murmura Sigrid à la vue du visage enflammé de Sophia.

Quentin brisa le silence gêné qui pesait sur le groupe.

— Raphaël, ça fait tellement longtemps ! Je crois que la dernière fois qu'on s'est vus, c'était… euh…

— À notre anniversaire de mariage, l'année dernière, finit Édith.

Sigrid laissa échapper un soupir exaspéré.

— Alors, maintenant que les présentations sont faites, si on mangeait ? Tim, elles en sont où ces saucisses ?

— Presque prêtes ! Je vais les retourner.

— Tu veux que je t'aide ? demanda Quentin qui avait horreur du barbecue, mais qui détestait encore plus les confrontations.

Sophia glissa un mot à l'oreille de Raphaël qui la prit par la taille et l'embrassa maladroitement. Édith chercha Tim du regard. Elle aurait aimé qu'il l'embrasse aussi, mais il était occupé à discuter avec Quentin et ils avaient l'air de bien s'amuser, ceux-là.

— Il est homo Raphaël, non ? glissa Tim à Quentin en retournant les saucisses sur le gril.

— Non, je t'assure que non.

— Avec des chaussures pareilles, et cette chemise trop petite…

— Je sais, je sais, mais les hommes s'habillent… différemment en Europe.

— Différemment des vrais hommes ?

— Parce qu'un vrai homme, ça porte des sandalettes ? jeta Sigrid en regardant ostensiblement les orteils de Tim.

— Ce sont des Birkenstock ! Venant de vous alors, je suis déçu ! rigola Tim.

— Une honte nationale. D'ailleurs c'est pour ça que j'ai quitté l'Allemagne, déclara Sigrid. Et maintenant, c'est la mode et tout le monde en met, grommela-t-elle pour elle-même, en retournant s'asseoir à table.

Tim déposa un assortiment de viande grillée sur la table et invita Sophia à s'asseoir. Elle accepta poliment et grignota son sandwich du bout des lèvres. La table n'était assez grande pour tout le monde et

Raphaël resta debout derrière elle. Annabelle et Jordan défendaient passionnément les vertus de la cuisine américaine et Sigrid et Quentin leur faisaient front. Édith n'avait pas faim et elle n'avait surtout pas envie de faire la conversation à la maîtresse de son mari. Sophia avait l'air un peu mal à l'aise, et pour cause. Elle était en terrain ennemi. Mais elle savait que personne n'oserait attaquer une femme enceinte, même si cette femme était une briseuse de ménage avérée.

Julie pointa du doigt les balançoires et Édith en profita pour s'excuser. Quelques instants plus tard, Raphaël la rejoignait.

— Bon, c'est pas tout ça, mais on ne voudrait pas tarder avec Sophia, lâcha Raphaël avec son tact habituel. Elle est fatiguée.

— OK, tu es sûr que tu ne veux pas rester encore un peu ? demanda Édith sans conviction.

— Oui, papa, tu ne veux pas rester ? répéta Julie.

— Encore cinq minutes alors.

Raphaël enfonça ses mains dans ses poches et se retourna vers le lac.

— Tu n'avais pas d'amis à New York, tu t'en es fait rapidement ici.

Édith réfléchit quelques secondes.

— Oui, je ne sais pas pourquoi. Rien n'a vraiment marché pour moi à New York, mais ici, je ne sais pas, c'est différent, c'est un nouveau départ.

« Et un nouvel amant. », songea Raphaël. Il avait envie de lui demander qui était Tim, quand et comment ils s'étaient rencontrés ; lui faire remarquer qu'elle n'avait pas perdu de temps, qu'il n'aimait pas l'idée d'un homme autre que lui dans la vie de sa fille. Mais il se tut,

238

parce qu'en dépit d'une personnalité égoïste, voire narcissique, il savait qu'il était mal placé pour lui faire une leçon de morale. Et puis, ils n'étaient peut-être pas ensemble ?

— On aimerait partir en week-end avec Tim, annonça Édith. Tu peux passer prendre Julie vendredi matin si tu veux.

Raphaël serra les poings dans ses poches.

— C'est sérieux toi et Tim ?

Édith haussa les épaules.

— On vient de se rencontrer… je ne sais pas encore. Je ne veux pas me presser.

Raphaël accusa le coup d'un sourire conciliant.

— Toi qui te moquais toujours des Américains sans style, je ne t'aurais pas imaginé avec un pompier de calendrier.

Édith ne répondit pas, soudain occupée à imaginer Tim en uniforme.

— Euh, sinon, pour ce week-end, tu peux garder Julie ?

— Oui, bien sûr.

— Elle va à la crèche, il faudra que je les appelle pour les prévenir qu'elle n'ira pas. Je rentre dimanche soir, donc je peux passer la prendre en début de soirée, ou alors tu peux la déposer lundi matin.

— On a quelque chose dimanche après-midi avec Sophia. Tu peux être rentrée à midi ?

Édith sourit. Quelle mauvaise foi !

— Tu peux la déposer chez moi dimanche, proposa Quentin qui venait de les rejoindre. On n'a rien de prévu, on sera à la maison. Enfin, si ça dépanne, ajouta-t-il à la vue de la mine sombre de Raphaël.

— Vous voulez que je m'occupe de Julie quelques heures dimanche ? demanda Annabelle qui avait entendu le commentaire de Quentin. Je suis disponible si vous voulez !

Raphaël sourit tristement.

— Quand tu m'as proposé une garde partagée, je ne savais pas que ce serait avec la moitié du quartier.

Édith haussa les épaules.

— Annabelle veut juste rendre service. Elle est géniale et elle adore Julie.

— Moi aussi, j'adore Julie. Elle me manque, tu sais, ajouta Raphaël après un court silence.

— Il va falloir t'habituer.

Raphaël se retourna sans un mot, il se pencha pour murmurer quelque chose à l'oreille de Sophia qui se leva pour le suivre.

Quentin s'approcha d'Édith.

— Ça va, chef ?

— Oui, ça va. Tu me le présentes ce Jordan, alors ?

Une fois Raphaël et Sophia partis, l'atmosphère se détendit. Quentin alluma les bougies et ils entonnèrent joyeux anniversaire à l'unisson et en trois langues. Julie souffla ses bougies puis applaudit, ravie de l'attention qu'on lui portait. Une fois le gâteau partagé, Édith s'assit près du lac pour regarder Pierre pêcher avec Jordan. Annabelle suivait Julie qui essayait de trouver son équilibre sur sa draisienne. Sigrid, Tim et Quentin discutaient autour de la table de pique-nique et Hugo chassait un lapin. Édith se demanda de quoi ils pouvaient bien parler. Sigrid était

240

comme d'habitude impassible, mais Tim avait l'air détendu et Quentin l'observait avec intérêt. Ils s'étaient croisés plusieurs fois, mais ils ne s'étaient jamais vraiment parlé. Édith avait hâte de lui demander ce qu'il pensait de lui. Elle se cala dans sa chaise de camping, avala une gorgée de champagne, ferma les yeux et se laissa bercer par le chant des merles et le clapotis du lac.

***

Tim regarda les gratte-ciels de Denver disparaître dans le rétroviseur. La plaine s'étendait à perte de vue. Cent ans plus tôt, la tribu des Arapaho y chassait les bisons, jusqu'à ce qu'ils soient eux-mêmes exterminés par les chercheurs d'or, laissant pour seul souvenir leur nom sur un boulevard. Les pionniers avaient fondé la ville de Denver au pied des montagnes Rocheuses. Ils avaient entassé tout ce qu'ils avaient de plus cher au monde dans un chariot et couvert des milliers de kilomètres meurtriers dans l'espoir d'une vie meilleure. Bien sûr, aujourd'hui, il y avait cette autoroute parfaitement lisse, creusée à même la roche. La montagne avait cédé à l'irrépressible désir de conquête de l'homme, même si de temps en temps, elle éprouvait le besoin de rappeler sa force à l'aide d'un éboulement rocheux ou d'une coulée de boue qui fermait l'autoroute pour plusieurs jours et forçait les voyageurs à prendre leur mal en patience ou entreprendre un long détour.

L'autoroute longeait maintenant la rivière Colorado. Tim observa une petite armée de bateaux pneumatiques jaunes, couverts de passagers à la recherche d'émotions fortes. C'est Édith qui avait suggéré ce week-end à Glenwood Springs, une ville nichée au creux des montagnes et célèbre pour ses sources thermales. Au moment de partir, il avait proposé à Édith de prendre le volant par politesse et elle l'avait pris au mot. Il n'avait pas l'habitude de se laisser conduire, et surtout, il n'avait pas envie qu'elle lui bousille son embrayage. Est-ce que c'était sexiste ? Nancy s'installait systématiquement à la place du passager, même quand ils prenaient sa voiture. Est-ce qu'elle aurait préféré conduire ?

— C'est une manuelle, avait-il dit un peu pris de panique.

— Parfait ! avait rétorqué Édith. Puis d'ajouter plus gentiment : presque toutes les voitures sont manuelles en Europe. J'ai conduit ma première voiture automatique aux États-Unis.

Il avait lâché l'affaire. Elle était tendue depuis qu'ils étaient partis. Elle avait conduit les premiers kilomètres, les mains crispées sur le volant, une ride au front. Il lui aurait bien demandé pourquoi, mais il avait appris à ne jamais demander à une femme en colère si elle était en colère. Ça finissait toujours mal. Il décida d'éplucher la brochure de l'hôtel Colorado.

— Tiens, l'hôtel où on va passer la nuit serait hanté…

— Selon Quentin, le problème de cet hôtel, ce ne sont pas les fantômes, mais l'absence de climatisation.

— Ben, tant mieux, je n'ai pas emporté de pyjama.

Il passa son bras derrière son siège et lui caressa la nuque jusqu'à ce qu'il sente les muscles de ses épaules se relâcher sous ses doigts. Elle effleura sa cuisse et sourit.

242

— Et moi, je n'ai pas pris de maillot de bain.

Tim sourit d'un air gourmand.

— Je vais prendre des forces alors.

Il recula son siège et allongea ses jambes.

— C'est rien si je m'endors ?

— Non, pas du tout ! Vas-y !

Il cala son sweatshirt contre la fenêtre et ferma les yeux. Édith laissa échapper un léger soupir exaspéré. Elle n'aimait pas conduire, mais elle s'était rendu compte que Tim lui avait proposé le volant par courtoisie. Elle avait gardé un mauvais souvenir de ces voyages en voiture avec Raphaël qui critiquait sa façon de conduire et pointait du doigt chaque panneau de signalisation. Elle finissait par céder et prendre la place du passager. Puis à son tour, elle critiquait sa conduite, pointant du doigt tous les panneaux de signalisation. « Puéril. », songea-t-elle en rétrogradant pour prendre la sortie Glenwood Springs, un mot qui résumait parfaitement l'intégralité de leur mariage.

Édith repoussa nerveusement ses cheveux derrière ses oreilles à la vue de la longue file de clients qui attendaient leur tour à la réception de l'hôtel.

— Je vais chercher les clefs, tu m'attends ici ? suggéra-t-elle.

— Si tu veux. Je vais nous trouver un endroit sympa pour dîner ce soir.

Il traversa la réception encombrée de chaises et de sofas douillets, choisit un canapé cossu où il s'enfonça avec un grognement de plaisir puis se plongea dans son téléphone.

Un quart d'heure plus tard, clefs en main, Édith appelait l'ascenseur qui mit cinq bonnes minutes à arriver et cinq autres minutes pour atteindre leur étage, assez de temps pour permettre à Tim d'enfouir ses mains sous son débardeur. Édith quitta l'ascenseur échevelée et rouge écrevisse. Tim poussa leur valise dans la chambre, s'appuya contre la porte pour la fermer et retira son tee-shirt. Il attrapa Édith alors qu'elle faisait mine de se sauver, la jeta sur le lit et la couvrit de son corps nu.

***

Des nuages de vapeurs planaient au-dessus des bassins thermaux d'où s'échappait une forte odeur de sulfure. La lumière des lampadaires se reflétait dans l'eau qui, dans la pénombre, avait pris une couleur d'absinthe. Assis sur le bord, des familles, des touristes et des adolescents locaux discutaient tandis que d'autres flottaient paisiblement sur de grandes bouées. Édith entra dans le bassin principal et frissonna de plaisir. Tim la rejoignit en quelques brassées et l'enveloppa de ses bras. Ils se mirent à dériver légèrement, au gré de brèves conversations entrecoupées de longs silences. Édith ferma les yeux, posa la tête sur son épaule et s'abandonna complètement.

Ils furent les derniers à quitter les eaux. Édith s'enveloppa dans une épaisse sortie de bain en claquant des dents. Une fois douchés et habillés, ils se promenèrent dans les rues de la ville et choisirent la terrasse de l'hôtel pour un dernier verre. Édith s'étira, satisfaite et repue. Le souvenir furtif d'une soirée similaire traversa ses pensées. Cette légèreté, ce sentiment d'excitation, une impression familière, la lune de miel qui souvent fait place à la routine puis au déchirement. Si seulement les relations pouvaient garder ce goût de début. Cette période brève et magique où l'on fait attention à l'autre, où on se montre sous son meilleur jour, ces moments pleins d'égards où on a l'audace d'essayer des choses nouvelles.

— À quoi tu penses ?

Tim la regardait avec curiosité.

— Tu n'es pas obligé de me le dire, mais je ne sais jamais à quoi tu penses, parfois, je me sens… vulnérable.

Il avait dit ça avec une franchise désarmante. Édith resta un instant silencieuse. Elle avait tellement l'habitude des jeux, des manipulations, essayer de deviner ce que l'autre voulait, et le lui donner, ou pas.

— Je me disais juste que les débuts de relations sont les meilleurs moments.

Tim hocha la tête.

— Oui, c'est magique, mais ce n'est pas réel.

— Ça, ici, ce n'est pas réel ?

— C'est un vrai début, mais ce n'est pas vraiment nous. C'est notre meilleur « nous ». On se fait la cour, on se présente sous notre meilleur

245

jour. Moi je préfère le milieu des relations, quand on se connaît, quand on a pris ses habitudes, quand on a vraiment un sentiment d'intimité avec l'autre, une complicité. Au début, on cache ses défauts.

Édith avala une gorgée de vin.

— Quels défauts est-ce que tu me caches alors ?

Tim sourit.

— Il paraît, mais ça n'a pas été confirmé, que je suis un peu, euh, désordonné et rancunier, je suis très rancunier. Et susceptible. Je suis un peu susceptible.

— Tiens donc…

— À toi.

Édith réfléchit. Elle était partie en week-end amoureux, pas pour une thérapie de couple. Et la sincérité de cette conversation la décontenançait. Qu'est-ce qui lui était arrivé qui l'avait fait mûrir comme ça ?

— Je suis euh, rancunière aussi, et il paraît que je n'aime pas avoir tort. Et franchement, je ne sais pas si vrai parce que ça ne m'est jamais arrivé.

Tim sourit.

— Et qu'est-ce que tu ne supportes pas ?

Édith s'assombrit.

— Les longs silences après les grosses disputes, les moments où on ne sait pas où on en est, mais on n'ose pas demander parce qu'on a peur de la réponse.

— Et toi ?

Tim sourit un peu tristement.

— Les surprises, les coups de théâtre.

— Elle t'a trompé ?

Tim laissa passer un groupe de passants.

— Non. Elle est juste partie.

— Comme ça, sans explication ?

— Sans explication et surtout sans prévenir. Je suis rentré un soir et l'appartement était vide.

— Ça fait combien de temps ?

— Deux ans, enfin, un peu plus de deux ans.

— Tu l'as cherchée ?

— Oui, mais elle m'a fait savoir qu'elle ne voulait pas être retrouvée, donc j'ai laissé tomber. J'ai attendu un peu et puis j'ai quitté Chicago.

Tim sourit.

— Et toi alors ? Sophia, ça fait longtemps que ça dure, on dirait.

Édith laissa échapper un rire amer.

— Non, il y en a eu plusieurs des Sophia… il ne les a pas toutes mises enceintes… enfin, pas que je sache.

— Tu l'aimes encore ?

— Mais non enfin, qu'est-ce que je ferais ici avec toi ? Pourquoi tu dis ça ?

Édith avala une gorgée de vin avant d'affronter le regard de Tim qui la dévisageait intensément.

— Vous êtes divorcés ?

— Pas encore, murmura Édith.

— Vous avec entamé une procédure de divorce ?

— Oui, c'est en cours. Nos avocats s'occupent de tout…

— Est-ce que tu te sens prête pour une relation ?

— Oui, non, je ne sais pas. Mais je me sens bien avec toi.

Tim planta ses yeux dans les siens.

— Moi aussi.

***

Édith avait déposé Tim devant chez lui. Pénélope, en tutu blanc, était assise sur les marches de son porche et Édith avait décidé de les laisser se débrouiller. Elle avait quand même jeté un coup d'œil curieux dans son rétroviseur. Pénélope jetait les bras au ciel et tapait du pied et Tim battait en retraite, les mains relevées en signe d'innocence.

Une fois chez elle, Édith mit en route la machine à laver et rangea son sac de voyage dans le placard. Elle vida sa trousse de toilette et organisa ses produits de beauté sur les étagères de la salle de bain. Elle s'observa dans le miroir. Pour la première fois depuis des mois, elle avait l'air reposée. Sa peau légèrement hâlée par le soleil implacable du Colorado faisait ressortir ses yeux noisette. La cuisine de Quentin l'avait aidée à reprendre quelques kilos qui avaient eu la grâce de se placer où il fallait, songea-t-elle en posant les mains sur sa poitrine rebondie. Elle eut envie d'appeler Tim et de lui demander de revenir. Mais les enfants allaient arriver d'une minute à l'autre et elle ne voulait pas avoir l'air trop collante. Les hommes n'aimaient pas ça.

Son téléphone vibra sur le comptoir de la salle de bain.

Je dépose les petits dans une minute, je suis en retard.

Elle descendit les escaliers pour aller à la rencontre de Quentin qui se garait de l'autre côté de la rue. Il sortit les enfants de la voiture, prit Julie dans ses bras et Pierre par la main avant de s'assurer que la route était libre pour traverser en toute sécurité. Il avait l'air à l'aise et détendu. Il était devenu parent du jour au lendemain et il avait assumé cette nouvelle responsabilité avec calme et élégance. Quel contraste avec la réaction de Raphaël qui avait immédiatement pris ses distances, qui avait regardé Julie comme une curiosité, comme le signe inéluctable qu'il vieillissait. Pour se rassurer, il avait refait sa garde-robe. Il avait couvert les quelques fils argentés qui étaient apparus sur ses tempes, et puis il s'était jeté dans les bras d'une femme qui avait dix ans de moins que lui. Édith se souvenait à peine des mois qui avaient suivi la naissance de Julie. Nuits sans sommeil, matins rageurs emmurés de colère, Raphaël n'était pas à la hauteur et elle le lui avait fait savoir, à coup de remarques ironiques et de commentaires moqueurs. Est-ce qu'elle avait sa part de responsabilité dans l'échec de leur mariage ?

Édith chassa ses souvenirs dérangeants et alla accueillir Quentin et les enfants. Il la dévisagea d'un air malicieux.

— Tu as l'air, euh… satisfaite, observa-t-il avec tact.

— Ah bon ? demanda Édith en souriant. Ça veut dire quoi ça ?

Quentin décida de ne pas répondre.

— Ils ont mangé, et ils sont baignés.

— Et ils portent des costumes de M&Ms parce que ?

— Parce que c'est Halloween demain !

— Oui, et on veut dormir avec notre costume ! s'écria Pierre.

— Oui, maman, on veut dormir avec notre costume, on peut ? S'il te plaît, maman ?

— Et où vous allez avec Jordan ? demanda Édith.

— Resto-ciné.

— Et sinon, ça a été avec Raphaël ? Il t'a posé des questions ?

— Non, il a juste déposé Julie, il n'est même pas rentré. Sophia l'attendait dans la voiture. Elle avait l'air de faire la tête.

— Ça ne m'étonne pas, elle ne doit pas être facile.

— Et il l'a humiliée au pique-nique. Il baissa la voix pour que Julie ne l'entende pas… Il s'est vraiment comporté comme un con. Je suis désolé de le dire.

Édith haussa les épaules et résista à la tentation de défendre Raphaël. Un réflexe qu'elle ne comprenait pas et dont elle essayait de se débarrasser.

— Tu ne m'as même pas dit ce que tu pensais de Tim. De quoi est-ce que vous avez parlé au pique-nique ? demanda-t-elle pour changer de sujet.

— De toi… dit-il d'un air mystérieux. Non, on a juste discuté, poliment.

— De quoi ?

— De tout, de rien, il savait que c'était un test important.

— Et ?

— Et il est bien, et surtout il a l'air de beaucoup t'apprécier.

— Mais ?

— Il n'y a pas de « mais ». Enfin… Sois gentille avec lui, donne-lui une chance.

— Non, mais qu'est-ce que ça veut dire ?

— C'est juste que tu as un peu tendance à négliger les hommes qui te traitent avec respect, et à t'accrocher à ceux qui euh…

— Qui me traitent comme de la merde, c'est ça ?

Édith n'était pas vraiment en colère. Quentin la connaissait depuis si longtemps.

— Oui, bon je vais faire de mon mieux…

Édith embrassa la pluie de taches de rousseur qui couvraient les joues et le nez de sa fille. Elle se tourna vers Pierre qui lui offrait machinalement son front.

— Venez, on monte !

Une fois à l'étage, elle les extirpa de leur costume après une séance de négociation serrée avec Julie qui avait accepté à condition de pouvoir dormir dans sa robe de fée.

— Je vous lis une histoire et après on se tait et on dort ! Demain, c'est Halloween !

Nouvelles négociations sur le choix des livres, un livre éculé sur les requins que Pierre emportait partout avec lui et une histoire de hérisson dont Julie ne se lassait pas.

Les enfants couchés, elle prit une longue douche chaude entrecoupée de « taisez-vous » et de « maintenant ça suffit ». Elle enfila une chemise de nuit à fines bretelles en flanelle bleu marine et un peignoir court

251

assorti, puis s'aspergea d'une eau de toilette légère. Un éclair, suivi d'un coup de tonnerre, la fit se précipiter dans la chambre, mais les enfants s'étaient vite endormis. La tête de Julie, qui cherchait toujours à câliner quelqu'un, était posée sur l'épaule de Pierre.

Elle se demandait ce que faisait Tim, mais résista à la tentation de l'appeler. Elle s'installa sur son canapé avec une tasse de thé brûlant et un roman policier. Elle s'endormit quelques instants plus tard, bercée par le crépitement de la pluie contre la lucarne entrouverte.

Le bruit de la sonnette d'entrée la réveilla en sursaut. Elle jeta un coup d'œil sur son téléphone. Il était presque minuit. Elle descendit les escaliers et traversa la pièce sur la pointe des pieds. Raphaël se tenait sur le perron. Elle s'attendait un peu à cette visite. Il appuya de nouveau sur la sonnette et Édith s'empressa de lui ouvrir pour qu'il ne réveille pas les petits. Sa chemise trempée lui collait à la peau et il empestait l'alcool.

— Édith, je me suis trompé, dit-il après un long silence. J'ai fait une erreur énorme. Il essuya une larme et vacilla quelques secondes avant de reprendre son équilibre. Son regard tomba sur le décolleté d'Édith.

Elle resserra les pans de sa robe de chambre et croisa les bras.

— Oui, je sais, dit-elle enfin après une longue minute de silence.

— Je peux rentrer… pour me sécher et discuter ?

— Certainement pas. Elle sortit sur le perron et ferma la porte derrière elle.

— Non ? On a un enfant quand même ! On ne peut même pas discuter ?

— Ça fait deux ans et demi qu'on a un enfant. On avait un enfant quand tu as couché avec Laura, on avait un enfant quand tu es parti en week-end avec Laurence.

— C'était un week-end d'affaires.

— Ah oui ? C'était une pute, alors ? Tu l'as payée ?

Édith se frotta les tempes. Elle n'avait vraiment plus envie d'avoir ces conversations.

— S'il te plaît, je…

— Raphaël, va voir ta femme.

— C'est toi ma femme.

— Non, ta femme, c'est celle qui est enceinte et qui se demande probablement où tu es passé.

Raphaël reprit contenance. Il n'était pas si ivre que ça.

— Je veux voir ma fille !

— Maintenant ? À minuit ? Elle dort, enfin !

— Tu ne peux pas m'empêcher de la voir, dit-il en haussant le ton.

Édith soupira d'exaspération. Puis, résignée, elle le laissa entrer.

— À l'étage, l'escalier est au fond, à droite. Elle dort avec Pierre dans mon lit.

Raphaël tenait la porte pour la laisser passer, mais Édith alla s'asseoir à une des tables en fer forgé de la terrasse. Elle n'avait aucune intention de se retrouver à l'intérieur avec Raphaël. Elle attendit patiemment qu'il redescende. L'air était doux et les grillons célébraient gaiement la fin de l'été.

Raphaël entra dans le café, les effets du whisky se dissipaient. Il fit un tour sur lui-même. Tout était propre et rangé. La machine à expresso luisait dans la pénombre. C'était petit, mais à la fois chaleureux et élégant. Il monta les marches qui menaient à l'étage et enjamba la barrière de sécurité. Une lumière douce éclairait une grande pièce accueillante. De grosses poutres rustiques contrastaient contre les murs blancs. Une tasse de thé était posée sur la table du salon devant un fauteuil bas couvert de coussins colorés. Les murs étaient décorés de dessins et de photos qui témoignaient d'une vie remplie et heureuse dont il ne faisait pas partie. Une table carrée en bois poli par les années, et trois chaises dépareillées séparaient le salon de la kitchenette.

Il fit un pas dans la chambre et attendit que ses yeux s'habituent à la pénombre. Julie dormait sur le dos, une main dodue posée juste au-dessus de sa tête. Il se pencha pour embrasser sa joue et contempler quelques instants son visage paisible. Il quitta la pièce sur la pointe des pieds et traversa le salon en réprimant le fantasme d'une vie où il y serait chez lui. Il descendit au rez-de-chaussée et alla rejoindre Édith sur la terrasse.

Édith croisa les bras sur sa poitrine.

— Comment est-ce que tu es venu ?

— Uber.

— Bien, rappelle ton chauffeur, il doit encore être dans le coin. Te connaissant, tu lui as sûrement demandé de t'attendre au coin de la rue.

— Alors, c'est tout, comme ça, c'est fini ? Tu ne peux pas nous donner une deuxième chance ?

— Une deuxième chance ? Et Sophia, tu en fais quoi ? C'est avec elle que tu as une deuxième chance. Nous, c'est fini. C'était foutu dès le début.

Elle se leva et fit un écart pour éviter Raphaël quand il tenta de lui prendre la main. Son expression blessée lui fit mal au cœur, mais elle pensa à Sophia qui se morfondait sûrement dans sa chambre d'hôtel.

— Va-t'en. S'il te plaît.

Elle verrouilla la porte derrière elle, son corps secoué de tremblements, et remonta dans son appartement. Elle étouffa un fou rire nerveux. Son téléphone vibra sur la table.

Est-ce que Raphaël est avec vous ?

Édith ne reconnut pas le numéro, mais savait qui c'était.

Elle s'assit sur la moquette et esquissa plusieurs réponses mordantes, condescendantes et moqueuses. Elle envisagea un instant de ne pas répondre du tout, juste pour lui faire du mal, mais elle eut beau chercher, elle n'éprouvait aucune haine pour elle. Elle se souvenait encore clairement de la douleur et de l'humiliation qu'elle avait ressenties à chaque fois qu'elle aussi cherchait son mari. Finalement, elle lui répondit simplement que non, Raphaël n'était pas avec elle.

***

Quentin gara sa voiture en face de la maison de Pénélope et Jimmy. La carcasse de voiture avait disparu et le jardin avait été nettoyé. Assise sur un transat, Pénélope tricotait avec concentration, ses longs cheveux retenus par une grande paire de lunettes de soleil. Elle lui fit un petit signe jovial et se replongea dans ses mailles.

Il sortit de la voiture et se dirigea vers la maison de Trish qui ne savait pas encore si elle voulait vendre ou pas.

— Ça dépend du prix que je peux en obtenir, avait-elle déclaré.

Quentin lui avait alors demandé où elle avait l'intention d'aller habiter et Trish avait légèrement rougi et balbutié une réponse vague.

Quentin sonna à la porte, il avait vu le rideau bouger. Trish prit cinq bonnes minutes à venir lui ouvrir.

— Entrez et retirez vos chaussures. La maison est propre. Elle croisa les bras sur son corps frêle.

La maison était impeccablement entretenue, la décoration était démodée, mais Quentin avait vu pire. Il fit le tour des chambres et des salles de bain. Trish le suivait de près.

— On peut s'asseoir quelques instants ? dit-il finalement.

Il sortit son dossier et lui tendit une feuille. Trish afficha un air sceptique à la vue du montant que Quentin proposait.

— Ils ont vendu la maison d'en face pour 20 000 dollars de plus, geignit-elle enfin.

Quentin sortit la feuille de vente.

— Oui, mais leur maison était plus grande et, euh… plus récente. La cuisine et la salle de bain ont été refaites l'année dernière.

— Ah bon ? Et elle n'est pas bien ma cuisine ?

L'arrivée opportune d'Annabelle lui évita d'avoir à répondre. Elle sourit en reconnaissant Quentin.

— Je passe en vitesse pour vous dire bonjour. J'ai des pâtisseries à déposer au café. Édith doit m'attendre ! Tu vas vendre alors, maman ?

— Je ne sais pas encore.

— En tout cas, Jimmy et Pénélope ont nettoyé la devanture de leur maison. Ça aide. Je ne sais pas comment vous avez fait Quentin…

— Moi, je n'ai rien fait du tout.

— C'est moi qui l'ai fait. Il a fallu que j'appelle la police plusieurs fois. Ils ne voulaient pas se déplacer au départ, mais quand je leur ai dit que je voulais vendre la maison, ils sont finalement venus… Tous des fainéants.

— Tu as appelé la police, maman ? Mais pourquoi ? Jimmy et Pénélope n'ont pas beaucoup d'argent, ils ont sûrement eu une amende !

— Ce n'est pas mon problème, ce n'est pas moi qui fais les lois.

Quentin se leva.

— Bon, je vais vous laisser…

— Oui, et ne perdez pas votre temps, ma mère n'a aucune intention de vendre, elle voulait une excuse pour forcer les voisins à nettoyer leur jardin.

— Eh bien maintenant c'est fait !

Quentin sourit poliment, ramassa ses papiers et s'éclipsa discrètement.

— Tu n'es jamais satisfaite, tu ne peux pas t'empêcher de te mêler de la vie des autres !

— Mais qu'est-ce qui te prend Annabelle ? demanda Trish offusquée.

— Arrête un peu, tu vas vendre et aller où ?

— En maison de retraite, comme ça tu auras la paix. Tu en pinces pour lui, tu crois que je ne le vois pas ? Tu es toujours en train de lui offrir de garder son neveu.

Annabelle regarda avec dédain sa mère qui essayait de pleurer. Elle ne l'avait jamais vue verser une larme, même à l'enterrement de son père. Elle s'était juste un peu essuyé les yeux et avait discrètement regardé autour d'elle pour s'inspirer de la détresse des autres et trouver le juste milieu entre l'indifférence et le désespoir total.

— N'importe quoi, tu es aveugle, maman ?

— Ben non, justement ! Je vois clair dans ton petit jeu de mijaurée.

— Ben si, t'es aveugle ! Quentin, c'est pas les femmes qui l'intéressent.

Trish ouvrit la bouche, mais aucun son n'en sortit. Annabelle attrapa ses clefs de voiture et claqua la porte derrière elle. Elle monta dans sa voiture et dut s'y reprendre à trois fois pour mettre le moteur en marche. Elle attendit d'avoir passé le coin de la rue pour se mettre à pleurer. Elle ne comptait plus le nombre de fois où elle avait quitté la maison de sa mère en larmes ou folle de rage. La fois où sa mère avait découvert puis jeté le maquillage qu'elle s'était acheté avec son argent de poche ; la fois où elle avait refusé, à la dernière minute, de la laisser aller au bal du lycée. Roy avait emmené Laurie Grant à sa place et ils avaient annoncé leurs fiançailles l'année d'après. Affligée d'une mystérieuse maladie qu'aucun docteur n'avait jamais réussi à diagnostiquer — et encore moins soigner — un lupus ? Une sclérose en plaques ? Trish n'avait jamais travaillé. Elle avait enfoncé ses crocs dans la gorge de son père, qui n'avait jamais osé se rebeller, sauf le jour où Annabelle avait annoncé son départ pour Portland. Une fois Trish couchée, elle avait mis ses bagages discrètement dans la voiture et au petit matin, elle avait attendu que sa mère se réveille pour lui annoncer la nouvelle et partir très vite. Elle espérait que l'effet de surprise lui donnerait un avantage. Trish s'était immédiatement rebellée, mais son père avait, pour la seule fois de sa vie, levé la voix.

— Elle s'en va et tu vas la laisser. Sinon, je pars avec elle !

Trish avait blanchi, mais elle s'était tue. Annabelle n'avait jamais revu son père. Il avait tenu encore quelques mois puis il avait pris la seule sortie de secours possible, celle de la crise cardiaque. Trish s'était rabattue sur sa fille, et avait exigé qu'elle revienne s'occuper d'elle. Annabelle avait accepté par culpabilité et sens du devoir, mais avait fait promettre à sa mère qu'elle l'aiderait à reprendre des études. Une fois de retour à Denver, Trish avait refusé de co-signer son prêt étudiant. Annabelle n'avait pas vraiment été surprise et avait envisagé de repartir sur le champ, sauf qu'elle n'avait pas l'argent pour le faire, enfin pas encore.

L'avion se détacha doucement du terminal. Raphaël chercha le regard de Sophia qui s'était plongée dans un magazine, mais elle l'ignora. Elle ne lui avait pas adressé la parole depuis qu'ils avaient quitté l'hôtel. Elle était couchée quand il était entré dans la chambre d'hôtel sur la pointe des pieds. Il s'était assis sur le lit dans la pénombre.

— Tu as couché avec elle ? avait demandé Sophia après un long silence.

— Non.

— Elle n'a pas voulu ?

— Non, avait répondu Raphaël après un autre long silence.

— Elle a plus de classe que nous.

Ils étaient restés longtemps allongés en silence, à scruter l'obscurité, perdus, blessés. Ils s'étaient levés à l'aube pour repartir à New York. Raphaël avait l'habitude des longs silences. Il savait la distance insurmontable que ces silences créaient dans une relation. Il se tourna vers le hublot. Sophia déglutit péniblement et retira ses lunettes de soleil pour frotter ses yeux rouges et cernés.

— Cette grossesse était une erreur, dit-elle enfin tout bas et sans émotion. J'aurais dû le savoir. Je ne sais vraiment pas ce qui m'a pris. Et toi, avec un enfant, tu aurais dû le savoir aussi.

Raphaël haussa les épaules.

— Il n'est pas trop tard pour…

— Tais-toi. Réfléchis bien à ce que tu vas dire, dit-elle tout bas en essayant de contrôler sa colère.

— Il n'est pas trop tard pour faire en sorte que ça marche.

— Non, mais comme Édith, à un moment, moi aussi je vais en avoir marre d'essayer.

Raphaël regarda le visage fatigué de Sophia. Il se pencha et l'embrassa légèrement sur la joue.

— Je t'aime. On n'a pas toujours une deuxième chance.

L'avion accéléra sa course et quitta le sol. Raphaël regarda la ville de Denver par le hublot puis l'avion tourna et la ville disparut derrière lui. Il sortit son téléphone pour regarder la photo de Julie qu'il avait mise en fond d'écran. Tout à coup, il eut envie de pleurer, de hurler au pilote de faire demi-tour, de lui dire qu'il avait oublié sa fille, qu'il fallait qu'il aille la chercher.

Sophia posa sa main sur la sienne, plus par obligation que par compassion et se tourna vers le hublot. Elle n'avait pas envie de parler. Elle aurait pu s'épargner toutes ces complications, élever son enfant toute seule, sans jamais informer Raphaël qu'il en était le père. C'était d'ailleurs exactement ce qu'elle avait décidé de faire quand elle avait appris qu'elle était enceinte. C'est Valentina qui l'en avait dissuadée.

Sophia avait immédiatement su qu'elle était enceinte. Elle avait ses règles tous les vingt-huit jours depuis l'adolescence. Elle avait débarqué chez sa sœur en pleine nuit. Une Valentina échevelée lui avait ouvert la porte, le visage déformé par l'inquiétude.

— Qu'est-ce qui se passe, c'est maman ?

— Non, c'est personne. Enfin si, c'est moi. Mais merci quand même pour papa !

— Rentre, dépêche-toi !

Valentina l'avait poussée dans le salon et avait refermé la porte derrière elle. Sophia s'était assise sur le canapé sans retirer son imper ou son bonnet.

— Je suis enceinte, avait-elle platement déclaré.

— Humm, Sophia, tu sais bien que tu ne peux pas avoir d'enfants, ça serait vraiment… extraordinaire.

— …

— Tu as fait un test ?

Sophia avait renversé le contenu de son sac à main et une dizaine de tests de grossesse s'étaient empilés sur la table basse. Valentina en avait consulté un, puis un deuxième.

— Bordel de merde. T'es enceinte !

— Je viens de te le dire.

— C'est pas possible ! Avec un seul ovaire et tous les traitements qui tu as subi ?

Sophia sourit légèrement.

— Apparemment, la nature a trouvé le moyen de faire mentir les docteurs.

Valentina s'était assise à côté de Sophia et lui avait pris la main.

— Qu'est-ce que tu vas faire ?

— Comment ça, qu'est-ce que je vais faire ?

— Ben, tu as toujours dit que tu ne voulais pas d'enfant.

— Bien sûr, qu'est-ce que tu voulais que je dise ? C'était quand même plus facile comme ça non ? Et puis, toi, tu en as fait pour toute la famille des enfants, avait-elle ajouté avec un sourire complice.

— Tu l'as dit à Raphaël ?

— Non.

— Tu vas lui dire.

— Non.

— Tu ne peux pas lui faire ça, c'est malhonnête.

— Il n'en voudra pas, il ne veut déjà pas de sa fille…

— Quand même, tu dois lui dire. Il a le droit de savoir.

Sophia avait ouvert son sac, poussé tous les tests de grossesse à l'intérieur et s'était levée.

— Je peux passer la nuit ici ?

— Mais oui, bien sûr. Viens, je vais faire ton lit.

Sophia n'avait pas parlé à Raphaël depuis leur dispute sur un trottoir à Albany. Elle avait ignoré tous ses appels et ses textos. Et elle avait même fini par le bloquer. Il était venu au restaurant une fois, deux heures de route pour s'entendre dire par son maître d'hôtel que Sophia était en Italie pour une durée indéterminée. Mais elle avait fini par lui dire qu'elle était enceinte. Sa réaction l'avait surprise. Elle lui avait dit ça froidement et sans préliminaires, par messagerie vocale. Il avait insisté pour qu'ils se voient, il lui avait sorti le grand jeu, champagne (quel idiot), repas aux chandelles, bouquet de roses. Elle avait craqué, sûrement à cause des hormones, et ils avaient passé la nuit ensemble.

Elle s'était convaincue que ça serait sûrement mieux d'élever son enfant ensemble que de se le partager. Elle n'aurait rien dû lui dire du tout, maintenant elle le savait, mais c'était trop tard.

Chapitre 10

Sigrid ramassa une citrouille qui avait roulé sur le trottoir et la reposa sur le ballot de paille qui flanquait l'entrée du magasin. Elle redressa l'épouvantail et croisa les bras pour contempler sa devanture décorée de grosses potées de chrysanthèmes rouille et violettes.

— Justin, venez ici une minute !

— Oui madame ?

— Prenez ces deux chrysanthèmes et allez les mettre à la porte de L'Altitude. Une de chaque côté ajouta-t-elle en pointant du doigt chaque emplacement.

De retour dans sa boutique, elle vida un assortiment de bonbons dans un panier en osier et consulta l'horloge. Il lui restait juste assez de temps pour une tasse de thé avant que les enfants du quartier n'arrivent pour la plus grosse distribution annuelle de bonbons. Elle enfila un serre-tête orné d'antennes d'abeilles et franchit le passage qui menait maintenant directement chez Édith. Quentin venait d'arriver avec Pierre et Julie.

— Encore un costume de sorcière ? demanda Quentin qui, lui-même, arborait un costume de M&M's jaune.

Édith étala sa longue chevelure noire sur ses épaules.

— On devrait faire un costume de groupe l'année prochaine, genre Scooby-Doo.

— On n'a pas de chien, remarqua Pierre, puis d'ajouter immédiatement, Tonton, on peut acheter un chien ?

— On a déjà deux chats !

— Oui, mais ils n'aiment pas qu'on leur mette des costumes, murmura Pierre déconfit.

Édith enfila une longue cape en velours, posa un chapeau noir couvert de fleurs artificielles et orné d'un voile en tulle violet sur sa perruque et s'empara de son balai.

— En route ! Annabelle, appelle-moi sur mon portable s'il y a un rush.

— Bon alors, il arrive ce thé ? demanda Sigrid.

Annabelle enfila son tablier.

— Tout de suite !

Elle passa derrière le comptoir et remplit une tasse en porcelaine fine d'eau chaude puis y déposa le sachet de thé. Elle mit en route le minuteur, observa pensivement la vapeur s'échapper de la tasse puis leva les yeux vers la rue où les familles commençaient à s'accumuler. Un homme d'une soixantaine d'années se tenait juste devant la vitrine et regardait Sigrid. Ils échangèrent un long regard puis Sigrid se leva pour aller chercher elle-même sa tasse de thé.

— Il faut qu'il infuse encore deux minutes, protesta Annabelle qui prenait la préparation du thé de Sigrid très au sérieux. Mais Sigrid était déjà partie.

Un groupe de pré-ados aux costumes mystérieux prirent d'assaut la vitrine à gâteaux. Annabelle rajusta ses oreilles de chat, remonta la fermeture éclair de sa combinaison en lycra noir qui n'avait pas du tout plu à sa mère (« si encore tu faisais du 36, mais là… ») et s'empara d'un grand bol de bonbons.

— Qu'est-ce qu'on dit ?

— *Trick or treat,* hurlèrent-ils à l'unisson.

***

Chaque année, le 31 octobre, les commerçants de la rue se déguisaient et offraient des bonbons aux enfants du quartier. Les vitrines s'ornaient de ballots de pailles, de citrouilles sculptées, et d'épouvantails. Édith s'arrêta pour contempler l'étalage d'une boutique d'alimentation mexicaine décorée de bougies, d'œillets d'Inde et de crânes en sucre multicolores. Julie et Pierre étaient eux aussi fascinés par les couleurs douces qui réchauffaient la rue, alors que la nuit et les températures tombaient. Quentin se remit à marcher.

— Alors, soulagée ? Raphaël est reparti ?

— Oui…

— Non ?

— Julie lui manque vraiment, ils ont déjà prévu de revenir pour Noël. Il voulait prendre Julie pour dix jours et aller à Aspen.

— Et ?

— C'est hors de question, je ne vais pas passer Noël sans ma fille quand même ?

— Ben non, mais on ne peut pas non plus la couper en deux !

— Il n'a pas demandé sa garde je te signale.

— Non, mais peut-être qu'il regrette ?

Édith fit entrer Pierre et Julie chez le coiffeur de la rue qui remplit de bon gré leurs paniers tendus de chocolats et de friandises.

— Désolée, c'est trop tard maintenant, reprit Édith une fois de nouveau dans la rue.

— Fais attention. Tant que votre divorce n'est pas finalisé, il peut encore renégocier l'accord de garde.

— Il n'a pas demandé de révisions, à ce que je sache. Sinon, toi et Jordan, c'est le grand amour ?

— OK, j'abandonne le sujet. Et oui, pour l'instant, ça va avec Jordan. On est en phase de normalisation, on a pris nos habitudes. C'est souvent à ce moment-là que mes relations commencent à s'essouffler. Et toi, ça va avec Tim ?

— Oui. Je n'ai pas encore trouvé de faille. Mais bon, ça va venir.

— Ah oui, les fameux défauts, il faut s'y prendre tôt.

— S'y prendre tôt pour quoi ?

— Pour accumuler les preuves. Je te l'ai dit, il est vraiment bien, tu vas avoir du mal à la saboter cette relation, mais je te fais confiance.

Ils continuèrent à marcher en silence. Julie et Pierre babillaient gaiement emmitouflés dans leurs costumes vert et rouge qui leur tenaient bien chaud. Édith remonta le col de sa cape. Quentin lui enroula gentiment son écharpe autour du cou et la poussa légèrement du coude.

— Allez chef, ne fais pas la tête...

— Je ne fais pas la tête, et puis je m'en fous des mecs, tant que je t'ai toi...

Édith fit entrer les enfants dans le café et accrocha son chapeau dans la montée de l'escalier. Elle réussit tant bien que mal à convaincre Julie de lui donner son panier rempli de bonbons. Elle vérifia l'heure sur l'horloge puis plissa les yeux pour essayer de lire le planning hebdomadaire, accroché derrière la machine à expresso.

— Annabelle, tu fermes ce soir ?

— Oui, oui. Annabelle lui tendait une tasse. Dites, essayez ça pour voir. Vous m'avez offert de me servir dans la boîte à violettes, alors voilà, débita-t-elle d'une traite, en croisant les mains derrière son dos.

Édith regarda la spirale de crème fouettée où brillaient des pépites de violettes.

— C'est joli, dit-elle prudemment, mais violette-café, je ne suis pas sûre…

— Goûtez ! insista Annabelle en lui mettant la tasse dans les mains.

Édith avala une gorgée puis poussa une exclamation de surprise.

— Ouais ! Bergamote latte à la violette ? Annabelle c'est excellent !

Annabelle rougit.

— On peut le mettre au menu ?

— Il va falloir faire venir des violettes, mais oui. Vas-y pour voir si ça plaît aux clients.

La jeune fille sortit un morceau de carton chiffonné de son tablier. Édith lissa la carte de visite que la Française qu'elle avait rencontrée quelques jours plus tôt lui avait donnée. Annabelle était allée la repêcher dans la poubelle.

— Peut-être que Stéphanie peut nous aider à faire venir des violettes. Et peut-être aussi d'autres produits français, suggéra Annabelle.

Édith sourit.

— Oui, peut-être. Je vais y réfléchir.

***

Tim poussa la porte de L'Altitude et retira son bonnet saupoudré de flocons de neige. À l'exception d'un client qui se réchauffait près de la cheminée et de Sigrid assise au bar penchée sur un carnet de croquis, le café était calme. Derrière les vitres embuées, il eut l'impression d'être coupé du reste du monde.

Frictionnant ses mains pour les réchauffer, Tim chercha Édith du regard. Son pantalon ajusté en velours beige soulignait parfaitement la courbe de ses hanches et son pull en laine torsadée laissait deviner l'arrondi de sa poitrine. Il aurait aimé que tout le monde s'en aille, la jeter sur son épaule et l'emmener à l'étage pour se réchauffer sous la couette. Mais Édith discutait en français avec une cliente. Il s'approcha et tendit l'oreille pour essayer de capter quelques mots. Il avait fait trois ans de français au lycée, mais Édith et son interlocutrice parlaient à une telle vitesse, que la consonance de leurs mots ne ressemblait en rien à l'accent de Miss Tabor, probablement parce que Miss Tabor était, avant tout, professeure d'allemand. L'allemand n'étant pas une langue populaire, on lui avait demandé d'enseigner le français à la place.

Édith finit sa conversation et se tourna vers lui. Elle l'avait vu arriver et avait senti son regard détailler sa silhouette. Elle savait qu'elle avait pris du poids. Et c'était la faute d'Annabelle. Elle s'était mis en tête d'élargir son répertoire de pâtisserie et Édith ne pouvait pas mettre en vitrine des produits qu'elle n'avait pas goûtés au préalable. Et donc voilà, ces derniers temps, sa balance s'était un peu emballée. À moins que ça ne soit son sèche-linge qui rétrécissait ses vêtements.

— Bonjour Tim, dit-elle en tirant sur son pull. La porte qui coince, c'est celle-là là-bas.

Tim eut l'air un peu surpris de son ton froid. Il traversa la pièce et essaya d'ouvrir la porte.

— Elle s'ouvrait sans problèmes la semaine dernière, mais il a beaucoup neigé depuis, je crois que le bois a gonflé.

Tim tira sur la porte qui céda avec difficulté et inspecta les gonds.

— Oui, effectivement… Il va falloir que je l'enlève, ça ne t'embête pas ? demanda-t-il en balayant du regard le café presque vide.

— Non, vas-y, je ferme dans vingt minutes. Tu manges avec nous ?

— Non merci, pas ce soir.

— Tu as quelque chose de prévu ? demanda Édith qui venait juste de s'interdire de lui poser la question.

— Oui, je mange avec une amie d'enfance de passage à Denver. On s'est retrouvé sur Facebook. Ça fait quinze ans que je ne l'ai pas vue ! C'est fou, non ?

Édith serra les poings dans la poche de son tablier et afficha une expression aussi neutre que possible. C'était qui cette femme ? Est-ce qu'ils avaient un passé ensemble ?

Elle se força à ralentir sa respiration et essuya ses mains moites sur son pantalon. Elle réprima un mouvement de colère, pas parce que Tim dînait avec une autre femme ce soir, mais parce qu'elle avait l'impression que dans toutes ses relations, elle finissait par se trouver dans cette situation.

Tim revint muni d'une boîte à outils et de tréteaux. Il entreprit de démonter la porte.

— Je prendrais bien un thé ou quelque chose de chaud, si c'est possible Annabelle.

— Oui, tout de suite !

— On ferme dans quinze minutes, fit remarquer Édith d'un ton si acerbe qu'elle en eut immédiatement honte.

Surpris, Tim la chercha du regard. Il s'approcha du comptoir et murmura.

— Édith, c'est à cause de ce soir ? C'est juste une amie, elle est mariée, elle a des enfants. Mais si ça te met mal à l'aise, j'annule... ou alors viens avec nous si tu veux.

— Non, je n'ai personne pour faire garder Julie de toute façon. Et puis, je suis fatiguée. Vas-y.

— Tu es sûre ?

Édith se força à sourire.

— Mais oui, je te dis, vas-y !

Édith sortit son téléphone de sa poche, un léger sourire au coin des lèvres, elle laissa échapper un rire de gorge avant de se mettre à taper un message. Annabelle qui faisait la caisse regarda Édith avec surprise, puis elle observa la réaction de Tim qui continuait à prendre des mesures, impassible. Annabelle haussa les épaules et se remit à compter la monnaie.

Quelques instants plus tard, Tim déposait un léger baiser sur la joue d'Édith et s'en allait.

Sigrid leva un regard désapprobateur vers Édith qui essaya de l'ignorer.

— Mais qu'est-ce qu'il y a enfin, Sigrid ? demanda finalement Édith exaspérée. Je vous ai fait quelque chose ?

— C'était quoi cette scène ridicule que vous venez de nous faire là ?

— Quelle scène ? questionna Édith en rougissant.

— Vous savez parfaitement de quoi je parle. À faire semblant d'avoir une conversation avec un autre homme, pour le rendre jaloux. Vous vous comportez comme une lycéenne. Tim cherche une relation d'adulte.

— Ah oui ? Et c'est lui qui vous l'a dit ?

— Non, mais ça se voit. C'est quelqu'un de droit. Vous allez tout gâcher. Vos manigances vont marcher une fois ou deux, et puis il va en avoir marre.

— Vous en connaissez des choses sur l'amour pour quelqu'un de célibataire.

Sigrid souriait gentiment.

— Méfiez-vous, vous allez finir comme moi si vous continuez. Moi aussi j'ai perdu beaucoup de temps à essayer de me faire aimer d'hommes qui n'en étaient pas capables, et à ignorer ceux qui en valaient la peine.

Édith soupira bruyamment.

— Tu en penses quoi, Annabelle ?

— Euh, ben, moi je n'ai encore rencontré personne de sérieux, donc mon expérience est assez limitée. Mais bon, c'est vrai qu'on nous recommande de rester mystérieuses, de ne pas trop montrer nos sentiments et nos états d'âme, parce que ça fait fuir les hommes. Personnellement, je trouve ça un peu compliqué.

— Ben oui, mais c'est comme ça. Les hommes aiment la chasse, déclara Édith en ignorant la mine résignée de Sigrid.

Annabelle se pencha de nouveau sur sa caisse et Sigrid finit par retourner dans sa boutique. Édith se mit à nettoyer vigoureusement les tables. Elle songea aux récents messages de Tim, auxquels elle avait choisi de ne pas répondre, du moins pas trop vite. Elle avait même refusé une sortie au restaurant, prétextant avoir besoin « de temps pour elle ». Ça avait fonctionné, Tim avait multiplié les coups de fil et les messages. Mais pour combien de temps ? Ses relations finissaient toujours par s'effilocher. Peut-être était-elle allée trop loin ? Elle posa son éponge, s'essuya les mains puis sortit son téléphone de sa poche pour composer un message.

— *Tu viens manger demain soir ?*

Elle observa pensivement la pluie fine qui s'était mise à tomber. Un groupe d'adolescentes s'engouffrèrent dans le café en gloussant. Elle avait oublié de verrouiller la porte derrière Tim.

— Je ferme dans quelques minutes, mesdemoiselles. Annabelle, tu peux y aller si tu veux.

Elle finissait de servir les adolescentes quand elle sentit son téléphone vibrer dans sa poche.

— *Non merci, j'ai des devis à finir.*

Elle sentit une boule se former aux creux de sa gorge et elle se remit à frotter furieusement les tables. Elle avait joué à ces jeux destructeurs avec Raphaël aussi. Elle était bien placée pour savoir que ça ne marchait pas.

— Si tu veux décaper tes tables, j'ai du papier de verre dans le garage, si tu veux, ironisa Quentin. Il fit entrer Pierre et Julie et les extirpa de leurs manteaux et de leurs écharpes.

Édith se força à sourire.

— Mets le verrou en partant, tout le monde ignore le panneau fermé, surtout quand il pleut.

— Tu veux que je reste dîner ? On peut commander une pizza…

— Et ta fête au boulot ? Tu ne veux pas y aller ?

— Je passerai en fin de soirée quand tout le monde sera bourré.

Il retira son manteau. Il était habillé pour sortir, pas pour passer une soirée au coin du feu à l'écouter se lamenter.

— Et puis, je vois que ça ne va pas, ajouta-t-il.

Édith pinça les lèvres pour s'empêcher de pleurer.

— Je suis encore en train de tout gâcher.

— Ben oui, ça je sais. Mais bon, ce n'est sûrement pas encore trop tard. Allez, monte et mets les enfants à la douche. Je vais chercher une pizza en face.

***

Édith déboucha une bouteille de chianti et remplit deux verres.

— Alors je fais quoi ?

— Envoie-lui un texto, excuse-toi et souhaite-lui une bonne soirée.

— M'excuser ?

— Oui, c'est la moindre des choses. Il est venu réparer ta porte, il a été très honnête avec toi, il t'a même proposé d'annuler et tu t'es comportée comme une gamine, et…

Édith lui tendit son téléphone.

— Oui, bon ça va… Fais-le, toi.

— OK, alors : « *Désolée pour cet après-midi, je ne sais pas ce qui m'a pris. Passe une bonne soirée avec ton amie et appelle-moi demain.* » J'envoie ? demanda Quentin après avoir fait relire le message à Édith.

— Et s'il n'appelle pas demain ?

— Il va appeler, je te parie même qu'il va te répondre ce soir.

— Tu crois ?

— Oui, aller, hop, c'est envoyé.

Édith avala une gorgée de vin et faillit s'étouffer en entendant sa sonnerie SMS.

— C'est lui ?

— Non, c'est Raphaël.

— Qu'est-ce qu'il veut encore celui-là ?

Édith tapota sur son clavier puis posa son téléphone sur la table.

— Il veut absolument passer Noël avec Julie.

— Ben, c'est un peu normal, non ?

— Non. Il n'a jamais aimé Noël de toute façon, c'est moi qui décorais la maison, qui achetais les cadeaux, y compris le mien, alors bon ça va…

La sonnerie du SMS retentit de nouveau.

Édith se pencha sur son téléphone.

— Je vais lui proposer de la prendre pour Thanksgiving.

— Thanksgiving?

— Ben oui, pourquoi pas ?

— Il est français et elle est italienne. À mon avis, ils s'en foutent de Thanksgiving. Et puis, c'est dans deux semaines, ça fait juste pour acheter les billets. Tu vas l'amener ?

— Ah non ! C'est hors de question.

— Tu pourrais être un peu plus conciliante. C'est sa fille quand même.

— Si je l'avais écouté, on n'en aurait pas d'enfant. Tu veux qu'on discute de la clinique où il voulait que j'aille me faire avorter ?

Édith avala une gorgée de vin comme pour mieux savourer la conclusion de son argument.

— Il a même proposé de venir avec moi. C'est gentil, non ?

Quentin leva les bras pour signaler sa défaite.

— On va bien voir ce qu'il répond.

Quelques minutes plus tard, Raphaël acceptait de venir passer la semaine de Thanksgiving dans le Colorado. Il l'emmènerait à Aspen fin novembre pour une semaine.

— Tu vois, pas de problème !

***

Annabelle déposa une pile de vaisselle dans l'évier puis se tourna vers Édith et Quentin qui discutaient derrière le comptoir.

— Vous faites quoi pour Thanskgiving ?

Édith posa le doigt sur le calendrier accroché au mur.

— Mince, c'est déjà la semaine prochaine !

— Ben oui…

— Julie va passer la semaine à Aspen chez son père. On sera fermé jeudi, mais on ouvre vendredi, samedi et dimanche comme d'habitude. Va falloir que j'aille faire des courses. Julie n'a rien à se mettre. C'est riche non, Aspen ?

— Oui, et super snob.

— Ça va encore me couter cher, cette histoire.

— Mais sinon, pour le repas ? interrompit Annabelle. Vous faites quoi pour le repas ?

Édith haussa les épaules.

— Quentin et moi, on va sûrement manger ensemble avec Pierre. Ce n'est pas une fête qu'on célèbre en France.

— Ou en Allemagne, ajouta Sigrid qui venait de traverser le rideau de perle qui séparait le café de la boutique de fleurs.

— Ça ne se fête qu'aux États-Unis et au Canada, précisa Quentin.

Annabelle croisa les bras et s'appuya contre le comptoir.

— Et Tim, il fait quoi ?

— Il va chez sa mère à Chicago.

Édith avait d'abord eu peur qu'il lui demande de l'accompagner. C'était beaucoup trop tôt. Ils ne connaissaient que depuis quelques mois. Mais au lieu de l'inviter à se joindre à lui, il lui avait demandé de garder Hugo, ce qui l'avait drôlement vexée. Ça avait bien fait rigoler Quentin.

— Moi aussi, je vais fêter ça en tête à tête avec ma mère, soupira Annabelle. Elle esquissa un sourire mutin. Vous voulez venir ? Je rigole, ajouta-t-elle, à la vue des expressions catastrophées qui se peignaient sur leur visage.

— L'année dernière, on a fait ça chez mes beaux-parents à New York, dit enfin Édith pour briser le silence gêné engendré par la proposition d'Annabelle.

— Et ?

— Sans vouloir t'offenser, Annabelle, je préférerais partager une cuisse de dinde avec ta mère plutôt que de revivre ce calvaire.

Annabelle lissa distraitement la longue mèche bouclée qui s'était échappée de son chignon.

— Je ne suis jamais allée à New York.

— Ne t'inquiète pas, tu as le temps ! dit Quentin sans lever son visage de son portable. Mais surtout, n'épouse pas le premier homme qui t'offre un verre à l'aéroport !

— Oui, excellent conseil, rétorqua Édith. Et si tu rencontres un steward dans l'avion, n'emménage pas avec lui une semaine après.

— Ça n'a pas marché ? demanda Sigrid d'un air faussement étonné.

Quentin glissa son téléphone dans la poche de sa veste de costume.

— Non, ça n'a pas marché du tout. Je vous raconterai tout ça un autre jour, il faut qu'on aille chercher les enfants à la crèche. On y va Édith ?

***

— On va manger là ? proposa Raphaël en poussant la porte d'une élégante brasserie.

— Non, répondit Sophia. Viens, Julie, je suis sûre qu'on va trouver autre chose.

— Mais tu n'as même pas regardé le menu !

— Non, mais tu vois bien que c'est un restaurant haut de gamme, dit-elle en pointant du doigt les nappes immaculées. Le service va être trop long pour Julie, elle va s'impatienter.

— Elle sait se tenir, tu sais. Elle a l'habitude.

Sophia sourit.

— Elle a trois ans. On va lui trouver un restaurant avec une chaise haute confortable et où on va lui donner un coloriage.

— Tu es déjà allée au restaurant avec un enfant ? demanda sèchement Raphaël. Il se remémora brièvement les rares fois où ils avaient emmené Julie au restaurant avec Édith.

Des soirées passées à éponger la nappe, ramasser les jouets de Julie sous la table et à quitter les lieux en se disputant à voix basse, le ventre creux. Tout cela parce qu'ils s'étaient promis de ne pas changer de style de vie quand ils auraient un enfant.

— Oui, ma sœur à cinq enfants, le plus vieux à sept ans. Donc, oui, j'ai pas mal d'expérience dans ce domaine.

Raphaël regarda Sophia et Julie s'éloigner main dans la main.

— Et, qu'est-ce que tu veux manger, Julie ?

Elle s'accroupit à ses côtés et Julie lui murmura quelque chose à l'oreille. Le visage de Sophia s'illumina.

— Excellente idée, ça va plaire à ton père !

— Qu'est-ce qui va me plaire ? demanda Raphaël en les rattrapant au pas de course.

— Elle veut manger une pizza !

— Ah non ! Pas une pizza, gémit-il en se prenant la tête dans les mains.

Sophie et Julie éclatèrent de rire.

— Et après, on ira lui louer des skis.

— Tu veux skier ?

— Ben, oui, on va skier, on est dans une station de ski et tu as amené tes skis, non ? Qu'est-ce que tu veux qu'on fasse d'autre ?

— J'avais prévu d'aller skier un après-midi ou deux pendant la sieste de la petite, mais bon, si tu veux skier aussi, on peut faire ça ensemble. Tu sais faire du ski ?

— Oui, je me débrouille.

— Et tu crois que c'est prudent ?

Sophia hésita, surprise par le ton soudain inquiet de Raphaël.

— Pour le bébé ? Je vais faire attention. Et puis on va rester sur les pistes vertes pour Julie de toute façon.

— Bon d'accord, sans prétention, je skie depuis que j'ai cinq ans. Je vais vous apprendre à toutes les deux.

L'idée de parader sur les pistes vertes pour apprendre à sa femme et à sa fille à faire du ski lui plaisait bien, mais il se rendit rapidement compte que loin de se débrouiller, Sophia était une skieuse hors pair. Il aurait dû s'en douter, vu la façon dont elle avait refusé les deux premières paires de skis que le vendeur lui avait proposées. Elle avait fini par aller à l'arrière de la boutique pour choisir elle-même ceux qui lui convenaient.

— Tu sais quoi, Sophia, on va mettre Julie à l'école de ski le matin, comme ça on va pouvoir en profiter.

Sophia fronça les sourcils.

— Tu es sûre que c'est une bonne idée ? On est venus pour passer du temps avec Julie, non ?

Sophia s'était laissé convaincre, mais Édith l'avait beaucoup moins bien pris.

— Tu fais 2000 kilomètres pour passer une semaine avec ta fille et tu la mets à la crèche ?

— C'est pas une crèche, et puis c'est juste pour trois jours de neuf heures à midi. Le reste du temps, elle sera avec nous.

— T'as vraiment le sens des priorités.

— Oui, peut être plus que toi sur ce plan-là.

— Ah bon ?

— Ta fille va grandir dans le Colorado où il y a plus de trente stations de ski, mais tu n'avais pas prévu de lui apprendre à skier ?

— …

— Ah oui, c'est vrai, tu sais pas skier, toi.

— Parce que Sophia, elle sait skier, je suppose.

— Oui, mieux que moi.

— Oh, ça doit drôlement t'énerver. Et pour Thanksgiving, vous avez trouvé une baby-sitter ?

— Non, on a tout prévu avec Sophia. Ça va beaucoup plaire à Julie.

C'est Sophia qui avait planifié le repas de Thanksgiving. Raphaël avait de nouveau essayé de réserver une table au restaurant et Sophia lui avait suggéré un compromis.

— On prend tout à emporter, on mange dans la chambre d'hôtel et on passe la soirée à la piscine de l'hôtel. Il n'y aura probablement personne.

Julie avait applaudi et Raphaël s'était incliné, parce qu'il aimait l'idée de voir Sophia en bikini avant que la grossesse ne masque ses formes, et aussi parce que c'était une drôlement bonne idée. Tout s'était si bien passé qu'ils avaient repoussé leur retour à Denver de quelques heures pour assister à l'illumination du sapin de Noël de la ville, ce qui causa une nouvelle dispute avec Édith parce qu'ils allaient la ramener trop tard.

***

Après quelques semaines de tergiversations où les températures hésitaient tous les jours entre cinq et vingt-cinq degrés, l'hiver avait finalement décidé de s'installer à Denver. Une vague de froid s'était abattue sur la ville. Les bars et les restaurants avaient fermé leurs terrasses et les stations de ski ouvert leurs portes. Trop occupée à décorer pour les fêtes de fin d'année, Édith n'avait pas vraiment prêté attention aux alertes que son téléphone lui lançait toutes les cinq minutes. Elle avait survécu aux hivers apocalyptiques de l'état de New York, elle pourrait bien faire face à ceux du Colorado. Quentin l'avait quand même convaincue d'acheter des pneus neige. Elle avait cédé puis rapidement regretté sa décision. Le garage débordait de clients qui, comme Quentin, appréhendaient ce premier blizzard. Faire monter les pneus lui prit trois bonnes heures.

Le café était pratiquement vide et Édith entreprit de détartrer la machine à expresso, sans prêter attention à la légère douleur qui s'était subrepticement installée au creux de son dos en début d'après-midi. Elle ignora aussi les courbatures et un léger mal de tête. Pourtant, déjà la veille, elle s'était sentie fatiguée, mais deux aspirines avaient suffi pour effacer toute trace de malaise. La douleur s'était repliée poliment, mais pour revenir en force le jour suivant. Il était trois heures de l'après-midi, la rue Tennyson était vide et L'Altitude aussi. Elle passa un coup de lavette sur le comptoir, balaya des miettes de gâteau éparpillées sous une table puis contempla avec satisfaction le café propre et chaleureux. La semaine avait été excellente. Elle avait vendu des litres de chocolat chaud et des pelletées de muffins à la cannelle. Elle se prépara une tisane, s'assit dans le fauteuil près de la cheminée et regarda les premiers flocons de neige saupoudrer les trottoirs et les bonnets des passants. Inspirée par le changement de saison, Annabelle avait orné la baie vitrée d'une scène hivernale qui semblait tout droit sortie des chroniques de Narnia. Une chouette et un chevreuil aux aguets posaient devant un grand pin dont les branches pliaient sous le poids de la neige. Une myriade de flocons de neige et des guirlandes lumineuses complétaient la scène.

Frigorifiée, les paupières lourdes, elle se couvrit d'un plaid en laine. Elle avait deux heures avant d'aller chercher Julie. Elle ferma les yeux, juste pour quelques minutes, songea-t-elle. Dans un demi-sommeil, elle se rappela les otites de son enfance, quand sa mère venait verser des gouttelettes froides au creux de son oreille. Petite, elle imaginait une armée de soldats combattant les microbes et elle s'endormait, bercée par le cliquetis des baïonnettes.

Annabelle qui tapait ses bottes sur le tapis de l'entrée et secouait la neige accumulée sur son manteau la sortit de son sommeil.

— Pff ! Enfin un peu de neige ! Bon, c'est pas les neiges du Dakota du Nord, on a déjà trois pieds de neige chez nous début novembre, mais c'est un bon début. Puis d'ajouter, Oh là là, vous n'avez pas l'air en forme, vous !

Édith se leva péniblement de son fauteuil.

— Non, pas trop, mais il faut que j'aille chercher Julie.

— Vous avez mal au dos ?

— J'ai mal partout !

— Je vous prépare un thé. Vous avez contacté Stéphanie pour les violettes ?

— Euh, oui, répondit Édith, sans même savoir ce dont Annabelle parlait. Enfin, je crois.

Elle se leva péniblement, sortit une boîte d'aspirine d'un tiroir et regarda pensivement le cachet tourbillonner dans le verre au gré des bulles effervescentes.

— Si vous voulez, je peux aller la chercher, proposa Annabelle.

— Non merci ! Je préfère que tu gardes la boutique. Moi, je n'ai pas le courage de servir des clients. Je vais chercher Julie et je vais me coucher.

Elle enfila son manteau et tressaillit de douleur au contact de la laine contre sa peau. Elle avait l'impression d'avoir couru un marathon la veille. Ni Quentin ni Tim n'avaient répondu à ses messages. Pourtant, dans les comédies romantiques et les romans à l'eau de rose, le prince charmant débarquait toujours exactement quand on avait besoin de lui. Pas besoin de lui envoyer un texto !

Une couche de neige poudreuse recouvrait déjà sa voiture. Elle déblaya sommairement son pare-brise, ses phares et son rétroviseur et prit place dans sa Toyota, frigorifiée.

Les rues étaient désertes, mais le parking du supermarché était bondé. Comme à New York, à chaque annonce de blizzard, les gens prenaient d'assaut les rayons et achetaient de quoi tenir un siège de trois mois. Édith songea à ses placards vides. Elle n'avait pas le courage d'affronter la foule et de se battre pour un paquet de soupe déshydratée. Il lui restait des œufs et du pain. Cela ferait l'affaire.

Elle se gara sur le parking de la garderie et sortit de la voiture en frissonnant. La crèche était pratiquement vide. Les parents étaient venus chercher leur progéniture dès l'annonce de l'avis de tempête. Julie courut à sa rencontre et se jeta dans ses bras. Édith réprima un grognement de douleur. Elle jeta un œil dans la salle de classe voisine, mais Pierre n'était pas là.

Elle attacha tant bien que mal Julie dans son siège auto et retourna au café.

— Annabelle, tu veux bien fermer s'il te plaît ? Je ne me sens vraiment pas bien.

— Oui, oui, allez-y ! Pas de problème !

Annabelle la regarda monter les escaliers d'un air soucieux. À l'étage, Édith installa Julie devant la télé avec une assiette de pâtes réchauffées, et se blottit contre un coussin pour la regarder manger. Une fois Julie couchée, elle retourna s'allonger sur le canapé, alluma la télé et s'endormit immédiatement. Elle se réveilla à l'aube et vérifia son téléphone. Aucun signe de Quentin ou de Tim. Elle se versa un verre d'eau pour apaiser sa gorge en feu. L'eau froide déclencha une quinte de toux caverneuse. Elle retourna s'allonger sur le canapé. Mieux vaut être seule qu'entourée de cons. Elle s'enroula dans sa couette et sombra de nouveau dans le sommeil.

Quentin s'était aussi réveillé à l'aube et pas à cause de la grippe. Il avait secoué l'épaule de Jordan endormi à ses côtés.

— Il est six heures et demie, Pierre va se réveiller. Il faut que tu partes.

— Que je parte ?

Jordan s'était habillé rapidement. Il était passé à l'improviste la nuit dernière. Ses visites étaient généralement très planifiées et Quentin s'arrangeait pour faire garder Pierre par Annabelle ou Édith lorsqu'il avait prévu de passer la nuit avec Jordan.

— Ça fait trois mois qu'on se voit. Et puis, on s'est déjà rencontré avec Pierre.

— Oui, mais bon, c'est compliqué. Et puis, il en a vu assez, il n'a pas besoin de s'attacher à tous les mecs avec lesquels je couche.

Quentin essaya de s'excuser, mais il était trop tard. Jordan se leva d'un bond, sauta dans son jean, attrapa ses clefs de voiture et quitta la chambre sur la pointe des pieds.

Quentin se mit à la recherche de son téléphone. Il avait besoin de parler à Édith. Experte en sabotage de relations, elle ne pourrait probablement pas l'aider, mais elle pourrait tout au moins commisérer. Il retrouva son téléphone une demi-heure plus tard, la batterie à plat, sous le siège de sa voiture. Une fois l'appareil rechargé, les messages d'Édith arrivèrent un à un.

— Et merde !

Il alla réveiller Pierre. Toujours debout à l'aube le week-end, comme par hasard, il avait décidé de dormir ce samedi matin. Il l'habilla en vitesse et l'installa dans son siège auto.

— Mais on n'a pas déjeuné !

— T'inquiète, je te fais un panini œuf-bacon quand on arrive.

— Avec du fromage qui fait des fils ?

— Avec plein de fromage qui fait des fils !

Le sifflement de la machine à cappuccino sortit Édith d'un sommeil lourd. Elle attrapa son téléphone. 9 h 07. Une épaisse couche de neige recouvrait la lucarne et plongeait la pièce dans la pénombre. Julie était assise sur la moquette, un chocolat au lait à moitié fini sur la table du salon. Elle entendit Raiponce chanter qu'elle avait un rêve. Deux doigts dans la bouche, Julie la regarda un instant puis se tourna de nouveau vers la télé. Édith se rendormit.

Édith ouvrit de nouveau les yeux. Il faisait noir. Elle s'extirpa péniblement de son canapé et alla prendre une douche. Elle tressaillit au contact de l'eau sur sa peau. Une fois habillée, elle s'assit sur son lit, essoufflée puis passa la tête dans le salon. La télé était éteinte et Julie n'était plus là. Des brouhahas de conversations et des cliquetis de couverts et d'assiettes montaient du rez-de-chaussée. Curieuse, Édith descendit lentement les marches de l'escalier et une fois arrivée en bas s'appuya contre le chambranle de la porte.

Affalé sur le dos, Hugo dormait paisiblement au coin du feu. Julie était assise à la table communale qu'elle avait achetée pour les tricoteuses et elle découpait une montagne de papier coloré que Tim organisait par couleur. Quentin plaçait des bols dépareillés sur la table. Dans la cuisine, Annabelle se débattait avec de longs fils de fromage qui sortaient de l'appareil à paninis. Une grosse casserole dont se dégageait une odeur de soupe aux poireaux trônait au milieu de la table. Le feu au coin de la rue Tennyson vira de couleur, teintant la neige d'orange puis de rouge. Pour rien, car la rue était complètement vide. Les flocons s'intensifièrent. Les écoles avaient déjà annoncé qu'elles seraient fermées le jour suivant et l'aéroport de Denver avait annulé tous ses vols pour la première fois depuis dix ans.

— Allez, chef ! Ne fais pas la tête et viens manger un bol de soupe ! plaida Quentin, l'air penaud.

Édith s'installa à la table et Tim enveloppa ses épaules d'un bras protecteur.

— Je suis désolée Tim, j'ai vraiment été bête, murmura-t-elle dans son cou.

— Chut, c'est rien, je sais. Et moi je suis désolé, j'ai perdu mon téléphone il y a quelques jours, je n'ai eu tes messages que ce matin.

Édith se cala contre son torse et contempla la scène avec ce rare et bref sentiment de paix que procure le fait d'avoir autour de soi tous les gens qu'on aime.

Face à Sigrid, Pierre se tortillait sur sa chaise devant un échiquier. Il souleva sa reine puis la reposa. Il posa un doigt sur son fou et leva un regard interrogateur vers Sigrid qui tapota sa tour l'air de rien. Le visage de Pierre se fendit d'un grand sourire conquérant et il s'empara de sa reine.

— Ah ! Tada, je t'ai eue !

Sigrid bougea alors son fou puis se cala dans sa chaise, les bras croisés.

— Échec et mat, constata Pierre tout déçu.

— Eh oui, les échecs c'est un mélange de stratégie et de bluff ! Tu veux que je t'apprenne à jouer au poker ?

Le bruit d'un bouchon de champagne qui saute déclencha une vague d'exclamations approbatrices.

— Joyeux Noël ! déclara Quentin en levant son verre au-dessus de la table.

— *Merry Christmas*, reprirent-ils tous en cœur.

Chapitre 11

Quentin vérifia son téléphone pour la dixième fois, mais Jordan continuait d'ignorer ses messages. Il s'était excusé plusieurs fois de sa maladresse, mais Jordan était blessé.

Quentin regarda pensivement par la fenêtre. La neige s'était arrêtée, mais il faisait un froid polaire, et il avait décidé de garder Pierre au chaud. Il toussait depuis deux jours, et lui-même ne se sentait pas très bien. Ils avaient probablement attrapé la grippe d'Édith. Il frissonna et augmenta le chauffage. Pierre faisait un puzzle sur le tapis près de la cheminée.

— Pierre, j'ai froid. Je vais prendre un bain, tu peux t'occuper tout seul vingt minutes ?

— Ben oui… dit Pierre sans lever les yeux de son jeu.

Quentin ouvrit les robinets, s'assit sur le bord de la baignoire et la regarda se remplir d'eau. Il éternua bruyamment. Lui qui n'était jamais malade, depuis que Pierre avait commencé la crèche, il enchaînait rhumes et gastros, des virus dont Pierre se remettait rapidement, mais qui gardaient Quentin au lit trois jours à chaque fois. « C'est normal », avait expliqué la directrice de la crèche. « Votre système immunitaire va se fortifier ». Il ajouta une généreuse dose de bain moussant. Il se demanda ce que Jordan était en train de faire. Il aurait aimé qu'il soit là aujourd'hui, qu'il passe la journée avec eux, qu'ils fassent des crêpes et une longue balade pour écouter le bruit de la neige fraîche qui crisse

293

sous leurs bottes. Il se plongea dans l'eau chaude, ferma les yeux et poussa un soupir de contentement. Il rouvrit les yeux et sursauta à la vue du visage de Pierre, à deux centimètres du sien.

— Tiens tonton, j'ai amené des jouets ! Il renversa un panier d'animaux en plastique dans l'eau. Quentin se poussa contre le bord pour éviter l'impact.

— Aïe, c'est quoi ce dinosaure plein d'épines ? Ça fait mal bon sang !

— Tu te dépêches, tonton ? Moi aussi je vais prendre un bain après. Pierre avait déjà retiré son tee-shirt et balancé ses chaussettes aux quatre coins de la pièce.

La sonnerie de la porte d'entrée interrompit leur conversation et Pierre quitta la salle de bain en courant. Quentin s'extirpa du bain et attrapa une serviette qu'il attacha rapidement autour de sa taille.

— Pierre, je te l'ai déjà dit, n'ouvre pas la porte, ça pourrait être n'importe qui !

Trop tard. Une jeune femme se tenait au milieu du salon. Elle regarda Quentin qui dégoulinait d'eau puis Pierre torse nu, interloquée. Quentin se rappela tout à coup que Tamara, l'assistante sociale, devait passer en fin de matinée.

Quentin rattrapa sa serviette qui glissait.

— J'ai complètement oublié que vous veniez aujourd'hui. Je vais m'habiller, j'arrive dans deux minutes.

— Euh, oui d'accord. Je vais discuter un peu avec Pierre en attendant, répondit Tamara, en essuyant ses pieds sur le tapis de l'entrée. Prenez votre temps.

Quentin disparut dans le couloir. Il enfila rapidement un jean et un tee-shirt. Il se demanda pourquoi Tamara était de retour. Tout se passait bien, Pierre s'était habitué à la crèche, il s'était fait des copains. La directrice de la garderie avait l'air de l'apprécier, les nourrices aussi. Quant aux mamans, elles l'adoraient. Français, sexy, homo et papa célibataire de son neveu orphelin, elles se battaient pour lui faire la conversation et lui offrir un coup de main. Alors pourquoi cette visite ?

Pierre et Tamara étaient assis côte à côte dans le canapé du salon et feuilletaient un livre. Pierre lui expliquait la différence entre les herbivores et les carnivores et Quentin s'étonna des progrès qu'il avait faits en anglais. Il tendit un tee-shirt à Pierre.

— Habille-toi, on a de la visite, puis il se tourna vers Tamara. Vous voulez quelque chose à boire ?

— Non merci.

Il s'éclaircit la gorge.

— La dernière fois qu'on s'est vu, vous m'avez dit que vous ne reviendriez probablement pas.

— Oui, répondit l'assistante sociale.

Elle posa les yeux sur Pierre.

— Pierre, tu veux aller regarder un film ?

Pierre leva les yeux surpris.

— Ouais !

Une fois Pierre installé devant la télé, Quentin fit signe à Tamara de le suivre à la cuisine. Il s'assit sur un des tabourets du comptoir, croisa les bras et attendit.

— La dernière fois qu'on s'est vu, je n'avais aucun souci au sujet de Pierre ou de vos capacités de parents.

— Mais maintenant, vous en avez ?

— Non... mais d'autres personnes en ont, dit-elle enfin. Et quand c'est comme ça, je suis dans l'obligation de faire une visite de contrôle.

Quentin la regarda, stupéfait. Il sentit une boule de colère se former au creux de son ventre.

— On vous a contactée pour signaler un problème, dit-il aussi calmement que possible.

— Oui, apparemment, un de vos voisins aurait vu des... hommes vous rendre visite tard le soir et quitter la maison discrètement à l'aube.

— Des hommes ?

— Oui, des hommes.

— Beaucoup d'hommes ? demanda Quentin moqueur.

— Cette personne n'a pas spécifié.

— Alors, demanda Quentin. Qu'est-ce qu'on fait ?

Tamara soupira.

— On fait une enquête, on interroge les parents, les voisins, la famille et les amis, dit-elle avec résignation. Ensuite, je prépare un rapport avec mes recommandations.

Quentin se leva et remplit la bouilloire d'eau. Il la posa sur la gazinière et l'alluma. Il prit une profonde inspiration puis se retourna.

— Tamara, vous allez perdre votre temps. C'est une chasse aux sorcières. Le problème, ce n'est pas que je ne m'occupe pas correctement de Pierre. Le problème, c'est que je suis homosexuel. Et pour beaucoup de gens, ça veut dire que je ne devrais pas élever un enfant. C'est de l'ignorance et de la bigoterie.

Tamara acquiesça sans rien dire.

Il se rendit compte de l'ironie de la situation. En chassant Jordan au petit jour, il avait attiré la suspicion de ses voisins et il avait blessé un homme qui ne demandait qu'à faire partie de sa vie. Il se demanda si lui aussi doutait de ses propres capacités à élever un enfant. Le sifflement de la bouilloire interrompit ses pensées. Il versa l'eau bouillante sur le sachet de thé.

— Je sais que vous faites votre travail. Je vais coopérer, ajouta Quentin, c'est dans mon intérêt. Mais qu'est-ce qui empêche cette personne de continuer à vous appeler ?

Tamara hocha la tête et attendit quelques secondes avant de répondre. Elle sourit gentiment.

— Je suis assistante sociale depuis de nombreuses années maintenant, j'ai vu beaucoup de choses. Je n'ai aucun doute sur vos capacités de parent.

— Mais n'importe qui peut vous appeler et vous raconter n'importe quoi. Est-ce qu'il y a des conséquences pour les gens qui mentent ? Parce que le temps que vous allez passer sur notre cas, c'est du temps que vous ne passerez pas à aider une famille ou un enfant qui en aurait vraiment besoin.

— Tout dépend si la personne a agi avec l'intention de nuire ou si elle a agi de bonne foi, et c'est difficile à déterminer. On ne veut pas non plus décourager les gens de nous contacter. Les enjeux sont trop importants.

— Et évidemment, vous ne pouvez pas me dire qui vous a contactée.

— Bien évidemment.

Il avala une gorgée de thé puis reposa sa tasse et tapa légèrement dans ses mains.

— Alors, par où est-ce qu'on commence ? Autant résoudre cette situation au plus vite.

Tamara sortit un dossier de sa sacoche, choisit un formulaire et déboucha son crayon.

— Allons à l'essentiel. Qu'est-ce que c'est que cette histoire d'hommes ? Vous voyez quelqu'un et vous le cachez à Pierre ?

Quentin avala une autre gorgée de thé et toussa.

— Euh, oui, enfin oui et non. J'ai commencé à voir quelqu'un, puis après quelque temps Pierre l'a rencontré, mais c'était à un pique-nique. Et puis bon, de toute façon c'est sûrement fini… Donc c'est justement pour ça que je voulais être discret. Je ne voulais pas que Pierre s'attache, et Jordan l'a mal pris.

— C'est ironique, non ? fit remarquer Tamara avec un pauvre sourire. Et sinon, il y a quelqu'un d'autre dans votre vie ?

— Non, juste Jordan. Je peux vous donner ses coordonnées. Il confirmera sûrement les dates où on l'a vu venir tard le soir et repartir à l'aube.

Quentin poussa un soupir exaspéré en s'entendant parler. Il avait l'impression d'être accusé d'un crime et de devoir se justifier devant cette inconnue.

Tamara lui posa encore quelques questions puis demanda si elle pouvait parler à Pierre. Elle lui proposa d'assister à la conversation comme la dernière fois, mais Quentin décida d'aller prendre une douche rapide pour remplacer son bain écourté. Il n'avait rien à cacher et Pierre pouvait dire ce qu'il voulait. Une fois essuyé, il envoya un texto à Jordan pour le prévenir que Tamara allait sûrement le contacter. Il regagna ensuite le salon, où il trouva l'assistante sociale et Pierre assis côte à côte à la table de la cuisine. Pierre lui expliquait quelque chose au sujet du dessin qu'il avait fait. Quentin essaya de les ignorer. Après une bonne demi-heure, Tamara prit congé. Elle lui tendit sa carte de visite. « Ça va aller, ne vous inquiétez pas. Appelez-moi si vous avez des questions. »

Une fois partie, Quentin regarda les dessins que Pierre avait faits.

— Qu'est-ce qu'elle t'a demandé de dessiner, Pierre ?

Pierre se mit sur la pointe des pieds pour voir ses dessins et Quentin s'abaissa pour se mettre à sa hauteur.

— Les trucs qu'on fait à deux. Ça, c'est quand on a pêché au lac à l'anniversaire de Julie.

Quentin espéra que Pierre avait procuré une explication, parce que le dessin de Jordan qui tenait une canne à pêche portait à confusion.

— Et ça, c'est quand on s'est déguisé en M & M's pour Halloween, et ça, c'est quand on se met en pyjama et qu'on mange du chinois devant la télé. On peut faire ça ce soir, hein tonton ?

— Oui, bonne idée !

La sonnerie de la porte d'entrée retentit. Qui était-ce encore ? Il regarda par la fenêtre. Jordan se tenait sur le perron.

— Elle est encore là ? demanda-t-il en essuyant furieusement ses pieds sur le paillasson de l'entrée. Il portait un costume impeccablement taillé et avait apporté sa sacoche de travail.

— Qui ça ?

— L'assistante sociale.

— Non, elle vient de repartir.

— Ah... et tu lui as parlé ? J'ai fait des recherches, ce n'est pas ma spécialité, mais j'ai des contacts. Tu as des droits ! C'est du harcèlement !

— Je te fais un thé ?

— Pierre est là ? demanda Jordan soupçonneux.

— Oui, justement, on allait commander du chinois et regarder Princesse Bride ce soir. Tu veux te joindre à nous ?

Jordan le regarda avec surprise.

— Ensemble ? Tous les trois ?

— Oui, tous les trois.

***

— Tu me le montres, ton dessin, ma puce ?

— OK, j'arrive !

Julie disparut de l'écran et Édith prit sa place. Elle lissa ses cheveux et sourit à Raphaël qui perdait patience.

— Alors, ça va, sinon ? dit-elle pour meubler la conversation.

— Oui, tout va bien, dit-il avec impatience en collant son visage contre la caméra comme pour essayer de rentrer dans l'appartement d'Édith. Bon alors, elle revient avec son dessin ?

Édith réprima un sourire à la vue de son visage comiquement déformé par l'angle de l'écran.

— C'est ça, fous-toi de moi.

Raphaël n'aimait pas attendre. Fils unique adulé par ses parents aisés, il avait l'habitude de tout avoir tout de suite. Édith avait d'abord été surprise par ses mouvements d'humeur, puis elle avait appris à les anticiper. Elle avait par exemple rapidement pris l'habitude de faire les courses sans lui. Il la pressait toujours et râlait quand il fallait attendre en caisse, lâchant souvent au passage un commentaire sec et désobligeant pour la caissière qui n'allait jamais assez vite. Édith l'avait souvent excusé discrètement en début de mariage, et puis elle avait décidé d'arrêter, lorsqu'elle s'était rendu compte qu'elle n'était pas responsable de son comportement d'homme-enfant.

— J'arrive, je vais voir ce qu'elle fait, dit-elle enfin.

Édith trouva Julie assise dans sa chambre, elle empilait tranquillement une pile de Lego. Édith eut envie de faire comme si Raphaël ne les attendait pas et de rester là, assise sur la moquette, à jouer avec sa fille.

— Viens parler à papa, Julie, il t'attend avec ton dessin.

— Non.

— Julie…

— Non, merci, dit-elle poliment.

Édith soupira et retourna s'asseoir à la table du salon.

— Elle ne veut pas venir, elle joue, dit-elle prête à essuyer la colère de Raphaël.

— Mais tu ne peux pas la faire venir ?

— Non, elle a trois ans, c'est comme ça un enfant. On peut essayer de nouveau tout à l'heure si tu veux.

— Mais je n'ai pas que ça à faire moi ! Et au fait Édith, tu ne pourrais pas répondre à mes emails ?

Sophia, ou plutôt le ventre rond de Sophia apparut à l'écran.

— Pousse-toi et laisse-moi m'asseoir.

Son joli visage apparut à l'écran, la peau délicate de son cou mise en valeur par un élégant pull en cachemire bleu ciel et une fine chaîne en or. Édith détailla ses cils immenses, ses grands yeux de biche et son teint parfait et eut soudain envie de se déconnecter du réseau sans fil, et de prétendre qu'il y avait eu une coupure de courant.

— Vous voulez aller chercher Julie et lui dire qu'on a une surprise pour elle ? demanda-t-elle avec son bel accent italien.

Édith se leva et alla chercher Julie qui jouait tranquillement dans sa chambre.

— Papa et Sophia ont une surprise pour toi, dit-elle du bout des lèvres.

Le visage de Julie s'éclaira d'un grand sourire, elle se leva en hâte et courut dans le salon. Elle grimpait sur la chaise quand Édith la rejoignit.

Sophia posa une boîte emballée de papier cadeau rose et ornée d'un grand nœud doré devant la caméra.

— C'est quoi ? C'est quoi ? demanda Julie.

Sophia regarda Raphaël d'un air mystérieux.

— Je ne sais pas, tu veux qu'on l'ouvre ensemble ?

— Oui, cria Julie, ouvre-le, ouvre-le !

Sophia poussa le cadeau vers Raphaël qui l'ouvrit en poussant des cris de surprise. Julie rigolait. Raphaël sortit enfin une jolie licorne blanche en peluche aux ailes roses à la longue corne dorée. Il colla la truffe contre l'écran et Julie rit de plus belle.

— Encore une licorne, murmura Édith. Super ! Tu lui fais un bisou ? suggéra-t-elle pour se rattraper.

Julie déposa une pluie de bisous mouillés sur l'écran.

— Bon, demanda Sophia, elle te plaît ?

— Oui, je la veux maintenant.

— Tu vas la recevoir dans quelques jours, répondit Sophia à Julie qui faisait la moue.

Elle replaça la licorne dans la boîte.

— En attendant, il va falloir lui trouver un nom et lui faire de la place dans ta chambre.

Julie hocha vigoureusement la tête et disparut de nouveau.

— Je t'aime, ma chérie ! ajouta Sophia.

Édith se mordit la lèvre et s'assit devant l'écran, l'air furieux.

— Ça ne vous plaît pas que je lui dise ça ? demanda Sophia.

— Non, admit Édith un peu mal à l'aise.

— Et pourquoi ?

— Parce que c'est MA fille.

— Oui, rétorqua Sophia calmement, mais elle sera aussi la sœur de mon enfant.

— Sa DEMI-soeur, corrigea Édith.

— Ça veut dire quoi, qu'elles vont s'aimer à moitié ? La famille, c'est la famille.

— En fait au départ, cette famille c'était juste MA famille.

— Édith ! intervint Raphaël rouge de colère.

— Ah oui, c'est vrai, on n'a pas le droit d'en parler. J'avais oublié…

— Ce n'est rien Raphaël, interrompit Sophia. Allez, j'y vais, passez une bonne journée.

— Il va falloir la prévenir, ajouta-t-elle, au moment où Édith coupait la vidéo.

Le cœur d'Édith flancha. La prévenir de quoi ? se demanda-t-elle en fermant son ordinateur.

Elle se leva pour mettre la table. Tim arriva à ce moment-là. Il déposa une casserole sur la gazinière et se pencha pour l'embrasser.

— J'ai apporté le dîner. Ça a été ton appel avec Raphaël ? demanda-t-il à la vue de son visage contrit.

— Oui, non… juste avant de raccrocher, j'ai entendu Sophia dire « Il va falloir lui dire… » Mais me dire quoi ?

— Rappelle-les et pose-leur la question. Il lui tendit un morceau de pain beurré recouvert de sauce tomate.

— Délicieux ! bredouilla Édith la bouche pleine.

— On mange dans sept minutes.

Il tapa légèrement la main d'Édith qui essayait de tremper son pain dans la sauce.

— Qu'est-ce qu'on pourrait bien faire en sept minutes ?

Édith lui échappa de justesse.

— On peut faire cuire des pâtes !

***

Quentin laissa échapper un sifflement à la vue de la longue file de clients alignés le long du comptoir. Il retira son manteau et posa son sac contre le mur. Il n'y avait pas une table de libre. Il faisait bon, une odeur de feu de bois embaumait l'air. Le brouhaha des conversations était entrecoupé du tapotement des coupelles de marc de café et du sifflement de la buse à vapeur. Une fine couche de buée couvrait le bas de la vitrine et une petite fille s'amusait à y dessiner des formes au hasard.

Derrière le comptoir, Annabelle rinçait fébrilement un pichet en métal. Elle lui fit signe de les rejoindre.

— Viens nous aider !

Quentin regarda la dizaine de tasses posées sur le comptoir, puis passa derrière et enfila un tablier sous le regard gourmand des clientes qui se mirent à glousser. Il déboutonna sa chemise et remonta ses manches. Édith leva les yeux au ciel en voyant la file de clientes frissonner à l'unisson. Quentin afficha un grand sourire et attendit que la cliente suivante finisse d'inspecter ostensiblement ses mains à la recherche d'une alliance.

— Et pour vous, mademoiselle, qu'est-ce que ce sera ?

— Un LBV. Elle rajusta ses lunettes de soleil sur ses cheveux blonds décolorés.

— C'est quoi, un LBV ? demanda Quentin en prenant la carte de crédit que la cliente lui tendait.

— Latte Bergamote Violette, code 341, expliqua Édith. C'est un succès monstre, on n'a pas arrêté de la journée. C'est Annabelle qui en a eu l'idée.

Quentin n'eut pas le cœur de lui annoncer la nouvelle. Il regarda Annabelle verser le lait bouillant dans une tasse, et y déposer une grosse cuillère de crème fouettée décorée d'éclats de violettes qu'elle sortit avec précaution d'un grand bocal en verre.

Les paquets de violettes étaient arrivés en masse quelques jours plus tôt. Annabelle avait créé une jolie campagne rétro sur les réseaux sociaux, ajouté la boisson au menu, décoré le tableau noir de l'entrée d'une grande tasse de thé fumante et de délicates fleurs mauves et dorées.

Une fois le rush passé, Édith alla rejoindre Quentin qui s'était installé avec son portable près de la cheminée. Elle s'assit en face de lui et se frotta le dos.

— Alors, cette visite avec l'assistante sociale, ça s'est passé comment ?

Quentin sourit.

— Ça a fait revenir Jordan…

— Ah bon ? Comment ça ?

— Je lui ai envoyé un texto pour le prévenir que Tamara allait sûrement le contacter et il a débarqué une heure plus tard, et…

— Attends, qu'est-ce qu'il vient faire là-dedans, Jordan ?

— Ah oui, je ne t'ai pas dit, on m'a dénoncé aux services sociaux, apparemment je reçois des hommes à des heures déraisonnables.

— Ah bon ? Donc si c'était en journée ça ne serait pas un crime ?

— Je pense que si, mais recevoir des hommes en pleine nuit, ça fait plus dramatique, non ?

— Tu sais qui c'est ?

— Aucune idée.

— Ça ne serait quand même pas ma mère qui aurait fait ça ? demanda Annabelle.

Édith et Quentin se tournèrent vers elle. Elle retirait hâtivement son tablier.

— Je peux m'absenter une heure ?

— Annabelle, attends, tu ne sais pas, ça pourrait être n'importe qui dans la rue…

Mais Annabelle était déjà partie.

— Tu crois que c'est Trish qui aurait fait ça ? demanda Édith.

— Ça ne m'étonnerait pas.

— Mais pourquoi ?

— Ignorance, stupidité... il y a encore beaucoup de gens qui pensent qu'un couple homo ne devrait pas élever un enfant.

Édith se leva pour aller servir une nouvelle flopée de clients impatients à l'idée d'essayer la nouvelle boisson. Elle soupira et arrangea une cuillère d'éclats de violettes sur la crème fouettée et le tendit à un jeune homme barbu qui s'empressa de prendre une photo avant de tapoter fébrilement sur son téléphone. Un filtre, un hashtag et un commentaire bien tourné, et les clients continueraient de se bousculer pour une tasse de thé à quatre dollars.

Édith revint s'asseoir en face de Quentin.

— Bon, il faudrait que ce soit comme ça tous les jours, soupira-t-elle. Mais c'est une phase et ça va passer. Il nous faudrait cinq ou six produits uniques comme ça, pour que ça fasse une différence.

Quentin ferma son ordinateur portable.

— Des violettes, hein ?

— Oui, qui l'eût cru, dit-elle en allongeant ses jambes devant elle.

— Ça t'étonne ? C'est exotique, c'est français, c'est joli, les gens aiment ça, je te l'ai déjà dit, tout le monde te le dit. Tu es têtue. C'est quoi le problème ?

— Quel problème ?

Quentin poussa un soupir.

— Tu es française, tu t'habilles comme une Française, tu as un accent français, tu as des clients qui viennent juste pour pratiquer avec toi les trois mots qu'ils connaissent en français... Et tu sais, tu n'aurais pas grand-chose à changer dans un premier temps.

— Comment ça ?

— Tu modifies un peu ton menu, tu ajoutes des croissants et des petits pains au chocolat, et puis tu modifies la description du café sur Google.

— …

— Mais qu'est-ce que tu as à perdre ?

— Ma fierté ?

— Qu'est-ce que ça a à voir là-dedans ?

Édith regarda autour d'elle.

— Je ne me sens pas vraiment… française, et puis je ne me suis jamais vraiment sentie chez moi en France, comme s'il n'y avait pas de place pour moi. Alors, tenir un commerce français au milieu du Colorado, ça ferait hypocrite non ?

— Pourquoi hypocrite ?

— Je ne veux pas m'enrichir en vendant une idée romantique de la France.

Quentin ouvrit de nouveau son portable.

— Oui, ben si tu commences à faire des sentiments en affaires, va falloir aller bosser chez Médecins Sans Frontières.

Quentin referma son ordinateur.

— Édith, tu regrettes parfois d'avoir quitté la France ?

— Non, enfin oui, quelquefois, mes parents me manquent.

— Et toi ?

— Oui. J'aurais préféré rester. Mais j'avais besoin de prendre mes distances, de m'éloigner de mes parents. Ils ont été soulagés quand je leur ai annoncé mon départ.

— Où tu veux en venir ?

— On fuit tous un peu quelque chose quand on part comme ça.

Édith observa la file de voitures arrêtées au feu rouge. Est-ce qu'elle était partie ou est-ce qu'elle s'était enfuie ? Elle songea à sa dernière année en fac, elle s'enlisait dans des études qui ne la passionnaient pas vraiment. Elle avait pensé à tout arrêter, changer de filière, mais pour faire quoi ? Est-ce qu'elle était vraiment tombée amoureuse de Raphaël ou est-ce qu'elle s'était accrochée à lui comme à une bouée de sauvetage ?

— Tiens au fait, Starbucks s'installe sur la trente-deuxième, dit enfin Quentin sans la regarder.

— Oui, je sais. Je m'y attendais, le quartier s'embourgeoise. Je suis juste étonnée que la communauté ne se soit pas rebellée. On me rabâche à longueur de journée qu'on soutient le petit commerce, mais bon, quand il faut passer à l'acte, il n'y a plus personne.

— Un Starbucks fait augmenter la valeur de l'immobilier du quartier où il s'installe, remarqua Quentin. Tu ferais bien de te dépêcher de faire une offre à Harriet.

— Je vais appeler mon avocat pour voir si on peut accélérer les choses. Elle m'a envoyé un tas d'emails, il y a toujours des trucs à signer, mais ça n'avance pas cette histoire. Et ça coûte cher. Elle consulta nerveusement son téléphone qui vibrait toutes les cinq secondes.

— C'est Tim qui te harcèle ?

— Non, c'est Raphaël. Je le bloque, il m'énerve !

— Qu'est-ce qu'il veut ?

— Il veut voir Julie. Il veut revoir l'accord de garde pour la voir plus souvent. Ce n'est pas possible, je ne peux pas aller à New York tous les trois mois.

— C'est sûr, et puis elle va grandir et aller à l'école.

— C'est ce que je lui ai dit. Il la veut pour Thanksgiving, un Noël sur deux, une semaine en février, Pâques et un mois l'été.

— …

— Quoi ? Tu ne dis rien, ça en dit long.

— Ben, c'est assez juste comme accord de garde, non ? Enfin, c'est sa fille aussi.

— Oui et ben il fallait s'en souvenir avant d'aller se taper la moitié de la ville.

— Et ton avocat, il en pense quoi ?

— Oh celle-là, elle me fait chier aussi. Elle veut que j'aille à New York pour finaliser le divorce en personne et faire une formation sur la parentalité dans le divorce. Apparemment, c'est la loi.

— Tu vas le faire ?

— Non, je n'ai pas le temps. S'il le faut, je suivrai un cours ici ou un cours en ligne.

***

Sigrid posa son arrosoir sur le comptoir pour aller accueillir le client qui venait d'arriver.

— Je peux vous aider ? Vous cherchez quelque chose de particulier ?

— Oui, je cherche quelque chose pour l'anniversaire de ma mère, répondit l'homme âgé en allemand.

— Et elle aime quel genre de fleurs, votre maman ? demanda Sigrid aussi en allemand.

Le vieil homme planta ses grands yeux bleus délavés dans les siens.

— Les myosotis. Vous en avez ?

Sigrid avala péniblement sa salive, serra les poings dans les poches de son tablier et se tourna vers les baquets de fleurs fraîches.

— Non, je n'en ai plus. Mais j'ai des delphiniums bleus. Elle… elle les aimait beaucoup aussi.

— Oui, c'est vrai. Elle en faisait pousser contre le muret en brique qui bordait le chemin de terre.

Sigrid ferma brièvement les yeux pour absorber le torrent de souvenirs qui venait de la percuter de plein fouet. Un feu de bois dans une cheminée en pierre, un panier de pommes infestées de vers et une silhouette émaciée qui se balançait lentement dans un fauteuil à bascule.

— Je vous mets des delphiniums alors ?

— Oui, allez-y. Un beau bouquet.

— Et qu'est-ce que vous allez en faire de ce bouquet ?

— Je vais juste les mettre sur ma table de salle à manger et honorer sa mémoire, me remémorer les bons moments.

Sigrid soutint son regard quelques secondes.

— Les bons moments ?

— Oui, il n'y en a pas eu beaucoup, mais il y en a eu.

Sigrid secoua la tête puis déposa les fleurs sur le plan de travail. Elle coupa les queues, assembla un élégant bouquet asymétrique piqueté de boutons de roses blancs et de branches d'olivier. Elle attacha les tiges avec du raphia naturel puis tendit son ouvrage au vieil homme. Il le reposa sur le comptoir.

— Ça lui aurait plu, dit-il en lui tendant sa carte de crédit.

Sigrid jeta un coup d'œil rapide aux lettres imprimées en relief au bas de la carte en plastique.

— J'aimerais qu'on parle, Sigrid.

— Non, va-t'en. Elle lui rendit sa carte puis disparut dans l'arrière-boutique.

***

Édith passa un rapide coup de serpillière pour éponger la neige fondue. La nuit tombait, accompagnée de quelques flocons de neige qui tourbillonnaient avec indécision. Elle remit une chaise en place, ajouta une bûche à la cheminée et rangea les magazines qui traînaient sur une table dans le porte-journaux. Il n'y avait personne, à l'exception de deux clients qui jouaient aux échecs et d'une étudiante qui lisait et prenait des notes. Le tapotement de ses doigts sur son clavier interrompait périodiquement le silence.

— Sigrid n'est pas venue boire sa tasse de thé, nota Annabelle d'un air soucieux. Il est en train de refroidir, pour une fois que je m'y prends un peu à l'avance pour la surprendre, évidemment elle est en retard, soupira-t-elle.

Édith acquiesça en silence. Elle rangea son seau dans le placard. Une odeur âcre et musquée, vaguement familière, capta son attention. Elle jeta un regard à Annabelle qui leva un sourcil interrogateur. Les joueurs d'échecs échangèrent un rire discret.

— Donne-moi sa tasse de thé, je vais la lui apporter.

Édith se dirigea vers l'ouverture qui séparait leurs commerces et se retourna pour traverser le rideau de perles qui frissonna à son passage.

— Sigrid ? Sigrid, c'est moi ! Tout va bien ?

Les lumières étaient éteintes, elle nota au passage le panneau « Fermé » accroché en vitrine. Il n'était que 16 heures et elle ouvrait jusqu'à 18 heures d'habitude. Elle suivit l'odeur âcre qui enveloppait maintenant la boutique, passa sous une arcade de feuillages et s'arrêta, interdite.

Appuyée contre son comptoir de fleuriste, les bras croisés sur le ventre, Sigrid tenait un joint entre ses longs doigts fins.

Elle ne sembla pas remarquer sa présence.

— Je ne savais pas que vous fumiez.

Sigrid sourit.

— C'est légal dans le Colorado, dit-elle les yeux rivés sur un vase garni d'un délicat bouquet de fleurs blanches. Elle lui tendit le joint. Édith hésita puis le prit entre ses doigts. Elle prit une bouffée qu'elle garda quelques instants dans ses poumons avant d'expirer. Elle se mit à tousser.

Les minutes passèrent en silence. Édith nota le tic-tac de l'horloge et le frémissement des fontaines.

Elle prit une autre bouffée, repassa le joint à Sigrid, puis s'appuya sur ses mains pour se hisser sur le comptoir.

— Alors, c'est ce bouquet qui vous préoccupe ?

— …

— Vous voulez que je le mette à la poubelle ?

— Non. C'est un cadeau d'anniversaire.

Sigrid laissa le joint s'éteindre dans une coupelle.

De fines larmes se mirent à glisser le long de ses joues pâles. Édith s'approcha doucement et la prit maladroitement dans ses bras.

.

***

Quentin avait senti le vent changer. Jordan prenait de nouveau ses distances. Regards évités, sourires crispés, excuses maladroites pour ne pas venir. Puis la distance s'était creusée. Jordan avait insisté pour prendre sa propre voiture quand ils étaient allés manger ensemble le week-end dernier et il était rentré directement chez lui après le dîner. La dernière fois qu'ils avaient passé la nuit ensemble, il lui avait tourné le dos et s'était endormi sans un mot. Ça faisait plusieurs jours qu'il ne répondait plus à ses textos. Toute cette intimité, ce sentiment de paix et de confort avait disparu en quelques jours. Jordan avait mis tellement de distance entre eux que Quentin ne reconnaissait plus leur relation.

— Je ne comprends pas, s'énerva Édith en s'asseyant sur un banc. Depuis la visite de l'assistante sociale, tout se passait parfaitement, il avait l'air tellement à l'aise avec Pierre.

Quentin regarda un troupeau d'oies du Canada atterrir sur un banc de glace en caquetant. Le sentier qui longeait le lac était sec et dégagé. Après une semaine de chutes de neige intermittentes, le soleil s'était installé au-dessus de la ville et avait rapidement transformé les piles de neige en grosses flaques qui s'étaient vite asséchées.

— Tu vas lui parler ? demanda Édith.

— Oui, j'attends encore un peu. Mais bon, tu sais…

Il soupira et se prit la tête dans les mains.

— Je connais la musique. Très peu de gens savent rompre avec maturité. Non, je vais le faire moi-même. J'ai l'habitude.

— Mais vous vous êtes disputés ? C'est quand même bizarre qu'il soit froid comme ça d'un seul coup ? Tu peux être un peu trop direct quelquefois, hasarda-t-elle avec un léger sourire.

— Non, tout allait bien. C'est sûr qu'avec Pierre, je ne peux pas sortir tous les soirs. Mais il me semblait qu'il avait compris et on a passé des soirées sympas à la maison. On aurait dit une famille. Moi qui croyais avoir attendu assez longtemps pour lui présenter Jordan. Quatre mois… Pierre s'était vraiment habitué à lui.

— Ne t'inquiète pas pour Pierre. Il s'en remettra. Appelle Jordan, parle-lui. Si ça se trouve, c'est un malentendu.

— Oui, peut-être, murmura Quentin sans conviction.

— Ça va aller. Et puis, son bureau est juste à côté de la crèche, donc vous allez forcément vous croiser.

— Oui, c'est possible. Franchement, je me demande si je ne ferais pas mieux de rentrer en France…

— Tu es sérieux ? Rentrer en France pour faire quoi ?

— Je pourrais reprendre le bar-tabac de mes parents, ils pourraient enfin prendre leur retraite. Et puis ils pourraient passer du temps avec Pierre.

— Tu te souviens de la raison pour laquelle tu es parti ? Ça a changé ?

— Non, rien n'a changé. Ma mère m'a même demandé d'arrêter mes bêtises et de me trouver une femme pour m'aider à élever Pierre, lâcha-t-il avec un sourire triste.

— Tu veux qu'on se marie ? suggéra Édith en lui donnant un léger coup de coude.

— Depuis le temps qu'on en parle ! Ça ferait drôlement plaisir à mes parents !

***

Tim apparut sur le perron, les bras chargés d'une pile de colis Amazon qu'il déposa contre le mur.

— Ils sont tous arrivés chez Quentin. Il va falloir changer ton adresse de livraison quand tu auras cinq minutes. Et cette enveloppe aussi, dit-il en la déposant sur la pile. C'est marqué « Urgent » dessus.

Édith se hissa sur la pointe des pieds pour l'embrasser légèrement.

— C'est sûrement un courrier des impôts. Mets-la dans mon sac, s'il te plaît ! Tu veux boire quelque chose ?

— Gratuit ?

— Tu rigoles ? Tu veux que je fasse faillite ?

— Dis Édith, tu le connais ce type qui attend dehors ?

Édith se pencha pour mieux l'observer.

— Non, mais il vient tous les jours. Il veut parler à Sigrid, mais elle l'ignore à chaque fois.

— Tu veux que je lui demande de partir ?

— Non, il ne fait rien de mal. Il est plutôt gentil. J'ouvre dans cinq minutes, je vais lui parler. Tu manges à la maison ce soir ?

— Non, je vais finir les étagères pour ta chambre, mais je passe après si tu veux.

— OK, à ce soir alors.

Édith suivit Tim et retourna le panneau « ouvert ».

— Si vous cherchez Sigrid, elle n'est pas là. Elle ouvre à 10 heures.

Elle laissa entrer le vieil homme aux pommettes rougies par le froid.

— Je vais attendre alors, dit-il en retirant ses gants.

— Vous êtes un ami à elle ? demanda Édith qui avait décelé un léger accent allemand.

— Oui, dit-il simplement. Enfin, en quelque sorte.

Édith se demanda s'il cherchait ses mots ou s'il ne voulait pas expliquer la raison pour laquelle il voulait la voir à tout prix.

Il commanda un thé et un muffin et alla s'asseoir près de la baie vitrée où il se plongea dans un livre. Édith oublia qu'il était là jusqu'à ce qu'elle entende le volet roulant de la boutique de fleurs se lever. L'homme l'avait entendu aussi. Il leva la tête et regarda le rideau de perles avec anticipation, mais il ne bougea pas. À 10 h 15, il acheta un sandwich et une limonade et retourna s'asseoir. Édith commençait à être intriguée. À 11 heures, Sigrid vint chercher sa tasse de thé rituelle. Édith les regarda échanger un long regard. L'homme fit un geste discret pour l'inviter à sa table. Sigrid hésita une seconde puis lui tourna le dos. Elle ne réapparut plus de l'après-midi.

Édith lut la déception sur le visage du vieil homme qui lui lança un regard résigné. Il se leva et s'en alla sans un mot.

***

Jordan sentit son téléphone vibrer dans sa veste. Ça faisait trois fois en deux jours que Quentin essayait de l'appeler. Il détestait ces conversations, mais au fil des années, il avait affiné sa technique de rupture sans confrontation. Il remit ses écouteurs et se concentra de nouveau sur son ordinateur. Quelqu'un pointa du doigt la chaise à côté de lui et il fit signe que la chaise était disponible sans lever les yeux, mais au lieu de la prendre, la personne s'assit en face de lui.

— Bonjour, Jordan, dit Quentin un léger sourire aux lèvres.

— Qu'est-ce que tu fais là ?

— Apparemment, tu as perdu ton téléphone donc je suis venu te voir en personne.

— Alors tu m'espionnes ? demanda Jordan méchamment.

Quentin regarda autour de lui, surpris.

— Je t'espionne ? Ben non. Je sais que tu viens travailler ici tous les matins. On est venu assez souvent ensemble, non ?

— Oui, mais aujourd'hui, je ne t'ai pas invité, il me semble.

Jordan était visiblement mal à l'aise. Quentin soupira.

— Écoute, ça fait trois jours que j'essaye de t'appeler. J'ai compris que c'était fini, mais j'aurais aimé qu'on en parle… comme des adultes.

— Je n'ai rien à te dire. C'est fini, c'est tout.

Quentin regarda avec perplexité le visage en feu de Jordan, son corps tendu, ses mains finement manucurées agrippées au bord de la table.

Finalement, il haussa les épaules.

— C'est dommage, dit-il enfin. Il posa un sac de voyage à ses pieds. J'ai passé quatre mois formidables. Merci pour tout.

Il se leva et traversa le café de sa démarche nonchalante et pleine de classe. Jordan le regarda partir, le cœur au bord de l'explosion. Il attendit quelques instants que ses mains arrêtent de trembler puis il ouvrit le sac. Une brosse à dents, quelques vêtements propres et minutieusement pliés, un livre. Il ferma les yeux pour mieux s'imprégner de l'odeur de lessive et d'eau de toilette qui s'en dégageait. Pas de larmes, pas de cris, pas d'esclandre. Quentin venait de sortir de sa vie sans éclaboussures et Jordan avait l'étrange impression que c'était Quentin qui l'avait quitté. Il savait aussi que cette fois-ci, c'était pour de bon. Quentin ne l'appellerait plus.

**

— Et il n'a rien dit du tout ? s'étonna Édith en tendant une tasse de thé à Quentin qui se cala dans son fauteuil favori.

— Il ne s'attendait pas à me voir. Il était gêné, je l'ai pris de court en fait.

— Tu lui trouves des excuses ?

— Je ne l'excuse pas, j'explique !

— Tu t'es retourné en partant ? demanda Édith qui connaissait déjà la réponse. Quentin faisait toujours tout avec classe, c'était presque énervant quelquefois.

— Bien sûr que non, dit-il avec un sourire amer. Mais je t'assure que lui m'a regardé partir. J'ai même cru qu'il allait me courir après.

— Et tu sais pourquoi il a voulu tout arrêter comme ça ? D'un seul coup ? Vous aviez l'air heureux, surtout avec Pierre, ça se passait bien ?

— Justement. Je crois que c'est mon problème. Trop stable, trop prévisible. Pas assez de drame.

— Ce n'est pas très logique tout ça. Qu'est-ce que tu vas dire à Pierre ?

Quentin soupira. Il ne savait pas encore. Pierre avait déjà perdu tellement d'êtres chers…

Édith lui prit la main.

— Ça va aller ? demanda-t-elle doucement.

— Bah, je commence à avoir l'habitude, dit-il enfin, la gorge nouée et les yeux remplis de larmes.

***

— Un café et un muffin au chocolat s'il vous plaît.

Édith leva les yeux de la pile de courrier qu'elle était en train de trier. Elle ne l'avait pas entendu entrer, mais devant elle se tenait le vieil homme. Il était venu tous les jours, et tous les jours Sigrid avait décliné son invitation muette.

— Je ne sais pas qui vous êtes, mais clairement, Sigrid ne souhaite pas vous parler, lui fit remarquer Édith après quelques jours.

— Oui, je sais, dit-il tristement.

— Qu'est-ce que vous lui voulez ?

— Lui parler. Juste lui parler.

— Vous avez essayé ?

— C'est… c'est très difficile. Elle est si têtue… Vous pouvez lui dire quelque chose pour moi si elle refuse de me parler encore aujourd'hui ? S'il vous plaît ?

— Euh, oui, je peux essayer.

— Dites-lui que je voudrais qu'on se pardonne. Dites-lui juste ça. Dites-lui qu'on peut. Dites-lui qu'on a fait tout ce qu'on pouvait.

Édith déposa son café et son muffin sur le comptoir. Le vieil homme paya en liquide et laissa un généreux pourboire.

En sortant du café, il chercha le regard d'Édith qui hocha la tête. Il sourit légèrement, joignit ses mains en forme de prières et la remercia en silence.

Édith attendit 18 heures qu'Annabelle prenne la relève jusqu'à 20 heures, puis elle se glissa dans la boutique. Debout devant son comptoir, Sigrid entrait des colonnes de chiffres dans son ordinateur.

Édith attendit quelques secondes.

— Vous avez un message pour moi ?

— Oui.

— Et ?

— Il m'a demandé de vous dire que vous pouviez vous pardonner tous les deux. Que vous aviez le droit, que vous aviez fait ce que vous pouviez.

Un sourire triste traversa le visage de la vieille dame.

— Ah oui ? C'est facile, tiens !

Sigrid ferma son ordinateur d'un coup sec.

— C'est mon frère, cet homme qui vient tous les jours. Mon frère et mon complice. Tous les deux ou trois ans, il essaye de venir soulager sa conscience.

Édith resta interdite quelques secondes, elle tira une chaise sur laquelle elle prit place.

— J'ai toujours su que vous cachiez un grand secret, souffla-t-elle avec excitation.

— Ce n'est pas un secret. Tout le monde le sait qu'on a laissé notre mère mourir. C'est juste que personne n'a jamais rien dit. Tout le monde s'est tu.

— Je ne suis pas certaine de vous suivre…

— Notre mère est morte en juillet 1962. Une vague de chaleur l'a emportée. Il ne restait plus grand-chose d'elle, elle était à l'hospice depuis un peu plus d'un an.

— Elle était malade ? demanda Édith.

— Elle était démente, murmura une voix basse.

Édith sursauta à la vue du vieil homme qui se tenait à l'entrée de la boutique.

— Elle a commencé à perdre la tête quand tu es parti, Elias. Elle te cherchait partout.

Le vieil homme accusa le coup.

— C'est la dépression et l'alcool qui a tué notre mère, dit-il enfin.

— Elle était malade, tu le sais bien.

— Oui, mais ce n'était pas à nous de nous en occuper. On l'a fait assez longtemps.

Le vieil homme était essoufflé. Édith lui proposa une chaise. Il s'assit et prit une longue inspiration.

— Notre mère était malade. Quand elle prenait ses médicaments, ça allait à peu près et puis elle a tout arrêté du jour au lendemain. Elle nous a traînés de ville en ville pendant des années. On savait ce qu'elle faisait pour survivre, elle était tellement belle. Il fit une pause.

— C'est moi qui suis parti le premier. Un jour, je suis rentré dans la chambre qu'on louait et elle faisait une fois de plus nos bagages. Je venais juste de trouver un travail, j'avais trouvé une bonne place. Je suis parti et je ne suis jamais revenu. J'ai laissé Sigrid, j'ai laissé… ma petite sœur.

Des larmes fines coulaient sans interruption sur les joues de Sigrid qui regardait son frère.

— Sigrid est partie quelques mois plus tard. Notre mère a complètement perdu la tête après son départ. Elle s'est laissé mourir.

— On l'a laissée mourir.

— Non, objecta le vieil homme avec un sourire triste. *Elle s'est laissé mourir*. On a supporté les déménagements, les va-et-vient des hommes, ses crises de colère et ses crises de larmes. On s'est occupés d'elle quand elle aurait dû s'occuper de nous, pendant des années. Il prit la main de Sigrid dans les siennes. Je me suis marié Sigrid. Tu n'as pas d'enfants, mais tu as des neveux et des nièces, et même des petits-neveux et des petites-nièces. La seconde où j'ai posé les yeux sur ma fille pour la première fois, j'ai su que rien au monde ne pourrait me décourager de l'aimer et de la protéger. Si tu t'étais laissé avoir une famille, tu… tu te serais pardonnée il y a longtemps.

Il s'approcha de Sigrid, la prit par les épaules avant de plonger ses yeux dans les siens

— Il nous reste quelques années Sigrid. Viens nous voir.

Il quitta la boutique sans hâte. Il avait laissé une carte de visite sur le comptoir.

Chapitre 12

Tim éteignit la radio et augmenta le chauffage. Une fine couche de neige gelée recouvrait la plaine qui longeait les montagnes Rocheuses, le long de la route 93. De temps en temps, un bosquet d'arbres dénudés et d'herbes hautes couvertes de givre émergeait de la brume. Au loin, il distingua la vague silhouette d'un troupeau de cerfs, seul signe de vie dans la plaine figée dans la glace.

Il ralentit pour traverser la ville de Boulder. Il sentit son téléphone vibrer dans sa poche. Il soupira en voyant le numéro d'Édith s'afficher, puis il le remit dans sa poche. Il tourna quelques minutes autour du parking bondé et à court de patience, gara finalement son pickup de travers, une roue montée sur un monticule de neige boueuse. Il enfila son bonnet et ses gants, puis traversa le parking en direction d'un café-restaurant situé au cœur de la ville. La nuit tombait sur les montagnes enveloppées de nuages gris. La neige crissait sous ses bottes de randonnée. Il s'arrêta devant le restaurant et expira lentement, observant la condensation s'échapper de ses lèvres. Il eut envie de faire demi-tour. Est-ce qu'il avait besoin d'une explication ? Et si elle n'était pas partie, ils auraient sûrement un enfant, ils se seraient mariés. Est-ce que c'était vraiment ce qu'il voulait ? Deux ans plus tôt peut-être, mais pas aujourd'hui. Il songea avec amertume aux soirées passées seul à boire de la bière et à regarder la télé toute la nuit, pour ne pas affronter la chambre froide et le lit vide.

Il entra dans le restaurant et repéra Nancy immédiatement. Blonde, brune ou rousse, il l'aurait reconnue sous n'importe quelle perruque. Son style citadin indiquait clairement qu'elle n'était pas de la région. Qui porte des talons aiguilles quand les trottoirs sont couverts de neige ?

Il s'approcha de sa table, elle était plongée dans son téléphone.

— Nancy ?

Elle leva les yeux et se mordit la lèvre nerveusement.

— Tim, tu es venu !

— Oui, dit-il en s'asseyant. J'ai hésité jusqu'à la dernière minute…

Il s'appuya sur le dos de sa chaise et croisa les bras. Ils se dévisagèrent quelques instants.

— Tu as l'air en pleine forme.

— Merci. Toi aussi.

— Tu veux un café ou un thé ?

— Non merci.

— OK.

Nancy cligna plusieurs fois des yeux.

— Je ne sais pas par où commencer.

— …

— Tu ne dis rien, Tim…

— C'est toi qui voulais me voir.

Elle croisa et décroisa les jambes, posa un regard absent sur les clients assis à la table voisine.

— Je te dois une explication, lâcha-t-elle enfin.

— Mieux vaut tard que jamais.

— Ça n'a pas été facile pour moi, tu sais...

— Ah non ? Pour moi, ça a été une partie de plaisir.

Elle se pencha légèrement vers lui.

— Oui... je me suis dit... que peut-être, ça nous ferait du bien de parler...

Tim regarda un instant les clients du café puis se tourna vers Nancy.

— Pourquoi tu es partie *comme ça* ? Que tu partes, je comprends, mais pourquoi partir *comme ça* ? Sans un mot, sans une explication ? J'ai appelé la police, ta mère, tes amis.

Nancy baissa les yeux.

— Je sais. Quand j'y repense, c'est comme si c'était quelqu'un d'autre qui avait pris la décision. Ça faisait un moment que notre relation... s'essoufflait. Tu t'en étais rendu compte aussi. Et je savais que ça ne s'arrangerait pas. Que c'était fini. On n'aurait pas dû attendre aussi longtemps pour se quitter.

— Alors tu es partie comme une voleuse. Tu t'es demandé ce que les gens allaient se dire ?

— Depuis quand tu t'inquiètes de l'opinion des autres ?

— Nancy, ton père est venu me voir et m'a demandé si je te frappais. Tu te rends compte ? Martha m'a posé la même question.

Nancy rougit.

— Je suis désolée. Je ne me suis jamais imaginé, enfin...

— Dix ans, constata Tim plus calmement. On a passé dix ans ensemble et au lieu de me parler, tu as décidé de disparaître. Il fit une pause et sourit tristement. T'as pas eu le courage, c'est ça Nancy ?

— Oui, admit-elle enfin. Tim, je suis tellement désolée. Mais dix ans…
Quand j'ai commencé à réfléchir à la rupture, nos vies étaient tellement
mélangées. Je n'avais pas une seule photo, un seul souvenir de ma vie
d'adulte où tu n'étais pas là. C'est comme si moi, je n'existais pas sans
Tim. On a toujours tout fait ensemble. Je n'avais jamais couché avec
quelqu'un d'autre. J'avais besoin de savoir qui j'étais.

— Alors ? Tu t'es trouvée ?

— Ne te moque pas.

— Tu vis où ?

— Je suis rentrée à Chicago, mais j'habite dans un quartier différent. Je
suis des cours d'art le soir. Je voudrais devenir prof, enseigner le dessin.

— C'est bien… dit Tim qui ne savait pas quoi dire d'autre. Nancy lui
semblait étrangère et familière à la fois. Elle portait des vêtements et des
bijoux qu'il ne connaissait pas.

— Et toi ? Qu'est-ce que tu fais ?

— Moi, je me suis mis à mon compte.

Tim lui parla d'Édith, de Julie, du café, de la maison qu'il avait
retapée et de son entreprise de menuiserie. Nancy avait l'air soulagée.
Tim s'arrêta de parler et ils se regardèrent quelques instants. Finalement,
elle ramassa son sac et se leva.

— Je te souhaite d'être heureux Tim. C'est magnifique par ici. Ça te
convient tellement plus que Chicago.

— Merci.

Elle fit mine de s'en aller puis se ravisa

— Tu ne m'as pas beaucoup cherchée.

— Non.

— Pourquoi ?

— J'ai peut-être eu peur de te retrouver.

***

Pénélope entra dans le café et se retourna plusieurs fois pour s'assurer que son mari ne l'avait pas suivie. Elle portait une robe légère qui épousait ses rondeurs et arborait un sourire malicieux et fier à la fois. Elle posa son cabas sur une table et fit signe à Édith de la rejoindre. Édith s'essuya les mains et alla s'asseoir en face d'elle.

— Qu'est-ce vous m'avez apporté aujourd'hui, Pénélope ?

Pénélope ouvrit son sac et sortit une poignée de tours de tasses crochetés ornés d'un bouton en bois naturel. Elle avait utilisé une laine plus fine que la dernière fois et des tons printaniers.

Surprise, Édith éparpilla les pièces sur la table.

— C'est joli, admit-elle enfin.

Pénélope fit une moue dubitative.

— Sigrid pense que ces couleurs se vendront mieux.

— Sigrid ? Et vous voulez que je les vende ?

Pénélope fouilla dans son cabas.

— Sigrid dit qu'on peut les vendre huit dollars pièce si on les emballe bien. Ça serait une question de packaging apparemment. Elle lui tendit une boîte en carton ornée d'un couvercle en plastique transparent.

— C'est parce que je suis une artiste locale qu'on peut les vendre cher, déclara-t-elle avec une fausse assurance.

— C'est Sigrid aussi qui vous a dit ça ?

— Oui, confirma-t-elle. Elle croisa les bras sur sa poitrine généreuse. Clairement, l'idée lui plaisait.

— Ils sont vraiment jolis.

— Oui, si j'en vends assez, on pourrait peut-être s'acheter une caravane avec Jimmy, expliqua Pénélope dont les yeux brillaient d'excitation.

— Une caravane ?

— Oui, regardez, elle sortit son téléphone et fit défiler une série de photos d'une caravane rétro de couleur violette. Une grande marguerite jaune et blanche décorait le capot.

— C'est tout à fait votre style, observa Édith. Laissez-moi réfléchir, vous pouvez repasser demain ?

Pénélope haussa les épaules.

— Oui, si vous voulez…

Édith la regarda quitter le café. Pénélope attendit patiemment que la circulation se calme avant de traverser la route. Édith savait que Jimmy était déjà sûrement à sa recherche. Il devait être inquiet. Elle se demanda si elle devait l'appeler, puis elle décida de ne pas se mêler de leur mariage compliqué. Elle pensa un instant à Tim avec qui elle sortait ce soir-là, aux sous-vêtements rouge vif qu'elle allait mettre et à la vitesse à laquelle il allait les lui enlever. Elle réprima un frisson d'excitation.

Le soleil avait fait disparaître toute trace de neige et les cerisiers qui longeaient la rue étaient couverts de bourgeons. Édith sortit sur la terrasse pour humer le léger parfum qu'ils commençaient à dégager.

À 18 heures, elle ferma le café et monta prendre une douche. Elle se versait un verre de vin quand elle entendit la porte du café s'ouvrir. Elle sortit un deuxième verre. Tim accrocha son manteau et embrassa Édith.

— Tu ne devineras jamais avec qui j'ai pris un café aujourd'hui !

Édith secoua la tête.

— Nancy !

— Nancy ? Ta Nancy ?

— Ce n'est plus ma Nancy. Il avala une gorgée de vin avant d'ajouter, mais oui, *ma* Nancy.

— Tu as revu Nancy ? répéta Édith incrédule.

— Oui, c'est ce que je viens de t'expliquer. Elle passait à Denver et elle a finalement décidé de… s'expliquer.

Il se demanda pourquoi Édith avait l'air à la fois surprise et furieuse.

— Elle passait à Denver, répéta-t-elle d'un air moqueur.

— Oui, elle a de la famille à Aspen… Édith qu'est-ce qu'il y a ? Tu te comportes de façon un peu étrange.

— Non, pas du tout. Tu fais ce que tu veux. C'est juste que tu aurais pu m'en parler avant de décider d'aller la voir.

— On a vraiment arrangé ça à la dernière minute.

— À la dernière minute ? Tu étais si pressé d'aller la rejoindre que tu n'as pas trouvé dix secondes pour m'envoyer un texto ?

Tim croisa les bras et planta son regard déterminé dans les siens.

— Et tu aurais dit quoi si je t'avais prévenue ?

— Ben, je.. j'aurais… enfin, on en aurait parlé au moins.

— Tu aurais dit non, et tu le sais très bien, dit-il calmement.

— Donc on est bien d'accord que si tu ne me l'as pas dit, c'est pas parce que tu n'as pas eu le temps, mais parce que tu as décidé de me le cacher, triompha Édith comme si elle venait de déstabiliser un témoin au tribunal.

— Oui, admit-il. Mais tu trouves ça normal que je sois obligé de te mentir parce que tu es incapable de me faire confiance ?

— Personne ne t'oblige à mentir, Tim, déclara-t-elle d'un ton un peu trop théâtral.

— J'aurais préféré t'en parler, mais je me doutais que ça passerait mal. La preuve.

Édith s'assit dans le fauteuil et croisa les bras.

— Tu veux savoir ce dont on a parlé ? ajouta-t-il plus doucement.

— Non, ça ne me regarde pas, dit-elle avec mauvaise foi.

— Non ? D'accord, euh, on va dîner alors ?

— Non, je n'ai plus envie de sortir, lâcha Édith. Elle alluma la télé et se concentra sur l'écran.

Tim s'ébouriffa nerveusement les cheveux et soupira.

Il s'assit à côté d'elle et lui prit la main.

— Je te jure qu'il ne s'est rien passé…

Édith garda le silence.

— On est des adultes, non ?

— …

— OK, c'est comme tu veux Édith.

— Oui, c'est ça.

Il descendit les escaliers, triste, mais déterminé à ne pas insister. Il avait tellement eu envie de lui parler de sa discussion avec Nancy, de lui confier son soulagement. Il se sentait tellement léger et libre depuis cette rencontre. Pour la première fois depuis des années, il savait exactement ce qu'il voulait faire et il était venu pour le lui dire. Mais elle s'était jetée sur son rôle de femme trahie avec un peu trop d'enthousiasme.

***

Quentin monta les marches qui menaient à l'appartement d'Édith et la trouva en larmes, assise sur le tapis, entourée de photos, de vêtements et de morceaux de papier.

— Édith, qu'est-ce que tu fais ?

— C'est fini ! dit-elle en reniflant bruyamment. Je l'ai quitté. J'ai pris mes affaires et je suis partie…

— Oui, ben si tu as oublié quelque chose, tu n'auras pas loin à aller…

— Vas-y, fous-toi de moi.

— Bon, et pourquoi tu es partie ?

— Parce qu'il m'a menti ! C'est un menteur, comme les autres. Tous des menteurs ! Merde à la fin, c'était pourtant bien parti cette fois.

— Bon, calme-toi un peu et explique-moi ce qui s'est passé.

Quentin s'assit en tailleur à côté d'elle.

— Il a revu son ex. Ils sont allés prendre un café ensemble.

— Et… ils ont couché ensemble ?

— Non, mais tu sais comment ça marche. D'abord un café et puis, hop, au lit !

— Oui, bon, si j'avais couché avec tous les mecs avec qui j'ai pris un café, je serais une sacrée traînée ! observa Quentin en rigolant.

Édith se remit à pleurer.

— Édith, ils sont allés prendre *un café*. Il avait peut-être besoin d'avoir le fin mot de l'histoire. Elle ne l'a pas seulement quitté, elle a disparu du jour au lendemain. Ça laisse des traces… Ils ont passé dix ans ensemble, non ?

— On en a parlé avec Tim. Je lui ai dit, l'amitié homme-femme, je n'y crois pas ! Ça se finit toujours au lit.

— Il veut être ami avec elle ?

— Non… mais il aurait dû m'en parler. Ils ont un passé ensemble… c'est encore plus facile de sauter le pas…

Édith replia ses jambes contre sa poitrine et posa sa joue contre ses genoux.

Quentin se mit à ramasser tout ce qui traînait par terre.

— Et tout ça, c'est quoi ?

— Ben ça, c'est neuf mois de relation avec Tim. Les cadeaux, les cartes et puis les photos. Camping à Grand Lake, week-end à Santa Fe.

— Tu jettes tout ? T'es folle ?

— Mais qu'est-ce que tu veux que j'en fasse ? Un album, une boîte à souvenirs ? Et qu'est-ce que j'écris dessus ? 2020-2021, Tim Welton. À ce rythme-là, d'ici trois ans, j'en aurai toute une collection ! Tiens, je peux les mettre sur cette étagère pour Julie plus tard. Les cons que ta mère s'est tapés !

— Tu n'es pas obligée de collectionner les trophées de chasse, mais tout mettre à la poubelle ne va pas le faire disparaître de ta vie. Tim fait partie de ton passé.

Édith se remit à pleurer.

— Tu vois, toi aussi tu le dis, c'est fini !

Quentin poussa un soupir exaspéré…

— Mais ce n'est pas moi qui le dis ! C'est toi qui l'as quitté, non ?

— Ben oui, mais il n'a pas non plus essayé de me retenir.

— Alors on en revient là ! Quand est-ce que tu comprendras que quitter un homme pour voir à quel point il tient à toi, ça te mènera nulle part !

— …

— Et qu'est-ce qu'il en dit lui ? Quentin lui tendait un mouchoir.

— Il m'a assuré qu'il ne l'aimait plus, mais qu'il avait besoin de savoir pourquoi elle était partie.

— Ah !

— Les ex, tu sais, elles le sentent, elles ont un radar. Dès qu'un mec est prêt à s'engager avec une autre, elles se pointent et viennent tout foutre en l'air.

— Je pense que tu n'as besoin de personne pour bousiller tes relations. Tu t'en sors parfaitement toute seule.

— Dis ? Tu… tiens pour… qui, toi ? hoqueta Édith.

— Avec toi, quoique tu fasses ! Dès que cette conversation sera finie, tu auras comme d'habitude mon soutien inconditionnel et toute ma mauvaise foi. Mais entre toi et moi, tu n'avais pas le droit de lui interdire de la voir.

— Je ne lui ai rien interdit du tout.

— « *Tu fais ce que tu veux, mais si tu la revois, c'est fini.* » C'est la même chose. C'était égoïste de ta part. Si tu n'es pas capable de lui faire confiance, votre relation n'a aucun avenir et il le sait. C'est pour ça qu'il ne t'a pas retenue.

— Oui ben, maintenant de toute façon, c'est trop tard, c'est fini.

— Allez, viens avec moi. On va aller s'asseoir à table, comme des gens civilisés.

Il l'aida à se relever. Une douce lumière orangée de fin d'après-midi d'été enveloppait la cuisine. Quentin remplit un bol de salsa qu'il posa sur la table.

— Maintenant, si ça te fait plaisir, je peux toujours lui casser la gueule… dit-il en croquant une chips.

***

— Sigrid a des compositions prêtes à la vente. Elle voudrait que vous alliez les chercher ! annonça Annabelle à Édith qui venait de sortir les poubelles. Annabelle avait décidé d'ignorer les yeux rougis et cernés d'Édith pour le moment.

Édith hocha la tête et traversa la boutique de fleurs. Elle trouva Sigrid, penchée sur un croquis.

Elle s'approcha et s'assit à côté d'elle.

— Alors, vous croyez qu'on va les vendre ces tours de tasses ?

— Oui, probablement. Bien présenté, les gens achètent n'importe quoi. Comme des cafés à quatre dollars, quand ils peuvent se les faire eux-mêmes pour quarante centimes sans sortir de chez eux.

— Aïe ! Je ne vous ai rien fait !

Sigrid la regarda par-dessus ses lunettes de lecture.

— Vous avez pleuré, constata-t-elle.

— Je ne veux pas en parler.

— Tim vous a laissée tomber ?

— Non, c'est moi qui l'ai laissé tomber.

— Et pourquoi ?

— Il a revu son ex.

— Et alors ?

— Et alors, il aurait dû me le dire !

— Comment vous l'avez appris ?

— Il me l'a dit.

— J'ai dû mal à vous suivre.

— Il me l'a dit *après* l'avoir revue.

— Et avant, ça aurait changé quoi ?

— Ça aurait été honnête.

Sigrid leva sur elle un regard dubitatif.

— Et ? Vous faites la tête ? Vous ne répondez pas à ses appels ? Vous attendez qu'il vous supplie et qu'il vous apporte des fleurs ?

— Voilà.

Sigrid secoua la tête et se remit à dessiner.

— Vous savez la chasse, c'est bien au début, mais il va finir par se lasser de vous courir après.

— Vous pouvez parler, vous l'avez appelé, votre frère ?

Sigrid esquissa un léger sourire.

— Ce n'est pas la même chose. Moi j'ai décidé il y a longtemps de vivre sans attache. C'est un choix personnel.

— Et ? C'est mieux au final ?

Sigrid ajouta une dernière touche à son croquis où Édith reconnut Julie et Pierre qui courraient sous les suspensions dégoulinantes d'eaux devant l'Altitude.

— Ce n'est ni mieux, ni pire, dit-elle enfin. C'est simplement impossible. On a besoin les uns des autres. C'est ce qui nous rend humain.

***

Édith se réveilla sur le canapé de Quentin, engourdie et la bouche pâteuse. Elle repoussa la couette qui lui tenait trop chaud et s'assit péniblement. Quentin était déjà parti travailler, mais il lui avait laissé une boîte d'aspirine et un mot pour lui dire qu'il déposerait les enfants à la crèche. Elle avait passé la nuit à s'apitoyer sur son sort à grand renfort de Téquila et de Kleenex et il l'avait patiemment écoutée, tout en lui faisant boire de l'eau entre deux Margaritas. « Tu me remercieras demain, tu vas voir, la gueule de bois à mille six cents mètres d'altitude, c'est sauvage. »

Elle se fit une tasse de café et alla s'asseoir sur les marches du porche. Il faisait encore frais, mais d'ici quelques heures, le soleil ferait fondre le bitume des trottoirs. Elle entendit une porte claquer et elle se força à ne pas regarder ce qui se passait chez Tim. Quelques coups de marteau, le bruit de la moustiquaire qui se referme, puis plus rien. Édith se retourna. Tim se tenait à côté d'un grand panneau « *À vendre* », les mains dans les poches. Elle traversa la route et se campa devant lui.

— Tu as quelque chose à me dire ? demanda-t-elle d'une voix plus ferme qu'elle ne l'aurait voulu.

Tim sourit gentiment.

— Non, et toi ?

— Non.

— Si tu changes d'avis, tu sais où me trouver, Édith.

Tim lui tourna le dos et rentra chez lui. Édith fit la même chose et se précipita sur son téléphone.

— Il vend la maison, Quentin ! gémit-elle au bord des larmes.

— Oui, je sais.

— Comment ça, tu sais ?

— Je suis agent immobilier, Édith.

— Son agent immobilier ? demanda Édith incrédule. Et pourquoi tu ne m'as rien dit ?

— Parce que c'est mon client. Et puis je sais que c'est difficile à comprendre, mais le fait qu'il déménage n'a rien à voir avec toi. Cette maison, c'était un investissement. Tim gagne sa vie en réparant des propriétés et en les revendant rapidement pour faire un profit. Cette maison est finie, tu l'as quitté, que veux-tu qu'il fasse ?

— Je ne sais pas moi… il m'aimait tellement, pourquoi est-ce qu'il ne me supplie pas de rester ?

— Parce que c'est lui qui part ?

— Oui, bon… juste de lui pardonner alors !

— Édith…

— Quoi ?

— Il ne t'a rien fait.

Édith raccrocha et poussa un soupir rageur. Son téléphone se mit de nouveau à vibrer.

— Oui Annabelle, je sais, je suis en retard, j'arrive.

— Oui, ça serait bien parce que le shérif est là et il veut vous voir.

— Le shérif ? Pourquoi est-ce que le shérif veut me voir ?

— Je ne sais pas, il ne veut rien me dire.

— Bon ben, j'arrive dans cinq minutes.

***

Tim rafraîchit le bol d'eau d'Hugo et s'assit à même le sol pour caresser sa fourrure épaisse. Il tapa une adresse sur son téléphone puis fit lentement défiler une dizaine de photos de propriétés à vendre dans la

342

région. Il posa son téléphone sur le plancher et regarda autour de lui. Il vivait dans ces murs depuis des mois, mais la maison semblait inhabitée. Aucune trace de lui, aucune trace de sa vie, comme s'il était en transit. Il avait suivi les recommandations de son agent immobilier pour choisir la couleur des murs, les placards de cuisine et le vernis du plancher. Il avait réussi à donner un nouveau souffle à cette maison fatiguée, mais il ne lui avait pas donné d'âme. Il regarda les propriétés que Quentin lui avait envoyées. Bien sûr, elles correspondaient parfaitement aux critères géographiques et financiers qu'il lui avait donnés : situées en ville, de tailles moyennes, dans un quartier en cours de redéveloppement économique. Il élimina rapidement les deux premières, considéra les deux suivantes, et passa à la dernière. L'adresse n'était pas en ville. Une erreur ? Il cliqua sur le lien pour obtenir le détail. Une photo de mauvaise qualité montrait une maison abîmée, en partie dissimulée derrière un bosquet de peupliers. Il entra l'adresse dans son téléphone. La maison était située à Erie, une petite ville à une demi-heure au nord de Denver. La description ne donnait que très peu de détails et l'absence de photos intérieures n'augurait rien de bon. Mais la maison était située sur un terrain de quatre hectares.

— Quatre hectares, ça serait bien pour toi, non, Hugo ?

Tim envoya un texto à Quentin :

— *5479 County Line Road ?*

Quelques instants plus tard, une réponse laconique :

— Code de la grille : 5467

Tim regarda longuement la photo puis attrapa les clefs de son pickup et se mit en route, accompagné d'Hugo, installé sur le siège passager. Tim lui ouvrit la fenêtre pour qu'il puisse y passer la tête et profiter de cette magnifique journée de printemps.

Une demi-heure plus tard, il engageait son pickup dans une allée bordée de pins, un gros nuage de poussière rouge dans son sillage. Il s'arrêta devant une double grille rouillée en fer forgé. Hugo sauta par la fenêtre pour poursuivre un lapin. Tim sortit son téléphone pour y chercher le code de la grille qui s'ouvrit en grinçant. Il décida de finir à pied. Une maison de ferme, de taille moyenne à la peinture blanche écaillée occupait le milieu du chemin. Les vestiges d'un porche ovale encadraient une double porte d'entrée flanquée de deux grandes fenêtres condamnées.

Tim monta les trois marches du porche avec précaution, le bois grinça sous ses bottes. Sur sa droite, une grande pièce, une cheminée et des portes coulissantes qui s'ouvraient sur une cuisine ; une large ouverture menait sur une bibliothèque et un escalier à l'étage. Il fit un tour complet sur lui-même puis posa le pied sur la première marche qui gémit douloureusement. La maison devait être abandonnée depuis une vingtaine d'années, mais le climat sec du Colorado avait retardé sa dégradation. Il trouva, à l'étage, trois chambres et une salle de bain où trônait une ancienne baignoire sur pieds.

Il descendit au rez-de-chaussée et fit le tour de la maison. Il s'imprégna du chant des grillons et de l'odeur des pins. Le bruit d'un avion dans le ciel bleu brisa le silence. Il longea un bosquet de pins, traversa un cours d'eau et déboucha sur une prairie. Un filet de nuages teintés de rose et d'orange s'attardait sur les pics encore enneigés des montagnes Rocheuses. Une formation d'oies du Canada se détachait en V à l'horizon. Il s'assit à même le sol et regarda le soleil descendre derrière les montagnes. Le ciel se teinta de violet puis de gris et il frissonna alors que la température tombait rapidement. Il sentit son téléphone vibrer dans sa poche.

Ils en veulent 700 000, mais on peut faire une première offre à 620 000.

...

Alright.

***

— Raphaël, qu'est-ce que c'est que ces conneries, c'est une blague ? hurla Édith dans son téléphone.

— Tu ne m'as pas laissé le choix, Édith.

— On s'était mis d'accord sur l'accord de garde quand on s'est parlé au printemps ! cria Édith, la main crispée sur une poignée de papiers officiels.

— C'était il y a un an !

— Et alors ? Ça change quoi ?

— Ça change tout justement ! Quand t'es partie, j'étais perdu. Tu m'as pris par surprise. Ça fait des mois que j'essaye de trouver un compromis, tu as dit non à tout. Tu as ignoré mes appels, mes messages, et les courriers de mon avocat. J'ai été patient avec toi.

— Patient avec moi ? Parce que moi je n'ai pas été patiente avec toi peut-être ?

— Ça n'a rien à voir…

— Tu ne l'auras pas, je ne te l'amènerai pas ! murmura Édith d'une voix étranglée.

— Ce n'est rien, je vais venir la chercher. C'est un accord de garde final, donc fais attention. Si elle n'est pas là quand j'arrive, c'est la police qui viendra la chercher.

— Tu ferais ça à ta fille ? Tu es devenu complètement fou ? Tu vas la traumatiser !

— J'ai tout essayé, Édith ! Et puis ce n'est pas la fin du monde, je te l'amènerai à toutes les vacances scolaires.

— T'es vraiment une pourriture, Raphaël. Et c'est égoïste. C'est Julie qui va souffrir. Elle a besoin de moi.

— Elle a besoin de moi aussi. Et puis elle aura Sophia.

— Ah oui ? Pour combien de temps ? Tu t'en lasses déjà de ta Sophia. T'es un handicapé de l'amour. Ça ne marchera pas avec elle non plus. Tu peux continuer de changer de femme tous les trois mois, c'est toi le problème !

— On arrive la semaine prochaine, mercredi. On viendra prendre Julie à quinze heures.

Édith jeta avec fracas son téléphone sur la table du salon et poussa un cri de colère. Elle essaya d'appeler son avocat, Quentin, puis enfin Tim pour tomber sur une boîte vocale. Elle se mit à marcher de long en large dans le salon de son appartement pour essayer de dissiper le brouillard mental qui l'empêchait de réfléchir.

La journée avait déjà mal commencé, entre Tim qui avait décidé de déménager et Quentin qui lui donnait un coup de main. Après le coup de fil d'Annabelle, elle s'était dépêchée de retourner au café. Elle s'était garée dans l'allée dans un nuage de poussière. Le shérif l'attendait debout devant la cheminée, l'étoile et les bottes rutilantes. Il lui avait demandé de confirmer son identité et ses coordonnées. Elle était allée chercher son permis de conduire dans son sac en se demandant si elle avait oublié de payer une amende ou ses impôts.

Elle avait signé le formulaire sous le regard curieux de Sigrid qui sirotait son thé au comptoir. Elle avait dû relire la lettre plusieurs fois pour comprendre le jargon juridique qui, d'un ton neutre et tranchant, l'accusait d'enlèvement (multiples tentatives de communication avec la mère de l'enfant à l'appui) et la sommait de remettre Julie à son père le mercredi suivant à 15 heures.

Elle avait relu la lettre plusieurs fois avant d'ouvrir fébrilement son ordinateur portable pour lire les emails de Raphaël qu'elle avait ignorés, puis ceux de son avocat qui lui conseillaient d'aller à New York, « pour faire preuve de bonne volonté pour le juge ». Et puis les textos de Raphaël qu'elle avait bloqué. Les premiers messages étaient polis puis, très vite, il avait perdu patience. Il s'était fait implorant avant d'en venir aux menaces puis enfin, à un ultimatum.

La sonnerie de son téléphone la fit sursauter.

— Allô ? Vous savez ce qui m'arrive ?

— Oui, l'avocat de votre ex-mari m'a fait parvenir une copie de la lettre recommandée. Ça fait dix jours que j'essaye de vous prévenir. Je suis même passée au café deux fois.

— Vous le saviez ? s'écria Édith à la fois incrédule et accusatrice.

— Non, mais je m'en doutais. Votre ex-mari essaye de renégocier l'accord du garde depuis plusieurs mois maintenant. Vous avez pratiquement refusé toutes ses suggestions. Et puis il aurait fallu aller à New York pour le jugement final. Votre absence a fait mauvaise impression au juge.

— Donc c'est de ma faute, c'est ça ? Je vous paie pour quoi alors ?

348

— Vous me payez pour vous représenter, mais aussi pour vous conseiller. Et vous ne m'écoutez pas.

— Alors, vous me conseillez quoi ?

— On peut demander une modification d'accord de garde, mais il va falloir convaincre le juge que c'est nécessaire pour le bonheur de votre fille. Autrement dit, il faut qu'on arrive à le faire changer d'avis. Il va falloir trouver des arguments et surtout aller à New York.

— Je peux partir demain. Je peux même peut-être trouver un vol ce soir.

— Non, non, il faut attendre.

— Attendre quoi ? Combien de temps ?

— Au moins deux mois, peut-être trois.

— Trois mois sans ma fille ? Mais vous êtes cinglée ! Pourquoi ?

— Parce que le juge vient juste de prendre sa décision. Il ne va pas changer d'avis comme ça. Il en va de sa crédibilité. Il va vous demander d'essayer l'accord de garde dont il a décidé pendant quelques mois pour voir comment ça se passe.

— Mais je ne peux pas attendre comme ça à ne rien faire. Ma fille a besoin de moi.

— Je suis vraiment désolée, mais pour une fois écoutez-moi. Si vous vous précipitez, vous risquez de perdre votre fille pour de bon.

***

Assis dans le fauteuil à oreille idéalement situé entre la baie vitrée et la cheminée, le patron de la quincaillerie de la rue Tennyson ouvrit le Denver Post à la page des petites annonces, puis, crayon en main, se mit à la recherche d'outils et d'appareils électroménagers vintage à retaper ou à revendre tels quels, mais trois fois plus cher. C'était son passe-temps préféré, et ça marchait drôlement bien. Les hipsters du quartier s'arrachaient les ouvre-boîtes des années 60, les tondeuses à gazon manuelles et les boîtes à pain. Sans quitter son journal des yeux, il avala une gorgée de Chaï, lécha la moustache que la crème fouettée lui avait dessinée sur la lèvre supérieure et soupira de contentement. Le thé indien d'Annabelle était absolument exquis – le meilleur de la ville ! Et il s'y connaissait. Il était allé passer une semaine en Inde juste après avoir fini le lycée, avant de reprendre l'entreprise familiale, il y avait de cela maintenant près de vingt ans. Ce voyage formateur avait fait de lui, non pas un expert – ça serait prétentieux, mais un grand amateur de toutes choses indiennes. Est-ce que c'était le gingembre frais, la cannelle de Ceylan ou cette subtile pointe de clou de girofle qui faisait le succès de cette boisson veloutée, aussi délicieuse brûlante que glacée ? Il passa la tasse sous ses narines pour s'imprégner du nuage de vapeur aromatique qui s'en échappait.

— Hum hum…

Il ouvrit un œil et inspecta la jeune femme replète à la crinière orange qui le dévisageait en tapant du pied. Il leva un sourcil interrogateur.

— Je peux vous aider ? demanda-t-il poliment.

— Oui, vous pouvez. Vous êtes assis dans mon fauteuil.

— Dans *votre* fauteuil ?

— Oui, tous les jeudis matin, mon mari me dépose ici à neuf heures et demie et je m'assieds là pour tricoter. Et à midi, Jimmy vient me rechercher et on va manger une pizza.

— Et ?

— Et ben on est jeudi matin.

Le quincaillier chercha Annabelle du regard, mais elle haussa les épaules en signe d'impuissance. Il se tourna vers le client le plus proche qui confirma qu'on était bien jeudi matin.

— Bon, alors… oui. Mais je peux finir mon thé ?

— Oui, bien sûr, je vais attendre.

Elle installa une chaise juste à côté de son fauteuil et s'y assit, le dos droit, les mains calées entre ses genoux.

Le quincaillier reprit sa lecture en essayant d'ignorer Pénélope qui lisait par-dessus son épaule, mais perdit patience après quelques minutes. Il finit son thé, rassembla ses affaires et quitta le café, s'insurgeant mentalement contre l'injustice de la situation (c'était son fauteuil préféré à lui aussi après tout) et en se promettant de ne plus venir le jeudi dorénavant.

— Bonne journée ! cria Pénélope qui sortait déjà ses pelotes de laine.

Elle cala un coussin au creux de son dos, posa sa tasse de chocolat chaud sur la tablette attachée au fauteuil et se mit à tricoter au rythme du tic-tac de la pendule. Le café était drôlement calme ce matin, nota-t-elle. Trop calme. La clochette de la porte retentit et Édith entra, Julie dans les bras, chargée de sachets de courses. Elle avait l'air fatiguée, elle ressemblait un peu à un raton laveur avec ses yeux cerclés de noir. On ne lui avait pas dit qu'il fallait se démaquiller avant de se coucher le soir ? Pénélope eut envie de dire quelque chose, mais se tut. Qu'est-ce qu'ils avaient tous à faire la tête et à se parler tout bas ?

— Je lui ai acheté une laine polaire et des baskets, dit Édith en déballant ses courses. Il fait encore frais à cette période de l'année à New York.

Annabelle passa la main sur le vêtement rouge où étaient brodées les lettres DENVER décorées de fleurs sauvages. Elle aussi avait l'air triste.

— C'est mignon. Ça lui tiendra chaud.

Pénélope attendit que Sigrid fasse une remarque désagréable – apparemment c'était sa spécialité, mais elle ne dit rien du tout. Pénélope regarda Édith disparaître dans la montée d'escalier, puis elle rapprocha son fauteuil de la cheminée et remit ses aiguilles en branle, un mouvement automatique qu'elle était capable d'accomplir les yeux fermés, en regardant la télé ou faisant la conversation à ses compagnes de tricot. À moins qu'elle ne travaille sur des mailles compliquées. Là, il fallait qu'elle se concentre. Elle finit sa rangée et en attaqua immédiatement une autre, essayant de chasser le malaise qui essayait de prendre naissance au creux de son ventre. Une sensation familière, qui, si elle la laissait faire, se propagerait dans sa poitrine, obstruerait sa gorge avant de prendre en otage ses pensées. Elle s'agita dans sa chaise et consulta sa montre. Elle eut envie de rentrer chez elle, de verrouiller la porte, de fermer les rideaux et de disparaître sous sa grosse couverture en crochet multicolore. Jimmy ne serait pas là avant deux bonnes heures.

Elle eut envie de l'appeler, mais il viendrait sûrement la chercher immédiatement et il ne la laisserait plus revenir toute seule. Il avait mis du temps à lui faire confiance. Elle allait encore tout gâcher, perdre cette petite liberté si difficilement acquise. Elle prit une longue inspiration, garda l'air dans ses poumons puis expira. « Voilà, cinq fois comme ça quand vous sentez que ça monte. », avait dit la psy. Elle épia les clients entre deux mailles. Annabelle qui feuilletait une revue, Sigrid qui sirotait son thé et Édith qui venait de redescendre, Julie greffée sur sa hanche. On aurait dit qu'une méchante fée avait jeté un sort sur le café, comme Maléfique dans la Belle au Bois Dormant.

Comme pour lui donner raison, le café s'assombrit soudain. Elle nota le ciel gris chargé de nuages, l'approche de l'orage qui lui faisait si peur. Mais elle y avait survécu la semaine précédente avec l'aide de Sigrid et Édith qui l'avaient bien fait rigoler en lui disant que c'était le Bon Dieu qui bougeait ses meubles. Ou bien qui faisait des prouts, avait-elle renchéri, morte de rire.

Elle compta jusqu'à dix, en prenant de profondes inspirations. « Il faut penser à des choses gaies. », avait dit la psy, « il faut vous occuper l'esprit. ». Pénélope rangea son ouvrage dans son cabas et en sortit un autre projet. Un compliqué, avec des changements de couleurs, des torsades et des points de Jacquard. Elle sursauta en entendant un coup de tonnerre, mais Annabelle lui fit un petit signe rassurant et alluma les lumières. Pénélope se concentra sur la myriade de petits carrés codés du modèle, monta ses mailles et se laissa emporter par la géométrie hypnotisante du motif qui émergeait petit à petit sous le cliquetis de ses aiguilles, ignorant le déluge qui secouait les arbres et crépitait contre la vitrine. Sa gorge se dénoua lentement, sa respiration s'allégea, le monstre battait sa retraite. « Un jour à la fois, Pénélope. Un jour à la fois. », avait dit la psy.

***

Assise sur un gros coussin dans le coin lecture du café, Julie essayait du mieux qu'elle pouvait de mettre une couche à sa poupée. Le scratch s'était pris dans les franges du tapis et il n'accrochait plus, mais elle ne se décourageait pas pour autant. Si elle gardait les deux index appuyés dessus assez longtemps, ça devrait bien finir par coller.

Elle leva les yeux de sa poupée. Sigrid était assise sur une chaise à côté d'elle et buvait une tasse de thé en la regardant jouer. Annabelle dessinait une grande tasse de café à la craie sur le tableau noir que Julie n'avait pas le droit de gribouiller. Elle fronça les sourcils comme pour mieux considérer l'injustice de la situation. Un bruit retentit dans l'escalier. Elle tourna la tête pour en identifier l'origine. Quentin émergea du couloir, chargé d'un sac et d'une grosse valise. Sa mère était juste derrière lui. Elle portait une grande paire de lunettes de soleil que Julie décida immédiatement de s'approprier à la première occasion.

Quentin fit rouler la valise sur le plancher du café puis ouvrit la porte et disparut à l'extérieur. Julie sursauta quand sa mère la prit brusquement dans ses bras pour l'embrasser férocement. Elle gigota pour se libérer de cette étreinte qui durait un peu trop longtemps à son goût. Déjà qu'elle avait passé les quatre dernières nuits dans le lit de sa mère qui passait des heures à la dévisager dans le noir et à verser des larmes que même sa licorne en peluche n'arrivait pas à apaiser.

Édith prit Julie dans ses bras avant de se tourner vers Sigrid et Annabelle.

— Allez, on y va, dit-elle d'une drôle de voix.

Encore une flopée de bisous. Annabelle lui tendit un petit paquet de madeleines et une brique de lait que Julie s'empressa de mettre dans son sac à dos, avec l'aide de sa mère parce que, les fermetures éclair, elle ne maîtrisait pas encore. Enfin si, mais pas assez vite au goût des adultes qui, franchement, étaient toujours trop pressés.

Quentin avait avancé la voiture dans l'allée qui longeait le café.

— Tu es prête ? Je peux prendre la valise ?

— Oui, j'arrive.

 Il chercha Sigrid du regard.

— J'ai appelé la crèche pour leur dire que vous irez chercher Pierre aujourd'hui. Vous savez où c'est ?

— Oui, elle sait. Elle va chercher Julie de temps en temps, interrompit Édith avec impatience. Tu as mis la poussette dans le coffre ?

— Oui, tout y est.

Quelques instants plus tard, Julie était attachée dans son siège auto et Quentin quittait sa place de parking. Édith regarda défiler en silence le paysage familier qui bordait l'autoroute menant à l'aéroport. Le mois suivant, ça ferait un an qu'elle était arrivée à Denver. Son plan avait finalement réussi, elle était parvenue à se détacher de Raphaël, mais dans sa quête désespérée pour se libérer de cet attachement irrationnel et malsain à un homme qui ne l'aimait pas, elle avait perdu le sens de la réalité. Elle avait voulu se créer un monde où Raphaël n'avait pas sa place. Mais Raphaël ne s'était pas laissé faire et à refuser de partager Julie, elle l'avait complètement perdue.

Elle avait tout envisagé au cours des quatre derniers jours. S'enfuir avec Julie, en France ou au Mexique.

— Le Mexique alors, avait dit Quentin, parce qu'en France, il va te retrouver tout de suite. Je peux vous teindre les cheveux à toutes les deux, par contre, pour les faux passeports, il va falloir me donner quelques jours…

— C'est ça, fous-toi de ma gueule.

Elle avait même supplié Raphaël, laissé des messages désespérés sur sa boîte vocale et envoyé des dizaines de textos. Elle l'avait ignoré pendant des mois et il lui rendait la pareille. Un comportement tellement immature quand ils avaient tous les deux tant à perdre.

— Qu'est-ce que tu vas faire ? avait demandé Quentin.

— Je vais déjà essayer de survivre jusqu'à mercredi, et après on verra.

Édith n'arrivait pas à former deux pensées cohérentes. Elle n'avait même pas prévenu ses parents, de peur que son père ne monte dans le premier avion pour aller casser la gueule de Raphaël. Ça faisait un moment qu'il cherchait une occasion de le faire.

Le cœur d'Édith se serra dans sa poitrine à la vue du panneau qui annonçait la sortie pour l'aéroport de Denver. Elle passa la main entre les sièges pour toucher le genou potelé de Julie qui dormait paisiblement, les lèvres légèrement ouvertes. L'ombre de ses longs cils se projetait sur ses joues veloutées.

Quentin gara sa voiture dans le parking couvert. Ils restèrent dans la voiture quelques instants sans rien dire, puis Quentin fit le tour de la voiture pour lui ouvrir la porte.

— Allez chef, il faut y aller.

Ils marchèrent côte à côte en silence. Julie ne s'était pas réveillée quand Édith l'avait transférée dans sa poussette.

— Vous avez rendez-vous où ? demanda Quentin en poussant le bouton de l'ascenseur.

— Aux départs. Devant le guichet de United.

— Vous ne pouviez pas choisir un café ou un resto ? Vous allez faire le transfert au milieu du terminal ? C'est un enfant, pas une valise !

— C'est le juge qui a décidé. Mon avocate m'a conseillé de ne pas faire de vagues. J'ai assez merdé comme ça.

— OK.

Raphaël et Sophia étaient déjà là. Ils étaient, comme d'habitude, habillés comme des top-modèles et ça attirait les regards des autres

357

passagers qui voyageaient en tongs et en jean. Ils se demandaient sûrement s'ils étaient célèbres. Raphaël ne se lassait pas de l'attention que commandaient ses tenues soignées. Comment avait-elle pu tomber si profondément amoureuse d'un être aussi vaniteux ? Sophia portait une élégante robe de grossesse bleue qui rappelait la couleur de la chemise de Raphaël. Édith se demanda s'ils se concertaient le matin sur ce qu'ils allaient mettre.

Raphaël lui fit un petit signe de la tête en l'apercevant. Il était pâle et sa mâchoire était serrée. Édith rajusta ses lunettes de soleil et prit une profonde inspiration. Elle avait aussi pris un soin tout particulier pour s'habiller ce matin-là, sachant que ça lui donnerait du courage. Elle s'accroupit devant la poussette de Julie et effleura sa poitrine qui se soulevait au rythme de sa respiration. Elle cala sa couverture sous son menton sans essayer d'essuyer les larmes qui coulaient le long des joues. Quand elle se réveillerait, elle serait partie.

— Madame ?

Édith leva les yeux pour voir qui lui avait tapé sur l'épaule. Elle cligna des yeux, incrédule, à la vue du policier en uniforme qui les escortait. Elle essaya de parler, mais les mots s'étranglèrent dans sa gorge.

— Raphaël, t'as amené des flics avec toi ? demanda Quentin d'un air méprisant.

Le policier, qui ne parlait pas français, mais qui avait senti la température monter, s'interposa calmement entre les deux hommes.

— Madame, vous avez le passeport de l'enfant ?

Édith fouilla dans son sac sous le regard exaspéré de Raphaël et en sortit une pochette qui contenait les papiers de Julie et son dossier médical. Elle le tendit au policier qui le remit à Raphaël.

— On doit y aller ou on va rater notre vol, murmura enfin Sophia d'une voix douce. Vous voulez lui dire au revoir ?

— Je ne veux pas la réveiller, murmura Édith, qui n'était pas sûre de pouvoir s'empêcher d'attraper la poussette et de partir en courant.

— Bon, il ne faut pas non plus dramatiser, tu la verras dans six semaines, s'énerva enfin Raphaël qui n'avait pas encore prononcé un mot jusque-là.

Sophia lui jeta un regard blessé, comme si c'était son enfant à elle qu'il allait emporter avec lui.

— T'es une pourriture, Raphaël ! Tu as toujours été une pourriture, ragea Quentin en faisant un pas vers lui. Le policier s'interposa de nouveau, ce qui donna confiance à Raphaël.

— Toi le pédé ferme-la !

— Je suis peut-être pédé, mais moi au moins j'ai une conscience. Tu ne peux certainement pas en dire autant.

Le policier demanda à Raphaël et Sophia de partir. Ils s'exécutèrent immédiatement.

Quentin se tourna vers Édith et l'attira dans ses bras pour qu'elle puisse enfin s'effondrer. Édith éclata en sanglots en regardant Raphaël et Sophia se fondre dans la foule.

— Allez, viens Chef, murmura enfin Quentin en la poussant doucement vers l'ascenseur. On rentre à la maison.

Chapitre 13

Sigrid croqua dans un muffin et fit défiler ses emails sur son téléphone. Des publicités, un résumé des actualités, une facture de son fournisseur (les œillets étaient en promotion), et le message de confirmation de la compagnie aérienne United.

Quelle idée saugrenue ! Comme si elle pouvait abandonner la boutique comme ça sur un coup de tête ! Son frère aurait au moins pu lui demander si ces dates lui convenaient ! songea -t-elle en mettant à la corbeille les sept emails qu'il lui avait envoyés et qu'elle n'avait pas ouverts.

Et puis l'inviter à un anniversaire de mariage, elle qui avait horreur du bruit, de la foule et des conversations superficielles.

Elle rangea son téléphone, jeta sa serviette en papier à la poubelle puis prit sa place dans la queue. Quelques instants plus tard, une hôtesse souriante scannait sa carte d'embarquement et lui souhaitait bon voyage.

Helmut lui avait réservé un siège côté hublot. Est-ce qu'il s'était souvenu de leurs disputes d'enfants et des stratagèmes qu'ils s'inventaient pour décider duquel des deux aurait le siège côté fenêtre s'ils prenaient un jour l'avion ? Ils avaient tiré à la courte paille, chantonné des comptines, inventé des critères farfelus, invoqué tour à tour le droit de l'ainé ou du cadet. La première fois qu'elle avait pris l'avion, un Berlin-Madrid, elle n'avait pas lâché le ciel et les nuages du regard, elle avait pensé à Helmut pendant tout le voyage. Elle s'était demandé si Helmut avait déjà pris l'avion.

L'appareil se posa sur le tarmac de Pittsburgh et Sigrid laissa tous les passagers sortir avant elle. Helmut avait des enfants et des petits-enfants. Cela faisait d'elle une tante et une grand-tante. Des mots qu'elles n'avaient encore jamais utilisés pour se décrire. Et s'ils étaient tous bêtes, ou méchants, ou encore pire, médiocres, insipides ?

— Madame, il faut que vous débarquiez.

— Oui, oui, je sais, murmura Sigrid.

Elle sortit son sac du compartiment à bagage et se dirigea vers la sortie. Elle avait les coordonnées d'Helmut, mais elle ne l'avait pas contacté, ce qui lui permettait de changer d'avis à la dernière minute. Le taxi la déposa devant une jolie maison bleue, flanquée de deux magnolias en fleurs. C'est Helmut qui lui ouvrit la porte. Il la dévisagea bouche bée à travers la moustiquaire.

— *Wer ist denn das ?* demanda une voix qui venait de l'arrière de la maison.

— *Das ist Sigrid, meine Schwester,* répondit Helmut incrédule.

— Mais enfin Helmut, qu'est-ce que tu fais, fais-la entrer ! s'indigna en allemand une femme mince en peignoir de bain, des bigoudis plein les   cheveux.

Quelques instants plus tard, Sigrid était installée à la table de la cuisine devant une tasse café et une tranche de Streuselkuchen. Sa valise avait disparu.

— Je m'appelle Marlene, je suis la femme d'Helmut. Je suis tellement heureuse de faire enfin votre connaissance ! ajouta-t-elle en posant ses mains sur ses épaules. Je vais aller finir de me préparer pour notre repas d'anniversaire de mariage. Et j'espère qu'entre temps, Helmut va retrouver sa langue !

Elle les laissa en tête à tête et un long silence s'installa. Helmut s'éclaircit la gorge.

— Ça fait vingt ans que j'essaie de renouer les liens avec toi. Après ma dernière tentative, j'avais vraiment abandonné tout espoir.

Sigrid haussa les épaules.

— Je suis là. Et maintenant, qu'est-ce qu'on fait ?

— On parle. J'ai plein de questions. Et puis, je veux que tu rencontres mes filles, et mes petits-enfants.

— Ils savent que j'existe ?

Le regard d'Helmut s'embua.

— Oui, ils savent tout. Je ne leur ai jamais rien caché.

Helmut posa ses mains épaisses sur la nappe en linoléum et se leva.

— Mais aujourd'hui, c'est notre anniversaire de mariage avec Marlène. 40 ans. On a réservé une petite salle et tout commandé chez un traiteur. Il faut qu'on y soit pour midi. Viens, je vais te montrer ta chambre. Tu as une bonne heure pour te préparer.

— Il y aura combien de personnes ? demanda Sigrid en suivant Helmut dans la montée d'escalier.

— Juste la famille proche et quelques amis.

***

Sigrid prit la coupe de champagne qu'on lui tendait et attendit patiemment qu'Helmut finisse de porter son toast. Il ne manqua pas d'exprimer sa gratitude envers Sigrid qui hocha modestement la tête. Il lui présenta ses filles – il en avait deux – et ses beaux-fils. Et bien sûr, ses petits-enfants, au nombre de cinq. Elle serra des mains à n'en plus finir, endura des accolades, et même des embrassades.

— Si tu as cinq petits-enfants, il en manque un ou tu ne sais pas compter, fit remarquer Sigrid en contemplant ces visages inconnus qui l'avaient prise d'assaut et accueillie comme un membre à part entière de leur famille.

— Ah oui, il manque Hannah, comme d'habitude. Elle est sûrement en train de lire ou de dessiner quelque chose dans un coin, grommela Helmut. J'ai hâte que tu la rencontres. Mais je te préviens, tu ne l'embarques pas avec toi à Denver.

— Quelle drôle d'idée ! s'offusqua Sigrid.

Sigrid profita d'un bref moment de répit pour se rendre aux toilettes. Elle se lavait les mains lorsque son regard rencontra celui d'une jeune fille dans le miroir. Sigrid ouvrit la bouche puis la referma.

— Vous aussi, vous trouvez qu'on se ressemble, demanda la jeune fille en allemand.

Sigrid observa longuement ses yeux bleu clair, son front haut dissimulé derrière une frange similaire à la sienne et ses lèvres fines, fascinée par cette version d'elle-même qui semblait avoir voyagé dans le temps.

— Hannah ?

Elle acquiesça en silence.

— C'est étrange de vous rencontrer après toutes ces années.

Sigrid baissa les yeux et lissa le pli de son pantalon de la main. Hannah ouvrit la porte et lui offrit de passer en premier. Sigrid s'exécuta. Elles regagnèrent ensemble la salle de réception et la musique se faisait de plus en plus forte au fur et à mesure qu'elles se rapprochaient.

— C'est normal, vous savez, ce que vous ressentez, dit Hannah.

— Je ne ressens rien du tout, murmura Sigrid.

— Oui, je sais. Et c'est normal. Vous ne nous connaissez pas.

— Mais vous non plus, vous ne me connaissez pas et pourtant vous n'arrêtez pas de pleurnicher depuis mon arrivée.

Hannah éclata de rire.

— Si, nous on vous connait. Helmut nous parle de vous depuis toujours. Il raconte toujours les mêmes histoires, forcément, vu qu'il est parti quand vous aviez seize ans.

— Quelles histoires ? demanda Sigrid en regardant son frère et sa femme virevolter sur la piste de danse.

Hannah lui raconta l'escapade nocturne dans le moulin, les après-midis à dévaliser les vergers et la fois où ils avaient tous les deux été pris dans une tempête de neige.

— «On a bien cru qu'on allait mourir de froid !», dit Hannah en imitant la voix d'Helmut.

Des histoires si familières qu'Hannah les connaissait par cœur alors qu'elle les avait presque oubliées.

Sigrid sourit tristement.

— On aurait dû en avoir beaucoup plus des souvenirs.

— C'est pour ça que vous êtes là, dit Hannah en quittant la salle. Regardez, Helmut va venir vous inviter à danser.

Sigrid chercha instinctivement la sortie de secours des yeux. Elle n'avait pas dansé depuis si longtemps, et encore jamais dansé avec son frère. La pièce se mit à tourner et elle se laissa entrainer par les notes de musique.

Trois jours plus tard, Helmut la déposait à l'aéroport.

— J'espère que tu ne regrettes pas d'être venue.

— Non, mais je ne vois pas pourquoi vous n'avez pas laissé Hannah repartir à Denver avec moi.

Helmut laissa échapper un petit rire.

— Je me doutais bien que ça allait accrocher entre vous deux. Je suis sûr qu'on peut arranger ça cet été.

Il se balança d'un pied sur l'autre.

— Tu vas revenir bientôt, Siga ?

— On verra, répondit-elle évasivement.

La dernière fois qu'on l'avait appelée Siga, elle devait avoir seize ans. Elle se détourna brusquement pour qu'il ne voie pas ses yeux s'embuer. Helmut, lui, n'avait manifestement aucune retenue.

***

Édith avait droit à un appel de quinze minutes sur FaceTime cinq jours par semaine, le juge ayant déterminé qu'une enfant de l'âge de Julie n'aurait pas la patience de rester plus longtemps face à un écran. Et il avait plus ou moins raison. Julie était souvent contente de voir sa mère, mais elle se lassait vite. Certains jours, Raphaël ou Sophia avait du mal à la convaincre de prendre l'appel. Raphaël, peut-être pris de remords, lui envoyait des photos régulièrement et Édith suivait de loin l'évolution de leur vie ensemble. Nouvelle chambre pour Julie, nouveaux vêtements, nouveaux jouets. Et une coupe de cheveux qui l'avait fait pleurer de rage. Des sorties au parc, à la piscine et au restaurant. Sophia était maintenant enceinte de huit mois. Édith se demanda si l'arrivée de ce nouvel enfant bouleverserait leur bonheur parfait comme l'arrivée de Julie avait bouleversé celui d'Édith et Raphaël.

— Vous n'étiez pas si heureux que ça Édith, lui avait fait remarquer Quentin. Tu te souviens de votre dispute juste avant que je quitte New York pour venir m'installer à Denver ?

Une dispute idiote qui avait commencé au sujet d'une casserole qu'Édith avait rayée avec un fouet en métal. Il lui avait fait une remarque particulièrement acerbe, elle avait immédiatement pris la mouche et balancé la casserole et le fouet dans l'évier. Ils s'étaient lancé une série de « toujours » et de « jamais » au visage, puis Édith avait pris ses clefs et son manteau et elle était, comme d'habitude, partie se réfugier chez Quentin. Raphaël s'était excusé le lendemain matin et l'avait suppliée de rentrer à la maison. Elle finissait toujours par céder. Mais après la naissance de Julie, elle ne pouvait plus partir comme ça sur un coup de tête et laisser Julie. Et puis Quentin avait déménagé, et Édith n'avait pas vraiment réussi à se refaire des amis. Elle n'avait pas beaucoup essayé non plus.

Elle marqua l'anniversaire de son arrivée à Denver dans son appartement, en tête à tête avec une bouteille de Tequila et, pour la première fois depuis dix ans, une furieuse envie de se remettre à fumer.

***

— Sinon, c'était comment Pittsburgh ?

Sigrid haussa les épaules.

— Grand, bruyant, pollué. Je n'ai pas aimé du tout.

Annabelle regarda les doigts fins de Sigrid s'affairer sur un délicat collage de fleurs séchées puis son regard tomba sur une des photos punaisées sur le tableau en liège au-dessus de son comptoir de travail. Une petite fille qui tapait dans l'eau d'une piscine à boudin, un adolescent en tenue de base-ball, et une photo de famille endimanchée où l'on voyait la main d'Helmut posé sur l'épaule de Sigrid. Tout le monde souriait sauf elle.

— Et vous y retournez quand ?

Sigrid répondit sans lever la tête.

— Le plus vite possible. Le plus vite possible, martela-t-elle tout bas comme pour elle-même.

Elle redressa une branche de myosotis et la fixa en place à l'aide d'un point de colle puis tendit son ouvrage à Annabelle.

— Voilà, c'est la dernière.

— Elle s'appelle comment, celle-ci ?

— Ah oui, euh… Présage printanier ?

Annabelle décapsula son crayon et mordilla le capuchon.

— Hommage printanier, plutôt ?

— Oui, c'est bien ! Allez, hop, vendez-moi ça.

Annabelle traça les lettres du texte dans le vide au-dessus de la fiche cartonnée pour s'assurer de les placer de façon symétrique. Satisfaite, elle repoussa ses boucles derrière ses oreilles et coucha le titre de la composition sur le papier, à grands coups de pleins et de déliés qui exsudaient l'assurance artistique de leur auteure. Elle souffla sur l'encre noire et sourit à Sigrid.

— Ce sont les compositions qu'on vend, pas le cartel.

Annabelle haussa les épaules.

— C'est un tout. Ça fait plus professionnel comme ça.

— Vous ne voulez pas une commission, non plus ?

— Cinq pour cent ?

Sigrid lâcha un rire insouciant qui surprit Annabelle.

— Ça vous réussit de voyager, dites donc !

— Non, j'ai horreur de ça. Les gens prennent l'avion en survêtement avec leur oreiller et leur sandwich comme s'ils allaient camper. Et ils insistent pour vous faire la conversation en plus.

— Bah, c'est gentil, non ?

— Non, c'est ennuyeux.

— Bon, j'apporte ça à Édith et je vous prépare votre thé.

— Édith est là ?

— Elle finit son appel avec Julie, elle sera là dans cinq minutes.

Chapitre 14

— Trois chambres, deux salles de bain. Ils ont refait la toiture l'été dernier. Et le jardin est complètement clôturé, ajouta Quentin en jetant un bref regard au ventre rond de sa cliente.

Il tapa le code du verrou électronique et lui fit signe de passer en premier.

— Allez-y, je vous rejoins.

Il ouvrit sa sacoche et chercha son téléphone qui vibrait depuis cinq minutes et se contracta instinctivement à la vue du numéro de la garderie. Pourvu que Pierre ne soit pas malade. La directrice de la crèche prononça quelques mots hachés et Quentin sentit son cœur s'arrêter dans sa poitrine. Un violent frisson le secoua de la tête au pied.

— Quentin, qu'est-ce qui se passe ?

— Un accident, il faut que j'aille à l'hôpital tout de suite ! dit-il en cherchant l'adresse des urgences sur son téléphone.

— Quel hôpital ? demanda sa cliente.

Quentin se donna une tape violente sur le front.

— Quel hôpital, quel hôpital ? Elle vient de me le dire, bordel ! cria Quentin.

— Saint-Joseph ? C'est le plus proche.

— Oui, oui, c'est ça ! Saint-Joseph !

Sa cliente sortit ses clefs de voiture de son sac.

— Allez, on y va. Je sais où c'est.

— Non, non, je vais prendre ma voiture…

— On n'a pris qu'une voiture.

Elle démarra au quart de tour. Le cœur au bord des lèvres, Quentin suivit des yeux la bille bleue qui marquait leur progression sur la carte de son téléphone. Les battements de son cœur résonnaient dans ses oreilles et il sentit deux grandes auréoles de transpiration se former sous ses aisselles. Sa cliente le déposa devant la porte des urgences et Quentin entra en courant dans l'hôpital. Il donna le nom de Pierre à la réceptionniste et attendit de longues secondes en appuyant frénétiquement sur le bouton de l'ascenseur. La porte de la cage d'escalier s'ouvrit et il s'y précipita. Il déboucha, essoufflé, dans un couloir et Jordan se précipita vers lui.

— Pourquoi tu es là, toi ? grogna Quentin en reculant d'un pas.

— Mon bureau est en face de la crèche, tu te souviens ?

Quentin appuyait maintenant furieusement sur la cloche du bureau des infirmières.

— Tu sais ce qui s'est passé ?

— Je ne suis pas sûr, il est parti de l'école, personne ne l'a vu, il a voulu traverser la route…

La voix de Jordan se cassa un peu.

Une infirmière sortit d'un bureau adjacent.

— Où est mon neveu ? Je veux le voir ! Pourquoi est-ce qu'on ne me dit rien dans cet hôpital de merde ? C'est quoi ce bordel ? C'est le tiers-monde ?

— S'il vous plaît, monsieur, gardez votre calme. Les docteurs font tout ce qu'ils peuvent. Il est en salle d'opération.

— Calme-toi, Quentin, je sais que c'est dur. Ils font de leur mieux. Il était conscient quand ils l'ont mis dans l'ambulance. Il m'a parlé.

Jordan essaya de le prendre dans ses bras, mais Quentin le repoussa.

— Mais qu'est-ce que tu fous là toi d'abord ? T'avais rien d'autre à faire aujourd'hui ?

— J'ai vu l'ambulance arriver, je suis sorti de mon bureau et j'ai vu Pierre.

Sa voix se brisa complètement.

Il ne trouvait pas les mots pour lui décrire ce que ça lui avait fait de voir Pierre sur le brancard, la route tachée de sang ; comme il avait menti aux ambulanciers en leur disant qu'il était son oncle. Pierre avait vaguement souri en le reconnaissant.

— Je vais aller retrouver maman, alors ? avait-il demandé d'une voix à peine audible.

— Non, Pierre, pas aujourd'hui, je t'en supplie, pas aujourd'hui, avait murmuré Jordan dans son oreille.

— Quentin ! cria Édith du bout du couloir.

Elle jeta un regard surpris à Jordan. Sigrid apparut à son tour, ses lèvres réduites à une fine ligne blanche, une barre au front.

Ils prirent place dans la salle d'attente. Sigrid alla chercher des cafés et une bouteille d'eau, mais Quentin refusa d'avaler quoi que ce soit. Assis sur le banc, le dos voûté, les mains croisées entre ses jambes, il fixait un point invisible sur le sol. Édith prit place à ses côtés, ne sachant pas quoi dire.

Après trois heures interminables, le docteur apparut enfin. Comme dans un rêve, Quentin l'écouta lui expliquer que Pierre souffrait d'une légère fracture du crâne, d'une fracture plus sévère de la jambe droite et de multiples contusions. Il était en salle de réveil. Quentin essaya de se concentrer sur ses explications, mais les mots s'embrouillaient dans sa tête.

— Je peux le voir ?

— Oui, mais juste quelques minutes.

Il alla chercher le numéro de la salle de réveil, derrière le bureau des infirmières.

Quentin entra doucement dans la pièce. Un labyrinthe de tuyaux s'échappait du petit lit d'hôpital. Pierre était couché, la tête bandée et une jambe plâtrée en suspension. Il s'assit sur une chaise et posa une main tremblante sur la sienne en se forçant à ne pas la serrer trop fort. Il le regarda dormir, sa poitrine soulevait légèrement le drap, son visage était paisible. Il songea un instant à sa sœur, dont il n'avait pas eu le temps ou le courage de faire le deuil. Il avait échoué. Elle lui avait confié son bien le plus précieux et il n'avait pas été à la hauteur.

Une infirmière entra dans la salle de réveil.

— Il ne va pas se réveiller tout de suite. Et si vous alliez chercher un café et quelque chose à manger ? Vous avez l'air très fatigué.

Quentin se leva et suivit ses conseils avec réticence. Sigrid et Édith étaient descendues chercher des boissons, mais Jordan était toujours là. Il avait l'air épuisé lui aussi. Il se leva pour aller à sa rencontre.

— Alors ?

— Il dort, soupira Quentin. Tu peux partir si tu veux, merci pour tout.

— Quentin, ça fait deux mois que j'y pense, j'ai été nul... J'ai eu peur. Est-ce que tu crois que tu pourrais nous donner une deuxième chance ?

Quentin le regarda incrédule.

— Tu choisis ton moment pour me demander une deuxième chance ? Comment est-ce que je peux construire une vie avec quelqu'un qui ne sera pas là quand j'aurai besoin de lui ? À l'enterrement de ma mère, ou quand ma prostate partira en couille ? J'ai besoin d'un partenaire, quelqu'un sur qui m'appuyer...

— Et justement, je suis là non ? Avec mon costume couvert de sang et de vomi... Je ne sais pas quoi dire, mais c'est ici que je veux être là maintenant... ça doit compter pour quelque chose, non ?

— Rentre chez toi, répliqua Quentin en se détournant.

— Non, je ne rentre pas chez moi ! Notre histoire, ce n'est pas du Disney tu sais ! C'est compliqué et c'est difficile.

Il s'arrêta un instant pour reprendre sa respiration avant de continuer plus calmement.

— Je sais que j'ai été lâche, mais les gens sont comme ça, il y a du bon et du mauvais. Je ne peux rien faire pour effacer ce que j'ai fait, mais je suis là, et je reste.

— C'est trop tard.

— C'est trop tard ? C'est facile pour toi de dire ça, non ? ricana Jordan.

— Facile ? Quoi c'est facile ?

— Oui. Qu'est-ce que tu as à perdre, toi ? Tu crois que ça ne me fait rien de le savoir dans cette salle de réveil tout seul ? Tu ne crois pas que je donnerais tout ce que j'ai pour lui tenir la main ? Tu ne crois pas que j'aurais voulu être là pour l'empêcher de traverser cette route de merde ? Tu vois Quentin, ces dernières semaines, tu m'as manqué. Tout était vide, mais j'aurais pu m'y faire. Mais l'absence du petit. Ça a été le plus dur.

— Pourquoi t'as pas appelé ?

Jordan renifla bruyamment et s'essuya les yeux du revers de la main.

— Parce que j'étais vraiment en train de m'attacher à Pierre. Alors je me suis dit qu'il valait mieux tout arrêter maintenant plus tôt que dans un an, deux ans ou cinq ans. Moi j'ai tout à perdre dans cet arrangement si ça ne marche pas entre nous. J'ai eu peur. J'ai voulu… me protéger.

Jordan lui prit la main et Quentin le laissa faire, parce que c'était trop dur tout seul, parce qu'il avait vraiment envie d'y croire.

***

Édith poussa la porte du café, épuisée et trempée de transpiration. Elle ne se souvenait même pas de ce qu'elle était en train de faire quand Jordan l'avait appelée. Le temps s'était soudain figé. Elle avait attrapé son sac et ses clefs de voiture et avait quitté le café en trombe. Sigrid qui avait entendu la conversation, avait sauté dans sa voiture et l'avait suivie sans lui demander son avis.

Annabelle se précipita à sa rencontre, le visage déformé par l'inquiétude.

— Alors ? Ça va aller, hein ?

— Oui, ça va aller. Il va passer quelques jours à l'hôpital quand même.

Elle poussa un soupir de soulagement.

— Tu pourrais rester un peu plus longtemps ce soir ? J'ai besoin de me poser et de prendre une douche.

— Oui, pas de problème Édith. Je vous fais un petit café.

— Bonne idée.

Une fois rafraichie, Édith redescendit au rez-de-chaussée et sortit dans l'arrière-cour. Elle s'assit sur les marches en ciment et ferma les yeux. Le parfum des lilas en fleurs embaumait le jardin. Elle songea à Pierre et à ses parents qui ne le verraient pas grandir. Elle songea à la chance qu'elle avait d'être en vie et de pouvoir élever sa fille. Tout pouvait basculer en un instant. Les avocats, les lettres recommandées, les disputent au téléphone avec Raphaël, lui semblèrent soudain puérils. Pour la première fois depuis le départ de Julie, elle se sentait calme. Elle savait exactement ce qu'elle allait faire. Elle n'avait pas encore signé l'accord de vente final pour le bâtiment, elle se rétracterait — Harriet comprendrait, puis elle irait retrouver Julie à New York. Tout simplement. Et pour le reste, elle verrait sur place. Ça n'avait plus aucune importance.

Ça faisait un mois qu'elle n'avait pas vu Julie. Encore dix jours et elle avait son droit de visite. C'était un peu juste pour fermer le chapitre de sa vie à Denver, mais le temps passerait vite. Elle avait tellement hâte de serrer sa fille dans ses bras, de la faire rire aux éclats, d'observer ses mimiques, d'entendre sa voix de fée, de respirer l'odeur de ses cheveux. Enivrée par la perspective de la retrouver bientôt, elle eut l'impression de l'entendre.

— Maman !

Édith ouvrit les yeux et se retourna lentement. Une silhouette familière se dessinait à contre-jour dans l'embrasure du café. Elle secoua la tête incrédule, à se demander si elle avait des visions, mais le petit corps chaud qui se blottit contre elle quelques instants plus tard était bien réel.

Elle souleva sa fille, la posa sur ses genoux et plongea les yeux dans les siens. Elle embrassa ses joues, son cou et ses mains et ébouriffa ses boucles brunes.

— Qu'est-ce que tu fais là, Julie ? dit-elle enfin. Et il est où papa ? murmura-t-elle légèrement étourdie.

— Avec Annabelle, répondit Julie. Viens !

Édith suivit sa fille dans le café. Raphaël sirotait une tasse de café en feuilletant un magazine. Il posa sa tasse sur la table, se cala contre le dossier de sa chaise et croisa les doigts derrière sa nuque d'un air satisfait.

— Je ne comprends pas, balbutia Édith.

— Il n'y a rien à comprendre. Je te ramène Julie. C'est tout.

— Tu me ramènes Julie c'est tout, répéta Édith hébétée.

— Tu veux une glace Julie ? intervint Annabelle en la prenant par la main.

— Ça s'est assez mal passé à New York, admit-il enfin d'un air résigné. Au début, ça a été, et puis elle s'est mise à te réclamer de plus en plus. Je me suis dit qu'elle s'y ferait… mais je ne suis pas sûr que je souhaite qu'elle s'habitue à ne pas avoir sa mère dans sa vie.

Édith s'assit sur la chaise qui lui faisait face.

— Pourquoi tu ne m'en as pas parlé ?

Raphaël laissa échapper un rire triste.

— Qu'est-ce que ça aurait changé ? Tu m'aurais claqué que tu m'avais bien prévenu, et on se serait encore engueulé.

— Et donc, elle est ici pour combien de temps ?

Raphaël fit un signe évasif de la main.

— Mais alors, l'ordre du juge ? demanda Édith encore incrédule.

— L'ordre du juge, on s'en fout. On n'a pas besoin d'un juge pour nous dire comment élever notre fille. Tu crois qu'on peut se mettre d'accord sur un accord de garde ?

— Oui, oui, bien sûr, on peut… on peut faire ça.

Elle observa Julie lécher son cornet de glace sur les genoux d'Annabelle qui la dévorait des yeux. Les mots se mélangeaient dans sa tête.

— Je... Raphaël, je suis désolée d'être partie avec elle comme ça, comme une voleuse. J'avais tellement mal, j'avais besoin de mettre de l'espace entre nous.

— Je sais. Mais on ne peut pas utiliser Julie pour se faire du mal.

Édith le regarda, le souffle coupé.

— Qu'est-ce qui t'est arrivé ?

Raphaël leva les bras au ciel, comme si sa soudaine maturité l'énervait lui-même.

— Je ne sais pas... Ma mère, Sophia, les messages de Quentin.

— Les messages de Quentin ?

— Oui, demande-lui un peu comme il m'a harcelé ces dernières semaines. J'ai fini par le bloquer. Enfin, bref. J'ai beaucoup réfléchi et on ne peut pas partager la garde de Julie à distance.

— Je vais démissionner du café. Je vais rentrer à New York.

— Tu n'as jamais aimé Albany.

— Non.

— Moi non plus.

— Alors on fait quoi ?

— Je ne sais pas encore, on verra. Un jour à la fois. En attendant, profites-en. Je t'appelle dans quelques jours.

Édith le regarda sortir du café, traverser la route et monter dans une décapotable rouge vif. Il fit ronfler le moteur et salua de la main deux minettes en mini-jupes avant de disparaître en roulant un peu trop vite. Il y avait des choses qui ne changeraient jamais.

Raphaël posa les mains sur le volant et prit une profonde inspiration. Il lui avait bien coupé la chique à Édith. Elle qui était toujours parfaite, qui monopolisait la moralité depuis le début dans leur relation. Pour une fois, c'est lui qui avait réussi à contrôler ses impulsions et sa colère. Bon, pour être honnête, ce n'était pas seulement son idée à lui au départ. Ce n'était même pas du tout son idée, mais Sophia avait utilisé des arguments convaincants. Et elle avait menacé de le quitter aussi. Il l'avait trouvée en train de faire sa valise. Une impression de déjà-vu sauf que cette fois, il n'avait même pas eu le temps de l'épouser avant qu'elle ne le quitte. Ça lui avait fait l'effet d'une douche froide. Deux femmes, deux enfants. Non. C'était hors de question. Et puis, pour Édith, quelque part, il s'était dit qu'il le lui devait bien.

***

Sigrid attendit patiemment qu'Annabelle lui apporte sa tasse de thé puis regarda autour d'elle.

— C'est bien, c'est très bien, dit-elle en détaillant le nouveau menu où les petits pains au chocolat et les chaussons aux pommes avaient remplacé les muffins et les cookies.

Des croissants dorés et une sélection de macarons multicolores trônaient en vitrine. Une grande étagère blanche encastrée dans le mur proposait un assortiment de biscuits Lu, de Bêtises de Cambrai et de confitures Bonne Maman.

Un groupe de clients discutaient maladroitement en français à la table commune.

— La table française de Denver, expliqua Annabelle en suivant le regard affligé de Sigrid. Ils viennent un mercredi sur deux pour pratiquer la langue.

— Vous êtes sûre que c'est du français ?

Quentin ouvrit la porte du café pour laisser passer Pierre qui se débrouillait comme un chef avec ses béquilles. Jordan déposa son sac à dos Star Wars sur la table et l'aida à s'installer dans un fauteuil. La vitrine du café était couverte de ballons multicolores gonflés à l'hélium et une grande bannière d'anniversaire était suspendue au plafond.

— Joyeux anniversaire, Pierre ! cria Annabelle. Tu veux un petit pain au chocolat avant ton gâteau ? Ils sont tout frais ! Elle déposa la viennoiserie sur une assiette sans attendre sa réponse.

— Pas trop de sucre avant le dîner ! gémit Quentin en cherchant du regard Édith qui finissait de servir un client.

Jordan attrapa un verre en plastique derrière le comptoir.

— Diabolo menthe ou fraise, Pierre ?

— Grenadine ! répondit Pierre, très content de l'attention qu'on lui portait. Avec beaucoup de glaçons ! Il était encore un peu pâle et il aurait bien eu besoin d'un shampooing. Un pansement plus petit avait remplacé le bandage qui lui couvrait la tête à l'hôpital.

Annabelle déboucha un marqueur et s'accroupit à côté de Pierre qui lui expliqua ce qu'il voulait qu'elle lui dessine sur son plâtre. Le rideau de perles frémit légèrement pour laisser passer Sigrid, munie d'une intimidante plante carnivore qu'elle déposa sur la table basse près du fauteuil où Pierre était assis. Elle s'accroupit et expliqua quelque chose à Pierre qui se mit à rigoler.

— Vous êtes prêts ? cria Édith qui sortait un plat du réfrigérateur.

Quentin se prit la tête dans les mains en la voyant s'approcher précautionneusement avec un gros gâteau au chocolat couvert de bougies.

— Encore ? Mais on a déjà fêté son anniversaire trois fois ! Il va faire du diabète ce gamin !

— Oui, mais on ne l'a pas fêté au café ! objecta Édith en se mettant à chanter joyeux anniversaire à l'unisson avec les clients.

Pierre souffla fièrement ses cinq bougies sous une pluie d'applaudissements et Annabelle découpa d'énormes parts de gâteau qu'elle distribua à tout le monde.

— Ça va ? demanda Édith à Quentin.

— Ça va. Il a encore des maux de tête, mais ça va aller. Il se frotta le visage, gêné par les cernes gris qui bordaient ses yeux.

— Mais qu'est-ce qu'il lui a pris ?

— Il a cru voir Laurence quitter la crèche, alors il l'a suivie. Le temps qu'il rattrape cette femme, elle avait traversé la route et le feu était passé au vert.

Édith posa la main sur le bras de Quentin dont les yeux brillaient de larmes.

— Ce n'est pas de ta faute, Quentin. Tu es un père formidable, quoi qu'en disent tes parents.

Quentin la regarda avec surprise.

— Quoi ? Tu crois que je ne me doute pas de la façon dont ils ont réagi ces vieux cons ? C'est à toi que Laurence a confié Pierre. Et honnêtement, elle n'aurait pas pu mieux choisir. Moi j'aurais fait pareil.

Quentin laissa échapper un petit rire gêné.

— J'ai un truc dans l'œil, souffla-t-il en attrapant une serviette en papier.

Puis il ajouta :

— Allez, vas-y. Il t'attend.

— Qui ?

— Le pape ! Tim, évidemment.

— Tu crois ?

— Non, je sais.

Édith hésita, c'était tentant.

— Non, décida-t-elle enfin

— Non ?

— Je ne suis pas prête.

— Il ne va pas t'attendre pour toujours, tu sais. C'est un mec bien. C'est rare.

— Je sais, justement. J'ai besoin de temps pour réfléchir.

Chapitre 15

Édith avait décidé d'attendre une semaine pour faire le point. Mais le point sur quoi ? Elle n'était pas sûre. Elle avait commencé une liste de « pour » ou « contre », mais Sigrid l'en avait dissuadée d'une inflexion du sourcil droit.

— Bon alors, je fais quoi ? Je l'appelle ? Ou je débarque pour le surprendre ? Je lui envoie un texto ?

— Non, pas un texto, avait riposté Annabelle. C'est pas romantique.

— C'est pas les hommes qui doivent être romantiques, normalement ?

— On est plus au Moyen-Âge, Édith, l'avait tancée Sigrid. Allez le voir, pour vous expliquer, c'est tout.

— Et s'il dit non ?

— S'il dit non, vous serez fixée.

— Vous croyez qu'il va dire non ?

— On n'en sait rien, nous !

— Je n'ai rien à me mettre…

— Si tout se passe bien, vous ne devriez pas rester habillée très longtemps après votre arrivée chez lui.

Annabelle rougit et Édith attrapa son sac.

— Bon j'y vais…

Quentin lui avait envoyé l'adresse en début de semaine. Elle savait exactement combien de temps il lui faudrait pour faire le trajet. Elle avait regardé des dizaines de fois sur Google Maps. Vingt-six minutes en moyenne, trente-deux pendant les heures de pointe. Bien sûr, aujourd'hui, les routes étaient désertes. Et s'il n'était pas là ? Elle aurait dû appeler avant de partir.

Elle ralentit et vérifia l'adresse sur son téléphone. C'était bien là. Sa voiture souleva un nuage de poussière en s'engageant dans l'allée. Elle se gara à l'ombre d'un saule et vérifia dans le rétroviseur qu'elle n'avait pas de morceaux de chocolat entre les dents et épongea ses aisselles qui dégoulinaient de transpiration.

Pas d'avalanches de bouquets de fleurs, pas de course poursuite dans un aéroport, pas de plaidoyer larmoyant. Juste elle et Tim, sans témoins, sans applaudissements.

Elle sortit de la voiture et s'approcha de la fermette flanquée d'un échafaudage. Hugo qui dormait sur le porche leva la tête et agita la queue en la voyant, mais ne prit pas la peine de se lever. Le bruit de la radio s'échappait d'une fenêtre au deuxième étage.

Tim surgit au coin de la maison, torse nu, une grande planche de bois posée sur l'épaule. Il la posa contre le mur en l'apercevant.

— Édith ! dit-il avec un sourire timide. Il jeta un œil un peu gêné à la porte d'entrée béante et aux fenêtres borgnes.

Édith se demanda si une blonde pulpeuse juste vêtue d'un drap de lit allait apparaitre sur le pas de la porte à tout instant. Après tout, ils n'étaient plus ensemble.

— Oui, alors, je passais dans le quartier et je me suis dit... que...

Elle s'interrompit, essoufflée. Son cœur battait si fort qu'elle se demanda s'il pouvait l'entendre.

Tim fit un pas vers elle.

— Comment tu vas ? J'ai appris que Raphaël avait ramené Julie. Tu es contente ?

— Extatique, et… reconnaissante.

— Qu'est-ce qui l'a fait changer d'avis ?

— Je ne sais pas. Le remords peut-être ? Sophia ?

— Peu importe tant qu'elle est là, avec toi…

— Oui, voilà…

Tim l'invita de la main à s'asseoir sur les marches du porche et prit place à côté d'elle. Édith renifla discrètement son odeur de transpiration et d'eau de toilette.

— Vous allez faire quoi alors ?

— On ne sait pas encore, mais on parle, on communique… pour la première fois. Je crois qu'on a tous les deux un peu mûri.

— Et sinon, ça marche le concept du café français ?

— Qui est-ce qui t'a dit ça ?

— J'ai mes sources…

— Oui, ça marche plutôt bien en fait. Je n'aurais jamais imaginé que les gens seraient aussi contents d'acheter des croissants à cinq dollars pièce !

Un lourd silence tomba sur la conversation. Tim attendait qu'elle dise quelque chose. Édith ravala sa fierté du mieux qu'elle pouvait.

— Je suis désolée de la façon dont j'ai réagi ce soir-là, murmura-t-elle entre ses dents.

Tim se pencha vers elle, les sourcils froncés.

— Euh, comment ?

Édith prit une profonde inspiration.

— Je suis contente que vous vous soyez revus, toi et Nancy, dit-elle avec un peu plus d'assurance. Enfin, non, c'est pas vrai. Je ne suis pas *contente*. Je suis super jalouse. Mais c'était important pour toi, et c'était égoïste de ma part de ne pas le reconnaître. J'ai du mal à faire confiance. J'ai eu peur.

Tim haussa les épaules.

— Moi aussi, Édith, j'ai peur.

— Toi ? Peur de quoi ?

— Peur que tu décides de te remettre avec Raphaël. Peur que tu tombes amoureuse de quelqu'un d'autre, ou que tu décides de rentrer en France, ou de repartir à New York.

— Ah bon, t'as pensé à tout ça ?

— Oui, bien sûr, à un moment ou à un autre, j'ai envisagé ces possibilités. Tu n'es pas la seule à avoir été blessée. Mais on ne peut pas traîner les fantômes de nos échecs dans nos nouvelles relations ou on ne s'en sortira jamais.

— Je sais, mais je trouve ça difficile. J'ai besoin de me protéger. Et tu ne peux pas me garantir que tu ne me blesseras pas, ajouta-t-elle en tournant son visage vers lui.

— Non, mais toi non plus. Il n'y a pas de garantie en amour. Il faut se lancer quand on pense avoir trouvé la bonne personne. Ou on reste tout seul toute sa vie.

— Tu vas continuer à voir Nancy ?

— Non, pas du tout. C'est fini, mon histoire avec elle. Mais j'avais besoin de savoir pourquoi elle était partie comme ça. Et puis, c'est vrai que j'aurais pu t'en parler. Mais je n'ai pas osé. Je me suis douté de ta réaction et si tu me l'avais demandé, je ne serais pas allé à ce rendez-vous. Mais c'était important pour moi, et aussi pour nous.

— Pour nous ?

— Oui, pour nous. Je voulais finir ce chapitre de ma vie pour commencer le suivant.

— Et j'en fais partie du chapitre suivant ?

— Tu veux en faire partie ?

Édith déglutit péniblement.

— Oui. J'aimerais bien le rôle principal… si c'est possible.

Tim enlaça sa taille et la rapprocha de lui.

— Ça peut se faire, mais il va y avoir des scènes cochonnes, pour ce rôle-là.

Édith nicha sa tête dans son cou pour s'imprégner de son odeur qui lui avait tant manqué.

— Va falloir répéter alors…

Tim éclata de rire.

— Tu es tellement fière, je croyais que tu ne viendrais jamais. On avait concocté tout un tas de plans machiavéliques avec Quentin.

— Comme quoi ?

— Je te raconterai.

— Tu as intérêt ! Tu me fais visiter ?

— Oui, viens, on commence par la chambre. Je n'ai toujours pas de sommier…

Épilogue

Le bruit d'un camion qui faisait marche arrière couvrit la musique du générique d'Outlander. Trish posa sa tasse de thé sur un sous-verre et se retourna pour soulever discrètement le voilage de la fenêtre. Le camion-remorque déposa une caravane violette couverte de marguerites jaunes dans l'allée qui bordait son jardin. Trish enfonça ses ongles dans la paume de ses mains. Elle observa avec espoir Jimmy qui parlementait avec le conducteur. Elle tendit l'oreille pour capter leur conversation.

— Un don anonyme. La personne a payé en liquide. Elle est à vous.

Pénélope, pieds nus dans l'allée, sautillait sur place et tapait des mains.

Trish enfila sa robe de chambre et se précipita dehors.

— Mais vous n'allez pas me laisser ce truc immonde là, juste devant chez moi ?

Mais Jimmy et Pénélope avaient déjà disparu à l'intérieur et le conducteur du camion fit un petit signe d'impuissance avant de se remettre au volant.

Trish sentit son téléphone vibrer dans sa poche.

— Alors, vous avez décidé de vendre ou pas ? demandait Quentin.

FIN